# ESCANDALOSO

SÉRIE QUANTUM — LIVRO 07

## MARIE FORCE

**Escandaloso**
**Série Quantum — Livro 07**
**Marie Force**
Publicado por HTJB, INC
Copyright © 2016 por HTJB, INC
Copyright da tradução © 2019 por Andreia Barboza — Bookmarks Serviços Editoriais.
Copidesque da tradução: Luizyana Poletto.
Capa criada por: Kristina Brinton
ISBN: 978-1-950654-58-1



**Série Quantum**

SINOPSE:


*Ela o deixa louco... de várias formas.*

Toda vez que Leah Holt encontra Emmett Burke, o diretor jurídico da Quantum Productions, a única coisa em que consegue pensar é no quanto deseja lambê-lo. Por inteiro. A jovem nunca teve esse tipo de reação a um homem, e o fato de ser um colega de trabalho mais velho torna a situação muito mais complicada do que deveria. Todos os dias, ela leva uma nova questão jurídica para Emmett na esperança de chamar sua atenção e fazê-lo enxergá-la como uma mulher adulta que o deseja com desespero. Ela segue uma linha tênue na tentativa de se manter profissional como assistente da *superstar* Marlowe Sloane enquanto cobiça o advogado sexy da chefe.

Para Emmett, Leah é como uma mosca zumbindo em sua orelha que ele não consegue afastar. Ela está sempre ali, olhando para ele, fazendo perguntas jurídicas que não têm nada a ver com sua especialização em direito de entretenimento e o deixando louco com sua sensualidade evidente e boca atrevida. Ele quer jogá-la sobre a escrivaninha e sumir com sua insolência, mas esse não é o modo como um profissional que adora seu trabalho deve se comportar no escritório — especialmente com uma colega nova, mais jovem e sexy. Como autor das políticas da empresa sobre relacionamentos entre colegas de trabalho, ele está dolorosamente ciente de todas as razões pelas quais deve ficar longe dela e da tentação que ela representa.

Até que Leah tem a chance de se aproximar de Emmett para ajudá-lo com um "acidente" infeliz e mostrar a ele que ela tem muito mais do que somente uma boca esperta e um corpo sexy. Quando percebe que tem sentimentos verdadeiros por ele e que esses sentimentos são retribuídos, ela se pergunta se ele vai lhe dar uma chance ou continuar mantendo-a afastada. Aos poucos, ela derruba sua resistência, e ele começa a desejar mais. Mas Emmett sabe que se for deixá-la entrar, terá que ser por inteiro. O que ela vai pensar quando for apresentada ao seu estilo de vida BDSM? Será que ainda irá desejá-lo do mesmo jeito ou vai fugir horrorizada? E o que ele fará se ela fugir?

Quando Leah enfrenta uma ameaça perigosa do seu passado, Emmett é forçado a reconhecer que a sua "mosquinha irritante" se infiltrou com firmeza em seu coração — e na sua cama.

Além disso, vamos nos juntar a toda a equipe da Quantum na viní-cola da empresa em Napa para o casamento de Hayden e Addie!

Série Quantum
    Livro 1: Virtude (Flynn & Natalie, parte 1)
    Livro 2: Valentia (Flynn & Natalie, parte 2)
    Livro 3: Vitoria (Flynn & Natalie, parte 3)
    Livro 4: Arrebatador (Hayden & Addie)
    Livro 5: Voraz (Jasper & Ellie)
    Livro 6: Delirante (Kristian & Aileen)
    Livro 7: Escandaloso (Emmett & Leah)
    Livro 8: Fama (Marlowe)

# Leah

Quero lambê-lo. Desejo deixá-lo nu e passar a língua por cada gominho do seu corpo musculoso. Quero saber se todos os seus músculos são tão grandes quanto os dos braços. Desejo montá-lo na posição vaqueira. E depois na posição vaqueira *reversa*.

Essa obsessão por Emmett Burke começou no meu primeiro dia na Quantum Productions, onde trabalho como assistente da *megastar* Marlowe Sloane, uma das sócias da Quantum e uma mulher incrível e maravilhosa. No primeiro dia, Emmett foi encarregado de analisar o contrato de confidencialidade da empresa comigo. Mesmo com Addie, a assistente de Flynn Godfrey, sentada junto com a gente, não ouvi uma palavra que Emmett disse sobre o contrato, porque eu estava muito obcecada com a sua boca sexy de um jeito obsceno. Bem ali, no escritório da Quantum, tive visões de todos os lugares em que gostaria de sentir aquela boca.

Quando ele mencionou que eu poderia ser processada por discutir os negócios da Quantum ou de seus sócios fora do trabalho e isso tirou minha atenção da sua boca por um segundo ou dois, tempo suficiente para assinar o contrato de confidencialidade. Eu nunca estragaria a incrível oportunidade que minha amiga Natalie garantiu para mim depois que ela se apaixonou por Flynn, o *superstar*, e fugiu para Hollywood para se casar com ele. Mas tenho certeza de que adoraria a oportunidade de *acabar* com o advogado de Flynn.

Natalie me apresentou a Marlowe em seu casamento, e ela me contratou e pagou a multa pela quebra do contrato com a escola em que eu trabalhava — infelizmente, devo acrescentar — em Nova York. Ensinar não era para mim. Mas ser a assistente de uma das maiores estrelas de cinema do mundo? *Caramba, sim,* isso é para mim. Marlowe pagou minha mudança para L.A. e agora estou aqui, fazendo um trabalho que realmente amo, e sendo invejada por todos que conheço.

Não vou fofocar por aí. Nunca faria qualquer coisa para estragar este ótimo acordo e oportunidade incrível que me foi dada de ter uma carreira que eu jamais teria sonhado.

Mas Emmett Burke e eu? Isso vai acontecer. Se eu puder descobrir um jeito de mudar seu comportamento tenso e sempre profissional para encontrar o homem de sangue quente sob os ternos de três mil dólares que devem ter sido feitos à mão — porque nenhum terno que não fosse sob medida serviria naqueles bíceps.

Enquanto isso, passo um tempão pensando em lambê-lo e tentando encontrar razões para falar com ele. Gostaria de ter a coragem de dizer a ele que quero chupar seu pau até que ele goze na minha garganta, mas algo me diz que essa não seria a decisão mais profissional que eu poderia tomar.

Ainda que Emmett não seja um dos sócios-diretores da Quantum — e deixe-me dizer, a palavra *diretor* neste ramo é muito diferente do escolar — ele é diretor jurídico e um dos melhores amigos de Flynn, Hayden, Marlowe, Jasper e Kristian, também conhecidos como os chefões. Isso significa que preciso ir devagar e manter a baba e a vontade de lamber sob controle.

Mas Deus ajude aquele homem se eu o pegar sozinho em um quarto — ou em qualquer sala que não seja um dos escritórios no prédio em que trabalhamos. Tenho que rir do tanto que essa obsessão se tornou ridícula, porque não é meu comportamento normal. Antes de Emmett, meu interesse pelos homens era mais do tipo *pego, mas não me apego*. Nunca dei a mínima para nenhum deles. Mas este aqui... este é diferente, e eu soube disso imediatamente. Todas as vezes que estive com ele desde o primeiro dia, e estou "com ele" praticamente todos os dias, entre trabalho e lazer — essas pessoas adoram uma comemoração — eu o desejo mais que antes. É loucura. Admito de bom grado, mas não tenho vontade de fazer com que pare. Não, meu desejo está totalmente focado em fazer com que a gente *comece*.

Às vezes, quando estou sozinha em casa à noite com meu fiel vibrador *rabbit*, permito que minhas mais selvagens fantasias voem. Me imagino com Emmett em todas as posições possíveis, assim como em algumas que ainda não foram inventadas. Comecei a ansiar os momentos que passo com o *rabbit*, o que é preocupante. Nunca fui o tipo de garota que foge de um desafio, mas suspeito que Emmett pense que sou muito jovem e imatura para ele.

Não há ninguém com quem eu possa falar sobre o meu "dilema", já que minhas amigas mais próximas aqui também trabalham para a Quantum, são casadas ou estão comprometidas com os sócios. Claro, as opiniões delas são as que mais quero, porque elas o conhecem melhor do que eu jamais vou conhecer a esse ritmo frustrante.

Vou passar três dias inteiros com ele quando formos a Napa no final da próxima semana para o casamento de Hayden e Addie. Tenho contado os dias com planos para implementar a *Operação Agarrar Emmett Burke* enquanto estivermos lá. Acho que só preciso tirar Marlowe e Sebastian do caminho, porque além de Emmett e eu, eles são os únicos que não estão se relacionando com ninguém. Com pombinhos circulando ao nosso redor, espero que nós quatro acabemos sozinhos e que possamos explorar plenamente todas as oportunidades que se apresentarem sem que eu tenha que me humilhar na frente da Marlowe.

Vai ser uma linha tênue...

Decidi que o fim de semana em Napa é o momento de agir. Chega de fantasiar sobre o que eu faria se tivesse uma noite com ele. Está na hora de transformar essas fantasias em realidade. O pensamento de estar nua e na horizontal com ele me faz desejar ter pensado em trazer o *rabbit* para o trabalho.

Eu deveria estar organizando a viagem de Marlowe para Paris na semana seguinte a Napa, mas até agora, só consegui anotar uma lista de coisas que precisam ser feitas. Minha obsessão por Emmett está interferindo no meu emprego dos sonhos e não posso deixar isso acontecer. Chegou a hora de dar uma olhada na lista de tarefas para que eu possa apresentar a Marlowe um itinerário completo quando ela voltar do almoço com seu agente.

Estou fazendo as reservas das passagens de primeira classe quando o ramal da minha mesa toca com uma chamada do número de Addie. Atendo no viva-voz.

— E aí, docinho? — Adoro Addie e pretendo ser como ela quando eu me desenvolver como assistente de uma estrela de Hollywood. Ela é infinitamente generosa com conselhos e orientações enquanto eu me adapto ao novo trabalho. Além disso, ela está loucamente apaixonada por Hayden Roth, o diretor sexy e ranzinza premiado com o Oscar e que é o coração e a alma da Quantum.

— Pode vir até a sala de conferências para uma reunião rápida?

— Sim. O que preciso levar?

— Seu laptop. Em cinco minutos?

— Estarei lá. — Eu faria qualquer coisa que Addie me pedisse. Ela tem sido fundamental para me ajudar a fazer a transição da professora de quarta série em Nova York para assistente de uma estrela de cinema em Hollywood. Às vezes, ainda não consigo acreditar que mudei minha vida dessa forma, mas tudo o que tenho a fazer é olhar pela janela para as palmeiras que cobrem o estacionamento da Quantum para perceber que não estou mais na *Big Apple*.

Não me entenda mal. Eu *amava* Nova York. Mas odiava ser professora. Tenho um enorme respeito por pessoas que conseguem passar seus dias em uma sala repleta de crianças. Mas não sou uma dessas pessoas. Achei que era, até que tive que fazer isso todos os dias e perceber que havia cometido um erro grave erro no meu plano de vida era chocante, para dizer o mínimo. Trabalhei com alguns professores verdadeiramente surpreendentes e a paixão deles pelo trabalho me ajudou a ver que eu não tinha o que era preciso para dar às crianças a dedicação que mereciam.

Já tinha decidido sair do emprego no final do ano letivo quando Natalie teve a brilhante ideia de me indicar para trabalhar com Marlowe. Agora que me mudei, não há nada que eu não faria para as pessoas aqui na Quantum, e essa é uma das razões pelas quais tento manter minha enorme paixão por Emmett sob controle. Não quero causar nenhum problema ou constrangimento para Natalie, que fez um pedido especial para que eu conseguisse esse trabalho incrível ou Marlowe, que deu a chance a uma novata se tornar assistente.

Pego o laptop, um caderno e o celular e vou para a sala de conferências para a reunião. Quem você acha que é a outra pessoa no corredor? Sim, adivinhou. O objeto da minha obsessão e, minha nossa, ele está particularmente incrível hoje em um terno azul marinho com gravata azul-gelo e camisa branca que mostra o bronzeado que ele tem o ano inteiro por surfar.

Como sei disso? O que não sei sobre ele? Estou obcecada, lembra? Agora preciso de toda a minha inteligência para manter uma conversa de verdade com o homem dos meus sonhos.

— Emmett. — Excelente forma de aproximação. Adoro o jeito que seu nome soa quando sai da minha língua. Alguém disse língua? *Nada de lambidas no trabalho, Leah.*

— Leah.

*Suspiro. Ele disse meu nome.*

— Como você está?

— Tudo bem e você?

— Muito, *muito* bem. — Será que ele percebe a maneira sugestiva como eu digo isso ou como meu novo sutiã de duzentos dólares da La Perla faz meus seios pequenos parecerem um pouco mais espetaculares do que realmente são? Não se pode dizer que não sei como investir adequadamente meu salário, muito maior, em Los Angeles.

— Nenhum dilema legal hoje? — ele pergunta, seus lábios formando uma expressão que pode ser divertimento. Posso me atrever a ter esperança?

— Ainda não, mas você será o primeiro a saber se isso mudar.

— Ah, Deus — ele fala, seu sarcasmo tornando-o ainda mais atraente para mim.

Eu *adoro* pessoas sarcásticas. Sou *especialista em sarcasmo* e senso de humor sarcástico está no topo da minha lista de qualidades atraentes. Com Emmett, o sarcasmo é o número cinco da minha lista depois de lábios sensuais, bunda sexy, bíceps gostosos e tanquinho delicioso. Pode ver como o sarcasmo pode ganhar um distante quinto lugar comparado com essas coisas.

*Convide-o para sair depois do trabalho.*

Não tenho certeza de onde vem esse pensamento, mas as palavras saem da minha boca antes que eu possa decidir se devo dizê-las.

— Quer tomar uma bebida depois do trabalho? Gostaria de te recompensar em agradecimento por seus conselhos jurídicos.

— Ah, hum, não posso, mas, de toda forma, obrigado. — Ele se move passando sem sequer roçar contra mim. Lamento pela oportunidade perdida de contato corporal. — Tenho que voltar ao trabalho. Falo com você mais tarde.

— Tchau. — Certo, isso não foi tão bom quanto poderia, mas não dei a ele muito tempo para se preparar. E ele disse que não podia, não que não queria. Tomo isso como um sinal positivo e continuo meu caminho para a sala de conferências onde Addie está esperando por mim junto com Dax, assistente de Ellie Godfrey, Lori, assistente de Kristian, e Aileen, nossa assistente administrativa e recepcionista que está noiva de Kristian.

Me sento em frente a Aileen, que abre um sorriso caloroso e acolhedor. Ela é uma pessoa muito doce, sempre alegre e disposta a ajudar quando necessário. Todos nós a amamos, mas ninguém mais do que Kristian, que se encantou por ela — e por seus filhos. O amor que anda no ar por aqui me deu esperança de que isso possa acontecer comigo algum dia. Espero que muito tempo depois que eu dê uma ou duas voltas no quarto de um advogado gostoso que ainda não percebeu que sou exatamente o que ele precisa para relaxar um pouco.

— Obrigada por terem vindo, pessoal — Addie fala.

Percebo imediatamente que Addie — sempre imperturbável — parece muito agitada.

— O que há de errado? — Dax pergunta.

— Estou ficando louca — Addie confessa. — Eu disse a Hayden que não queria uma organizadora de casamentos supervisionando nosso grande dia e já planejei tudo sozinha, mas acordo no meio da noite suando frio e me sentindo ansiosa, com medo de ter me esquecido de algo importante como comida, bebida ou *algo assim*. Estava esperando que vocês pudessem repassar tudo comigo e verificar se está tudo certo.

O ser humano mais organizado do planeta — caramba, do *universo* — quer a minha ajuda? Estou dentro.

Ela distribui envelopes que contêm planos detalhados para o casamento que acontecerá na vinícola de Napa Valley, propriedade dos sócios da Quantum. Deixando de lado todos os pensamentos sobre Emmett e lambê-lo, me concentro exclusivamente nas informações da página, lendo cada palavra enquanto os outros fazem o mesmo.

Enquanto lemos, Addie anda de um lado para o outro.

Comida, confere. Bebida, confere. Flores, confere. Tenda, confere. Caramanchão construído com videiras para a cerimônia, confere. Mesas, cadeiras, toalhas e arranjos centrais, confere, confere, confere e confere. Hospedagem para todo o grupo Quantum, confere, incluindo os quartos que foram atribuídos para cada um, que não analiso agora, mas vou fazer mais tarde. Pode apostar.

— Música — eu digo, quebrando o longo silêncio. — Onde está a música?

Addie para de andar para me encarar.

— Está aí.

— Onde?

Ela vem até mim, se debruça sobre o meu ombro e revira os papéis duas vezes antes de soltar um grito.

— *Eu me esqueci da porra da música?*

Meu primeiro impulso é tentar acalmá-la, mas ela já está saindo da loucura e indo em direção ao colapso nuclear. Os outros também percebem e imediatamente entram em ação.

— Quem conhecemos? — Lori pergunta.

— Hum, todo mundo? — Aileen responde, seu tom é calmo e

controlado, que é o que precisamos. — Quem você quer, Addie? Somos muito bem relacionados por aqui.

Addie está paralisada.

— Eu, hum, nem sei quem chamar.

— Vamos cuidar disso — eu falo enquanto os outros concordam. — Diga-nos que tipo de música você quer que vamos resolver isso para você e contratar alguém bom.

— É no *próximo* fim de semana.

— É para *Hayden Roth* — eu a lembro, como se ela precisasse de um lembrete de com quem vai se casar ou que ele é o diretor mais famoso da sua geração. Estou contando com o fato de que quase todo mundo *mataria* para tocar em seu casamento.

— Hum, estou quase com medo de perguntar — Aileen fala —, mas você tem um vestido, não é?

— Sim, a Tenley cuidou disso — ela responde, se referindo a sua dama de honra, a *stylist* top das estrelas.

— Ah, ufa — Aileen fala, sorrindo. — Hayden já tem smoking e seus padrinhos também, então está tudo certo quanto a isso. E as lembranças para a festa de casamento?

Addie arregala os olhos novamente e percebo que vai ser um *longo* dia.

## *Emmett*

Leah está me deixando louco. Ela acha que não percebo que ela me encara ou que tem uma pergunta jurídica diferente todos os dias e que nenhuma delas tem algo a ver com o seu trabalho como assistente de Marlowe? Há dois dias, ela queria um conselho legal para um "amigo" de Nova York sobre como lidar com um senhorio irritante. Sou advogado corporativo e de entretenimento. O que é que sei sobre locações em Nova York? Claro, ela sabe qual é a minha especialidade, mas isso não a impede de encontrar uma razão para me fazer uma pergunta jurídica idiota todos os dias.

Não ajuda que eu queira jogá-la sobre a mesa e transar com ela. Talvez se eu fizesse isso, ela me deixaria em paz.

Mas isso não pode e não vai acontecer por muitas razões, não apenas a diferença de dez anos entre nós. Comemoramos seu *vigésimo quarto* aniversário com um bolo no escritório na semana passada, e juro que ela olhou diretamente para mim enquanto lambia o dedo, completamente alheia ao fato de que estávamos na porra do escritório cercados por nossos colegas de trabalho, incluindo os sócios que me *pagam* para mantê-los fora do tipo de problema que quero entrar com ela.

Ela tem *vinte e quatro anos*. Continuo dizendo a mim mesmo que isso a coloca fora dos limites. Ela é jovem, ingênua, inexperiente, baunilha e totalmente fora do alcance de pessoas como eu.

Seu melhor subterfúgio aconteceu ontem, quando ela trouxe o manual da empresa e pediu um esclarecimento sobre a política de relacionamentos. Ela acha que não enxergo seu jogo? Ela deu a volta na minha mesa e se inclinou para apontar a área que a confundiu: *os funcionários devem pedir aprovação por escrito do seu superior antes de embarcar em um relacionamento amoroso com um colega de trabalho, e nenhum funcionário deve namorar ou se relacionar com um funcionário que esteja sob sua supervisão direta.*

— Isso significa que preciso da aprovação da Marlowe antes de sair com alguém do escritório?

— Sim — eu disse com os dentes cerrados, tentando ignorar a pressão do seu seio em meu ombro. — É isso mesmo. E seu potencial parceiro precisa fazer o mesmo. Agora posso voltar a trabalhar? — Quem é que ela está pensando em namorar? E por que eu me importo? Quem quer que seja, tenho pena do tolo. Ela seria um problema até para o mais paciente dos homens.

— Existe um formulário ou algo que tenhamos que preencher antes de embarcarmos em nosso relacionamento?

— Um e-mail é suficiente — eu disse a ela, sem a menor paciência. Eu tinha quatorze milhões de coisas para resolver em nome das cinco pessoas que me pagam o valor do resgate de um rei para cuidar dos seus assuntos jurídicos, e tudo que eu queria fazer era tirar a roupa da assistente de Marlowe e exercitar meu jeito malvado com ela, ali mesmo na minha mesa.

Não é assim que costumo agir. Sou um profissional comprometido. Valorizo meu trabalho e a amizade com meus empregadores, essas são as coisas mais importantes da minha vida.

Nesta época de maior controle sobre comportamento no local de trabalho, não tenho tempo nem tolerância para uma encrenqueira de vinte e quatro anos que quer ser selvagem. Ela pode encontrar outra pessoa para enlouquecer.

Só que... mal consigo pensar nisso quando estou sentindo uma raiva irracional com a ideia das mãos de qualquer outro homem em seu corpo macio e flexível. Quando a conheci, não me senti imediatamente atraído. Não, esse tratamento especial veio depois, quando a vi de biquíni na casa de Flynn e percebi que ela estava escondendo um corpo incrível sob as roupas de trabalho conservadoras que não lhe faziam justiça. Desde então, fiz um esforço para impedir meus pensamentos — e olhos — de vagarem em direções que não deveriam seguir.

Mas quando ela estava debruçada sobre mim, pressionando um seio pequeno, mas macio, no meu ombro enquanto apontava "inconsistências" na política que eu mesmo havia elaborado, era muito *difícil* ignorá-la.

Ela está me provocando de forma intencional. Entendi. Ela está de olho em mim porque sou um dos dois caras do nosso grupo que ainda estão solteiros depois que o vírus do amor desencadeou uma epidemia de apaixonados felizes entre os nossos amigos. Sebastian a esmagaria como uma mosca, então é provável que ela me veja como a alternativa "mais segura" ao grande, sombrio e taciturno Sebastian.

Mal sabe ela que tenho um lado selvagem e se algum dia eu o

soltar, ela correria gritando por sua jovem vida. Um lado meu gostaria disso. Muito. Mas não vai acontecer.

Ontem, foi a política de relacionamentos. Hoje, um convite para bebidas depois do trabalho. O que o amanhã trará? Tanto quanto eu gostaria que ela fosse embora e me deixasse em paz, eu me pergunto o que ela tem planejado para mim.

2

Leah

Assisto muito a um programa da TV à cabo em que uma juíza chamada Judy faz julgamentos de pequenas disputas reais, procurando por coisas que posso levar para Emmett me dar aconselhamento jurídico. Não estou orgulhosa dessa estratégia, mas enquanto vejo um ex-casal brigando sobre quem fica com a guarda do poodle, começo a formular meu próximo plano. Um cara que namorei em Nova York pegou emprestado o meu disco original *Abbey Road* dos Beatles, e nunca me devolveu. O álbum pertencia ao meu avô, que me deu antes de morrer. Eu o quero de volta. Vou pedir a Emmett para escrever uma carta em papel timbrado, bancando o advogado assustador e enviá-la ao cara para mim.

Do sofá de casa depois do trabalho, faço algumas ligações em busca de uma banda para o casamento de Addie de última hora. Estou pensando no que fazer para o jantar quando Natalie liga.

— E aí? — pergunto a minha antiga colega de apartamento, que se tornou uma das minhas amigas mais próximas, apesar do fato de sermos o oposto uma da outra.

— Resolvemos fazer um churrasco de última hora, se você estiver interessada.

— Parece divertido. O que posso levar?

— Um pouco mais de vinho branco seria bom, mas tenho todo o resto.

— Pode deixar.

— Traga roupa de banho para nadar. Ainda está fazendo vinte e quatro graus.

— Chego aí em breve. Obrigada pelo convite.

— Até já.

Outra coisa que adoro de morar em Los Angeles e fazer parte da família Quantum são as reuniões regulares que são sempre muito divertidas. Por razões que prefiro não pensar, eu tinha relações complicadas com meus colegas e até mesmo na faculdade, então nunca fiz parte de um grupo como este. Ser amiga dessas pessoas é um outro nível de diversão. São todos muito bem-sucedidos, inteligentes e talentosos. Sempre me sinto como uma aspirante, mas isso não me impede de me juntar alegremente ao grupo, e estou especialmente feliz em pensar em ver Emmett. Talvez ele esteja sem camisa. *Já estou babando.*

Natalie tem sido incrivelmente generosa e solidária comigo desde que me mudei para L.A. e comecei uma nova vida. Nunca me senti sozinha ou solitária na cidade nova graças a ela, Flynn e seus amigos incríveis, que me fizeram sentir em casa desde o começo. Marlowe também tem sido muito boa comigo, se certificando de que seja incluída em tudo que acontece.

Ela não precisa fazer isso. Quero dizer, sou sua funcionária, mas ela me trata mais como uma amiga, e eu realmente aprecio isso. Às vezes, ainda não consigo acreditar que a mulher cujos filmes adoro desde que era adolescente é agora a minha chefe *e* amiga. Para alguém que não teve muitas amigas na vida, sinto que tirei o grande prêmio da amizade com meus novos amigos. Espero que todas as garotas malvadas que me torturaram no colégio tenham ouvido falar do meu novo e fantástico trabalho. Filhas da puta.

Arrumo uma bolsa com roupa de banho, toalha e um suéter, pego a grande garrafa de Chardonnay que comprei na semana passada e saio do condomínio em Santa Monica que a equipe Quantum disponibilizou para mim depois que Addie foi morar com Hayden. Como faço muito serviço externo para Marlowe, até alugaram um carro para mim, um Volkswagen Beetle vermelho conversível que eu amo. Quando digo que meu trabalho é demais, não estou brincando. E nem mencionei o salário de seis dígitos e os benefícios que vieram com o trabalho, assim como minha recém-descoberta paixão por sutiãs e calcinhas da La Perla, que estavam fora do alcance do salário de uma professora que pagavam aluguel em Nova York.

A vida em Los Angeles é muito, muito boa, para dizer o mínimo.

Fiquei emocionada por Natalie quando ela conheceu e se apaixonou por Flynn, mas eu não poderia ter imaginado como minha vida também mudaria junto com a dela. As coisas ficaram loucas com Flynn e Nat — e comigo por extensão — depois que ela o conheceu e a imprensa descobriu sobre o passado que ela havia se esforçado para enterrar. Fomos cercadas por repórteres e fotógrafos em casa e no trabalho, e rapidamente descobrimos que ser "famoso" não é nada do que se pode imaginar. Felizmente, Flynn, sua equipe de segurança e seu advogado gostoso se esforçaram para nos proteger, mas tudo ficou muito louco por algumas semanas. Depois que Natalie se mudou para Los Angeles para viver com Flynn, senti sua falta e da sua cachorrinha mal-humorada, Fluff. Nova York não era a mesma sem elas. Então vim a Los Angeles para o seu casamento, conheci Marlowe e o resto, como dizem em Hollywood, é história.

O tráfego do fim do dia é desencorajador quando vou para a casa em Hollywood Hills que Natalie divide com Flynn e Fluff. Ela está esperando seu primeiro filho e todo mundo está tão empolgado com esse bebê quanto com o que Ellie e Jasper estão esperando. Natalie e Ellie serão ótimas mães, mas não estou pronta para algo como filhos ou para sempre. Quero me divertir muito antes de querer me acalmar e me comprometer. Apesar de que se eu pudesse me acomodar com Emmett Burke, poderia ser convencida a mudar de ideia.

Rio comigo mesma, porque me acomodar é a última coisa que quero fazer com ele. Eu ficaria satisfeita com sexo quente e suado. Com certeza, não estou procurando nada complicado ou de longo prazo. Imagino que uma noite com ele irá satisfazer o desejo que sinto e então podemos seguir em frente. O pensamento de me prender a um cara na minha idade é absurdo, mesmo que eu possa ver claramente como a minha amiga está animada em se prender ao marido astro de cinema. O que eles têm é especial. Qualquer um que os conheça pode ver isso. Um dia, em um futuro distante, espero encontrar algo assim para mim. Por enquanto, estou mirando em um objetivo menor: uma noite com Emmett.

Atravesso o tráfego ouvindo *Metallica* no volume habitual. Nunca superei meu amor por bandas de *heavy metal*, e essa é a minha favorita de todos os tempos.

Quando chego na casa de Nat, vinte minutos depois, e vejo a Mercedes AMG prata de Emmett entre a coleção de carros fabulosos da família Quantum, fico tonta de emoção por saber que ele está aqui. O novíssimo AMG é quase tão sexy quanto seu dono, com as rodas pretas e linhas elegantes. Enquanto ando, deixo a mão roçar no carro e sinto uma carga de energia passar por mim que me faz tremer. Se tocar seu veículo me faz tremer, imagino como seria tocá-lo.

Quero muito descobrir.

Minhas partes femininas ficam tensas e carentes ao pensar em transar com Emmett. Sinceramente, na maior parte do tempo não gosto disso. Tive minha cota de diversão com os homens, mas não costumo agir como um cachorro no cio como acontece quando estou perto dele. E sim, me descrevi como um cachorro no cio e nem posso argumentar contra a minha própria descrição da situação. É isso que acontece: *ofega, ofega, ofega*. Ah, e não se esqueça do desejo de *lamber*.

Sabendo que todo mundo está na piscina, entro e sigo pela cozinha a caminho da área externa. Sou uma visitante frequente da casa de Flynn Godfrey — e sim, isso ainda me arrebata quase nove meses depois que Natalie o conheceu — então sei para onde ir. Sou amiga íntima de celebridades que existiam em algum mundo de sonhos falsos antes de conhecê-los como as pessoas reais que são. Quando eu atravesso a cozinha, Fluff vem correndo, latindo e rosnando até que percebe que sou eu.

Eu me inclino para pegá-la, e sua respiração atinge meu rosto, bem como sua língua molhada e babada. Acho que é isso o que recebo por todos os meus pensamentos sobre lamber.

— Olá, para você também, Fluff. — Eu a carrego para fora, onde a coloco no pátio. Ela sai correndo em direção a Natalie.

Emmett está na piscina com os sobrinhos de Flynn, que estão em cima dele como macacos. Eu também gostaria de estar em cima dele assim, e faço um esforço para afastar meu olhar faminto de seu corpo musculoso. Pelo que parece, se não está no trabalho ou dormindo, ele deve estar na academia, porque o cara é feito de ferro. Estou babando? Acho que sim. O sol está batendo nele, destacando os tons dourados em seu cabelo castanho. Enquanto Connor, o sobrinho de Flynn, acerta a cabeça de Emmett com uma bola inflável, Emmett ri e gira, os olhos castanhos da cor de chocolate derretidos se conectando com os meus em um momento de hiper consciência que sinto no corpo inteiro.

Estou chocada, sem palavras e definitivamente babando.

Natalie acena com a mão na frente do meu rosto.

— Terra para Leah.

Meu Deus, fui pega olhando para Emmett na frente de todos? Dou uma olhada hesitante ao redor para descobrir que apenas Natalie — e Emmett, é claro — parecem ter notado meu olhar estupefato e de boca aberta. Os outros estão totalmente envolvidos em conversas no bar, que está sendo cuidado por Flynn.

— Você está bem? — Natalie pergunta. — Está parecendo um pouco corada.

Frustração sexual faz isso com uma garota, não que Natalie se lembre do que é isso. Ela está constantemente com um olhar de recém comida nos últimos tempos, e isso me encheria de inveja se eu não a amasse tanto. Ninguém mais do que Natalie Godfrey merece ser feliz e digo isso do fundo do coração. A garota viveu o inferno na terra para conseguir seu felizes para sempre com Flynn.

— Estou bem — respondo, notando que minha língua parece grande demais para a boca. É possível que uma língua tenha ereção? Se assim for, a minha está dura por Emmett, o que me leva de volta a pensamentos inapropriados de lamber.

— Venha comigo. — Natalie passa o braço no meu e me leva para dentro da casa, que está mais fria em comparação ao pátio quente. —

O que eu acabei de testemunhar lá fora? E não diga que não é nada. Eu te conheço muito bem.

Morar e trabalhar juntas por meses em Nova York nos uniu em uma improvável amizade. Embora não tenhamos quase nada em comum, reconheci nela uma boa amiga desde o início. Mas não posso me esquecer que ela agora é casada com um dos meus chefes, e que se ele descobre isso...

— Seja o que for, pode me falar. Eu nunca contaria ao Flynn.

Deus, quero contar a alguém. *Preciso* contar a alguém antes de fazer algo estúpido que me cause problemas no trabalho.

— Eu quero lamber o Emmett.

Natalie cai na gargalhada. Ela ri tanto que as lágrimas enchem os olhos e seu rosto fica vermelho.

— Você tem *jeito* com as palavras — ela diz quando está recuperada o suficiente para falar.

— Estou falando sério, Nat. Olho para ele e só consigo pensar em lambê-lo, entre outras coisas.

— Ele é um cara bastante sexy.

O pensamento de outras mulheres, até mesmo minha amiga casada, achá-lo sexy me faz querer cometer homicídios, o que também é novidade para mim. Nunca me importei o suficiente com qualquer cara para sentir vontade de matar por sua casa.

— Você já tem o seu cara sexy.

— Não significa que eu não consiga identificar outro quando vejo um, e Emmett com certeza se qualifica. — Ela cruza os braços sobre o ventre suavemente arredondado e se inclina contra a enorme ilha em sua cozinha de última geração. — Há quanto tempo esta situação de lambida está acontecendo?

Hesito por um segundo sem ter certeza do quanto devo dizer, mas depois dou de ombros. Essa é a Nat e preciso desesperadamente de uma amiga para conversar sobre esse assunto.

— Desde o dia em que comecei na Quantum.

— Leah! Isso foi há meses!

— Hum, sim, obrigada. Estou ciente disso e meu *rabbit* também. Ele tem sido muito requisitado.

Natalie cobre as orelhas.

— Informação demais!

— Ah, por favor. Você é a rainha do excesso de informação, uma vez que você e seu marido são escandalosos demais.

— Nós não somos *escandalosos*.

Ela começa a rir de novo, se curvando até se recuperar.

— Ah, meu Deus, eu te amo tanto e estou tão feliz por você viver aqui conosco agora. Ninguém me faz rir como você.

— O Flynn faz.

— Ele me faz rir de maneiras diferentes. Mas você tem um jeito só seu, minha amiga.

— Faço o que posso por você.

Ela me dá um olhar observador.

— O que faremos a respeito dessa coisa enorme que você tem pelo Emmett?

— Aposto que ele tem uma coisa enorme. Consegue imaginar? Com todos aqueles músculos... humm. — Enquanto ela ri de novo, balanço a cabeça porque não posso seguir por esse caminho quando faltam horas para o meu momento com o *Roger Rabbit*. — Preciso de uma bebida. — Usando um saca-rolhas que encontro no balcão, abro a garrafa de vinho que trouxe e sirvo uma boa dose. — Me desculpe por beber na sua frente.

— Não se preocupe. Não quero mesmo. Tudo o que como e bebo me deixa enjoada, exceto água e bolachas.

— Ainda? Isso é horrível.

Ela acena com a cabeça.

— É. Soube que deve melhorar logo. A qualquer momento. Mas voltando para você e o Emmett...

— Não existe Emmett e eu. Ele pensa em mim como um aborrecimento pequeno demais que ele tem que tolerar, porque sou sua amiga e assistente de Marlowe. Isso é tudo que sou para ele.

Natalie acaricia o queixo e me dá um olhar observador que faz com que eu me contorça um pouco.

— O quê?

— Estou pensando — ela fala, pegando Fluff quando a cadela se aproxima, a procura de sua pessoa favorita.

— Não faça nada. Não estou pedindo para você se envolver. Eu só precisava contar a alguém. Nós não somos como você e Flynn. Isso não é assim.

— Quem disse que não poderia ser?

Reviro os olhos de forma tão dramática quanto possível.

— Não quero me apaixonar loucamente. Só quero transar com ele.

— Com quem? — Flynn pergunta enquanto entra na cozinha segurando uma travessa que coloca na pia.

Vou morrer. Aqui mesmo, vou partir dessa para melhor. Sinto meu rosto queimar em todos os tons de vermelho que existem.

Então digo:

— Ninguém que você conheça.

Natalie, aquela vadia, começa a rir descontroladamente de novo.

— Por que sinto que interrompi alguma coisa aqui?

Natalie ri tanto que não consegue respirar, o que diverte o marido. Ele acha que tudo que ela faz é adorável e divertido.

— Vou sair. — Dou a Natalie um olhar de *não ouse dizer o que eu estava falando* quando vou para o banheiro vestir o biquini. Emmett está seminu na piscina. Pode apostar que vou me juntar a ele. Enquanto me troco, tento não pensar no fato de que alguém agora sabe da minha obsessão secreta, que não é mais um segredo.

Espero não ter cometido um grande erro ao contar a Nat.


## *Emmett*


Ela está sexy pra cacete usando um biquíni que quase poderia ser chamado de indecente em uma reunião entre amigos e na presença de crianças. Mesmo os sobrinhos de Flynn, que ainda estão na escola primária, percebem o modo como os seios dela quase caem das taças.

Felizmente, a maior parte do meu corpo está debaixo d'água, então não podem ver que estou duro por ela.

Não quero ficar excitado. Ela é um bebê comparada a mim, e não tenho nada que notar seus seios ou qualquer das partes do seu corpo que não estão cobertos pelo traje de banho que nada mais é do que algumas tiras colocadas estrategicamente. Ela se reclina na escada que fica na parte rasa e se apoia nos cotovelos enquanto me olha brincar de cavalinho com as crianças.

E sim, posso senti-la observar cada movimento meu, assim como o latejar na minha virilha.

— Vamos brincar ou o quê? — pergunto a Connor e a seu irmão mais novo, Mason, que está usando boias nos braços. Tive que tirar o peixinho do fundo várias vezes.

— Eu quero brincar — Garrett, o mais novo, fala da lateral da piscina.

Vou até ele e o coloco em meus ombros.

Ele grita de alegria por sua nova altura.

— Cuidado, rapazes — digo a seus irmãos. — O Garrett vai pegar vocês.

Os outros dois gritam enquanto nos atacam. Afasto meu olhar por apenas um segundo para olhar para Leah, que está umedecendo os lábios enquanto me observa. Enquanto fixo meu olhar no movimento da sua língua passando no lábio e contenho uma onda de calor na minha virilha, dois garotos hiperativos vêm nadando em minha direção, um deles atingindo meu pau duro com o pé firme. Suspiro pela pontada de dor que viaja como um relâmpago através de todo o meu corpo e luto para manter meu controle sobre Garrett enquanto meus joelhos se dobram.

— Emmett!

Ouço o grito angustiado de Leah, mas estou com muita dor. Mal posso respirar, muito menos falar. Fui completamente abatido e a culpa é dela. É mil por cento culpa dela e de sua língua.

3

---

*Emmett*

— **S**into muito, *muito mesmo*, Emmett — Annie, a irmã de Flynn, fala enquanto paira sobre mim. Ela deveria mesmo se desculpar. Seus filhos, aqueles animais selvagens, me quebraram completamente. Posso nunca mais ter relações sexuais graças a eles. Mas eu não os culpo. Ah, não. A culpa não é deles. A culpa é toda dela.

Enquanto *ela* fica ali por perto, Natalie me entrega mais uma bolsa de gelo.

Eu a troco, entregando-lhe a usada. Bolsa de gelo, mesmo por cima do calção de banho, não é nada agradável, mas a dormência causada por ela alivia a dor terrível.

Flynn, Hayden, Sebastian, Jasper, Kristian e Hugh, o marido de Annie, ficam longe do desastre, com os rostos pálidos e os olhos arregalados. Uma lesão no meu pau dói em todos.

Leah se move em toda a sua glória sexy, se colocando à vista, e meu pobre pau machucado surge com interesse. A dor agonizante permeia a dormência.

— Saia da merda da minha visão — digo a ela em um grunhido baixo e sinistro. Me arrependo no mesmo instante das minhas palavras afiadas, especialmente quando vejo sua expressão magoada. Não é culpa sua que não seja capaz de controlar meu pau quando ela está por perto. Mas ele não está em condições de ficar duro agora, nem em qualquer momento no futuro previsível.

Mudo de posição e, imediatamente, sinto que vou vomitar, então encosto a cabeça na poltrona e oro por misericórdia ao deus dos machos feridos.

— Cara. — Flynn se agacha ao lado da minha cadeira e dá uma olhada na cena do crime, não que ele ou qualquer outra pessoa possa realmente ver qualquer coisa. — O que podemos fazer?

— Nada — digo, rangendo os dentes.

— Precisa de atendimento médico? — Natalie pergunta.

— Deus, espero que não. — O pensamento do meu pau ter sido quebrado é mais do que posso suportar considerar.

— Um de nós deve dar uma olhada — Hayden fala, deixando claro que não será ele quem fará isso.

— Saiam de perto dele e vão cuidar das suas vidas — Marlowe diz para os outros homens. — Emmett, me deixe ver como está.

Se o pobre coitado não tivesse sofrido uma lesão terrível, ele se esconderia dentro dele mesmo, outro pensamento que quase me faz vomitar.

— Eu... — Engulo a bile que queima minha garganta. — Não acho que seja necessário.

— Não seja infantil — Marlowe fala. — Quem já viu um pau, já viu todos. — Ela vem até a cadeira e remove a bolsa de gelo. — Abra o calção e diga ahhh.

— Que bom que você acha a situação engraçada. — Desamarro o calção e puxo o velcro para que ela possa ver o interior.

Seus olhos se arregalam, e ela faz uma careta.

— Sim, ele precisa de um médico.

Arrisco um olhar na direção do desastre e quando vejo preto e azul, quase desmaio. Meu pau está realmente quebrado! O pânico me atinge. Meu coração dispara e minha pressão sanguínea deve estar bem dentro da zona de perigo.

— A Leah pode levá-lo — Natalie diz.

*O quê?*

— Não há necessidade. Posso ir sozinho.

— Ela está indo nessa direção mesmo — Natalie continua como se eu não tivesse dito nada. — Vamos levá-lo para o carro.

Quero choramingar como um bebê e implorar para não me tocarem. Mas antes que eu possa dizer uma palavra, Flynn, Hayden, Kristian e Sebastian me cercam e me levantam, tropeçando enquanto se esbarram e me empurram pela casa, e eu tento não chorar como um cão ferido. Espero que eles nunca saiam dos empregos para se juntarem ao serviço de resgate. Quando chegamos à entrada, quero pedir a um deles para enfiar um picador de gelo na minha jugular, porque com certeza preferiria isso ao que quer que esteja reservado a mim e meu pobre pau.

Eles me colocam de forma dolorosa no banco do passageiro do meu próprio carro, provavelmente escolhido porque está mais perto do que o dela. *Leah*. Argh. Gostaria de ter forças para dizer que ela é a última pessoa que quero que me leve a qualquer lugar, porque ela já me deixa louco.

Ela e Natalie saem da casa presas em uma discussão. Sou grato por pequenos favores, como o vestido que agora cobre o biquíni. Mas quando ela vem em minha direção, visivelmente irritada e cheia de atitude com o cabelo castanho dourado na altura dos ombros balançando com a brisa e os seios saltando a cada passo, o sangue no hemisfério sul vai em direção ao meu pau mais uma vez, me fazendo quase gritar de dor.

Ela entra no carro e bate a porta.

Até isso dói.

— Não foi ideia minha — ela declara.

— Eu estava lá. Eu sei.

— Chaves?

— Aperte o botão. E se bater com o meu carro, vou te processar e pedir tudo que você tem como indenização.

— Você não será capaz de ir ao McDonald's com o que tenho, mas vá em frente. — Ela coloca o carro em marcha ré e sai da garagem pisando um pouco forte demais nos freios antes de conduzi-lo até a rua e descer a colina para a cidade.

— Vá com calma, tá? Comigo e com o carro.

— Para onde vamos?

Eu a direciono para a emergência do Cedars-Sinai, onde ela para o carro com um barulho horrível vinte agonizantes minutos depois. Ela sai e corre para dentro procurando por ajuda e retorna com uma mulher de uniforme empurrando uma cadeira de rodas.

Tem que chegar a esse ponto? Abro a porta, me viro para colocar as pernas para fora e quase desmaio de dor, o que faz a cadeira de rodas parecer muito boa para mim.

— Tenha cuidado — Leah pede. — Ele está com muita dor.

— O que aconteceu? — a enfermeira pergunta.

— Uma criança chutou seu pênis quando estavam na piscina.

— Ai — a enfermeira responde.

*Sério?*

Enquanto ela empurra a cadeira, Leah avisa:

— Vou estacionar. Já entro.

— Não precisa ficar. Estou bem.

— Não vou deixar você aqui sozinho — ela protesta.

Não tenho meios para discutir com ela, não quando estou em pânico total e suando só em pensar no que está prestes a acontecer aqui. Imagino uma pequena loja de horrores cheia de agulhas apontadas para o meu pobre pau ferido. E se houver danos permanentes? Esse pensamento é tão debilitante que não consigo me esforçar para ficar chateado quando Leah entra na sala de exames comigo. A enfermeira me verifica e diz que o médico estará comigo em breve. *Diga a ele para levar o tempo que quiser*, quero falar.

— Posso fazer alguma coisa? — Leah está inquieta e anda pelo pequeno cubículo como um reator nuclear cheio de energia sem ter onde gastá-la.

— Você não fez o suficiente?

Ela se vira para me encarar com os olhos brilhando. Caramba, ela é sexy e não acho que saiba disso.

— O que isso quer dizer? Não fui eu que te chutei.

— Podia muito bem ter sido você.

— Não tenho ideia do que você está falando.

Dolorosamente, me levanto e me apoio nos cotovelos, zombando da sua pose na piscina, e passo a língua sobre o lábio inferior de forma tão lenta e sedutora quanto posso.

— Isso te traz alguma lembrança?

A princípio, ela me encara confusa, e então seus olhos se arregalam e seus lábios se separam.

— Você está dizendo que quando eu fiz isso, você...

— Fiquei *duro*, então Connor me chutou e aqui estamos nós. Então sim, a culpa é *sua*.

Seus olhos brilham com fogo e paixão que acendem uma nova onda de desejo em um lugar que não consegue lidar com nada parecido com desejo no momento.

— Essa é a maior besteira que já ouvi. Como é que o fato de você não poder se controlar é culpa *minha*?

— Apenas é. — Me sento contra os travesseiros, cruzando os braços e me parabenizando silenciosamente por vencer essa rodada.

E então ela começa a rir. Ri tanto que as lágrimas enchem seus olhos e escorrem pelas bochechas.

— O que é tão engraçado?

— Todo esse tempo — ela diz, ofegando enquanto enxuga as lágrimas — tenho achado que não tenho chances com você, porque provavelmente acha que sou muito jovem e, na verdade, tenho te deixado excitado. — Ela começa a rir de novo e, de repente, não estou me sentindo tão vitorioso quanto antes.

— Você *não* tem chance comigo.

— Seu pau parece gostar de mim.

— Não se sinta elogiada por isso. Ele é fácil.

Se pudesse soprar fogo em minha direção, ela o faria e, por alguma estranha razão, isso me excita e a besta volta à vida com um pico doloroso e angustiante que me deixa sem fôlego pela dor.

Com os dentes cerrados, eu digo:

— Vá para casa e me deixe em paz.

— Por quê? Está acontecendo de novo? — Ela se inclina para dar uma olhada mais atenta e quando vê a pequena tenda na camisola do hospital, explode em risos novamente.

— Não é engraçado. — Estou basicamente rosnando para ela agora.

— É, sim.

— Você não vai rir quando eu te colocar em cima de um banco de surra e deixar sua bunda rosada.

Se apoiando na grade da cama, ela é a imagem de ávido entusiasmo.

— Quando podemos fazer isso?

Gemendo, quase desmaio de dor quando meu pau se inflama com o status de ereção completa. Ela *quer* que eu bata nela? Misericórdia.

Sou poupado de um inferno, mas apresentado a outro quando o médico chega, se desculpando por me fazer esperar.

Ele se apresenta como dr. Lowell, residente cirúrgico especialista em urologia.

— O que aconteceu?

— Levei um chute no pênis — digo a ele, tentando não reagir demais à palavra "cirúrgico" em seu título.

— Enquanto ele estava duro — Leah acrescenta em tom útil.

Vou espancá-la até que ela não possa se sentar por uma semana. E então... *cacete, pare. Isso dói!*

— Vejo que você manteve a ereção desde a lesão — o médico fala, apontando para a tenda na camisola.

— Ah, essa é nova — Leah responde de forma presunçosa. — Ele não consegue se segurar quando estou por perto.

Lanço o olhar mais feroz que consigo fazer em sua direção, mas ela apenas sorri e acena para mim.

— Ouviu algum tipo de estalo ou ruído de fratura quando a lesão ocorreu? — o médico pergunta.

— Hã, não, não que eu me lembre. — Engulo em seco. Pênis podem estalar ou fazer ruídos de fratura? Prefiro não ter essa informação.

— Algum sangramento ou secreção?

Quero perguntar se líquido pré ejaculatório conta, mas tenho a sensação de que não é isso que ele quer saber.

— Não.

— Deixe-me dar uma olhada — o médico fala.

Antes que eu possa dizer a ele que ela não é minha namorada e que não deveria estar aqui, ele está levantando minha roupa para revelar o meu pau duro, que ostenta uma enorme contusão preta no meio.

A visão daquele hematoma me deixa tonto e, por um segundo, temo desmaiar. E então ele o toca, e eu apago.

## *Leah*

*Puta merda, ele é enorme.* E por enorme, quero dizer *gi-gan-tes-co.* Facilmente uns vinte e dois centímetros. Talvez vinte e cinco, e grosso também. *Caramba.* Olho para o seu pênis machucado e tento não babar com o pensamento das coisas que eu gostaria de fazer com aquele pênis monstruoso. Estou babando?

E então o médico toca a área lesionada, e Emmett desmaia.

Corro para junto do leito e antes que possa questionar a sabedoria do que estou fazendo ou por quê, estou acariciando seu rosto e seu cabelo, e implorando para que ele acorde.

Seus olhos se abrem, e ele me olha confuso por um segundo antes que a confusão se transforme em raiva ou desejo. Não posso dizer ainda. A raiva me intimida, mas o desejo me faz ficar perto, continuando a acariciar seu rosto e cabelo enquanto o médico mexe com seu pênis.

— A boa notícia é: — o médico fala — não acho que esteja quebrado e não precisa de cirurgia.

Argh... *cirurgia?* Puta merda.

Emmett me dá um olhar selvagem que indica seus sentimentos sobre a cirurgia no pênis.

— Se essa é a boa notícia, quais são as más? — Emmett pergunta.

— Vamos precisar de exames de sangue e de urina, para começar.

Em seguida, faremos outros exames para garantir que você não tenha fratura, incluindo o que é chamado de cavernosografia.

Estremeço e apoio a mão em seu ombro. O que quer que isso seja parece horrível.

— O q-que é isso?

— Injetamos uma solução corante na glande para que possamos checar se há sangramento.

— Acho que vou vomitar — Emmett fala.

O médico rapidamente entrega a ele uma tigela de plástico rosa que tem a forma de um feijão.

— Você será anestesiado primeiro, depois uma rápida picada e você não deve sentir nada. Acredite em mim, você quer que sejamos meticulosos aqui para que você não perca nenhuma funcionalidade.

Aceno de acordo. Depois de descobrir que o desejo corre nos dois sentidos entre nós, a perda de qualquer funcionalidade nesta conjuntura crítica em nosso relacionamento seria realmente trágica. Isso faz de mim uma vaca egoísta? Que se dane. Se tivesse visto aquele pênis enorme e bonito totalmente ereto por sua causa, também faria tudo o que pudesse para proteger sua saúde.

Mas o pobre Emmett está péssimo.

— Você deve mesmo ser meticuloso — eu digo ao médico.

Isso me faz ganhar outro olhar revoltado do objeto do meu desejo.

— O quê? — pergunto a ele. — Quer ficar com danos permanentes?

— Vou pedir que a enfermeira volte para prepará-lo. Será rápido e, se tudo estiver bem, vamos mandá-lo para casa com antibióticos só por garantia.

— E se... — As palavras morrem em seus lábios. Ele engole em seco e começa a suar. — E se não estiver?

— Vamos fazer a cirurgia para estancar qualquer sangramento.

A palavra "sangramento" rouba toda a cor restante do seu rosto. Até os lábios dele estão brancos.

— Com base no meu exame inicial, não acho que a cirurgia seja necessária neste caso, mas essa é uma daquelas situações em que é melhor prevenir do que remediar. Tente não se preocupar. — Ele dá um tapinha no braço de Emmett. — Te vejo na sala de radiologia.

— Acho que estou tendo um ataque cardíaco — ele fala quando estamos sozinhos, a mão contra o peito.

— Você não está tendo um ataque cardíaco.

— Você ouviu o que ele disse? Vão colocar agulhas, múltiplas agulhas, no meu pau!

— Ele disse que vai ser rápido e você não vai sentir nada.

— É *uma agulha. No meu pau.*

Preciso de todo o meu esforço para não rir desta versão desequilibrada de Emmett, que normalmente é a imagem da compostura legal. Mas como ele está realmente assustado, e com boas razões, não dou risada. Em vez disso, coloco meus braços ao seu redor com o máximo da minha habilidade com a cama no caminho.

— Respire — digo a ele. — Apenas respire.

Me assusto quando ele se inclina para mim e respira fundo, parecendo relaxar um pouco. Sendo a oportunista desavergonhada que sou, aproveito ao máximo, passando os dedos pelos seus cabelos, tentando acalmá-lo. Desejei tocar seu cabelo desde o dia em que o conheci, e quando os fios macios como seda deslizam pelos meus dedos, decido que a espera valeu a pena.

Quando ele se inclina contra mim — o mais perto que já estive dele —, descubro, para minha surpresa, que não estou pensando em lamber o pênis de vinte e dois centímetros ou em outra coisa além de acalmá-lo e oferecer conforto. Nesses minutos carregados, a obsessão que alimentei por ele se transforma em algo muito mais significativo.

Não quero só transar com ele. Eu realmente me *importo* com ele.

Hã? Quando isso aconteceu?

— Você não tem que ficar por aqui — ele murmura algum tempo depois.

Estou tão ocupada acariciando seu cabelo que quase não ouço suas palavras, ditas em um tom de voz baixo.

— Não vou a lugar nenhum.

— Sinto muito se fui um idiota com você mais cedo. A culpa não foi sua. Não exatamente.

— Isso soa como um pedido de desculpas pouco sincero — eu digo em tom divertido.

— A coisa da língua foi cem por cento sua culpa. Minha reação a isso e aos pés de Connor não foram.

— Sempre o advogado.

— Pode quebrar meu pênis, mas não pode tirar meu diploma de direito.

O bom-humor é reconfortante. Vê-lo desolado foi perturbador. Percebo que conto com ele para ser racional enquanto estou perdendo a cabeça por ele.

— Gosto de você, Emmett.

— Notei isso, Leah.

— Existe alguma chance de, você sabe, gostar de mim também?

— Acredito que o fato de estarmos no pronto-socorro com um possível pênis quebrado seja a prova de que também devo gostar de você — ele fala com um profundo suspiro.

— Por que não parece feliz com isso?

— Além de você ser dez anos mais nova que eu e uma colega de trabalho?

— Sim, além disso.

Antes que ele possa responder, uma enfermeira entra apressada com uma bandeja de ferramentas que o fazem se encolher. Não tenho escolha a não ser soltá-lo, mas realmente não quero.

## *Emmett*

As próximas duas horas são como algo saído de um filme de terror, começando com a enfermeira que vem coletar a amostra de urina, também conhecido como fazer xixi através de lâminas de barbear. Ela diz que a dor é devido ao inchaço — e não do tipo bom. Quase desmaio pelo esforço necessário para ficar de pé e faço xixi suficiente para o exame. Considero como um bom sinal que não vejo nada de sinistro na saída, mas ela diz que não teremos certeza até que o laboratório faça a análise.

Ela é uma estraga prazeres.

Acontece que fazer xixi era a parte divertida de uma noite que só piorava quando fui levado para uma sala fria e cheia de equipamentos, colocado em uma mesa e obrigado a abrir as pernas enquanto examinavam meu pobre pau.

A "picada" para entorpecê-lo vai entrar na minha história pessoal como os piores trinta segundos da minha vida. Não tenho vergonha de gritar e chorar como um bebê, o que significa muito, porque nunca grito ou choro. Mas também, nunca tive uma agulha no pau antes, o que parece um inferno na terra.

Enquanto espero que a prometida anestesia se instale, começo a barganhar com Deus, com quem não falo há algum tempo. Digo que se Ele permitir que eu saia dessa sem danos permanentes no pau, serei eternamente grato. Vou ser legal com Leah, que foi excepcionalmente legal comigo durante essa provação.

Em um estado feliz de dormência peniana, olho para o teto e me esforço muito para não prestar atenção ao que está acontecendo abaixo. Nossa conversa de antes passa pela minha cabeça.

— *Por que não parece feliz com isso?*

— *Além de você ser dez anos mais nova que eu e uma colega de trabalho?*

— *Sim, além disso.*

Não tive a chance de responder à pergunta antes da enfermeira aparecer me pedindo para fazer xixi, mas se tivesse tido a chance, o que eu teria dito? Não sei. Estou feliz com o fato de que a quero? Não, não mesmo. Eu não a desejaria se pudesse escolher? Não mesmo. Ela é problema com P maiúsculo. Não é só o fato de trabalharmos juntos ou de que sou mais velho que ela. Há uma ousadia no que se refere a ela que desafia tudo o que acredito como profissional, advogado e adulto. E eu não ajo assim.

Sou muito controlado, especialmente em minhas relações com mulheres.

Não posso, de forma alguma, imaginar Leah permitindo que eu ou qualquer homem a controle. Ela não é assim. Pelo que observei nos meses desde que veio trabalhar para nós, ela é um espírito livre que escreve suas próprias regras à medida que avança, o que faz dela o meu oposto polar.

Se não fôssemos colegas de trabalho, eu poderia considerar um caso de uma noite só. Até consideraria ter um encontro baunilha pela primeira vez em anos, só para extinguir a atração entre nós. Mas mesmo uma noite com ela é complicado, principalmente por ser quem é para Natalie, Flynn e Marlowe. Valorizo muito meus relacionamentos com cada um deles para arriscá-los transando com ela.

Vou manter o pau dormente e machucado nas calças quando Leah estiver por perto, mesmo que ela continue me rodeando com suas incessantes questões legais inventadas, peitos empinados e grandes olhos azuis que me olham como se eu fosse o último homem na Terra depois do apocalipse. Sinto um momento de diversão quando penso na variedade de questões legais que ela me apresentou. Ela é muito persistente.

O que apresenta um problema secundário. E se ela não pegar a dica de recuar e continuar a fazer cena de si mesma — e de mim, por extensão — perto dos nossos colegas, que também são meus melhores amigos? Solto um suspiro profundo quando fica claro para mim que cometi um grande erro ao admitir que estou atraído por ela. A culpa é da vulnerabilidade que surge ao olhar as agulhas no pênis. Essa é a única desculpa possível para baixar minha guarda no que se refere a ela.

Mas gostei de sentir seus dedos no meu cabelo e apoiar a cabeça em seus seios...

— Pronto, sr. Burke — diz o urologista, animado. Claro que ele está animado. Ninguém está enfiando agulhas no seu pau.

— Está quebrado?

— Teremos que esperar que o radiologista faça o laudo antes de sabermos com certeza se a cirurgia é necessária. O resultado do exame deve sair dentro de uma hora.

A equipe médica me ajuda a levantar da mesa, me coloca em uma cadeira de rodas e me leva de volta ao cubículo onde Leah está me esperando. Ela pula quando me vê chegando e corre para ajudar a me acomodar de volta na cama, puxando um cobertor sobre mim sem deixá-lo cair na virilha machucada.

Estou acabado pela provação, mas meu pau dá um feliz e doloroso sinal de vida ao ver do seu rosto bonito e preocupado.

Estou fodido em mais de uma maneira.

# 4

*Leah*

As notícias são boas. Sem fratura ou sangue na urina. O médico prescreve antibióticos a Emmett para afastar qualquer infecção potencial e ordens estritas para ter calma por alguns dias. Sem fazer esforço, força e sem atividade sexual até que a dor desapareça. Isso significa que ele vai estar bem quando formos para Napa, o que é excelente para os meus planos. Envio uma mensagem de texto rápida para os outros, que estão aguardando notícias e fico impressionada com as respostas que expressam alívio.

Ninguém está mais aliviado do que Emmett, que parece completamente exausto quando saímos devagar do pronto-socorro.

— Quer que eu vá buscar o carro? — Aponto para onde o veículo está estacionado.

— Posso ir andando.

Sua caminhada é mais como mancar.

Seguro a porta do passageiro até que ele esteja acomodado e então vou para o lado do motorista. Emmett não mora longe de mim em Santa Monica, e não me pergunte como sei disso. Nunca vou admitir ter bisbilhotado em lugares do trabalho que não tenho o direito de bisbilhotar para descobrir onde ele mora. Foi a única vez que cruzei a linha em busca de informações sobre o homem por quem tenho interesse, e vivo com um medo mortal de alguém descobrir que fiz isso.

— Para onde? — pergunto a ele em um tom alegre de *como posso saber onde você mora.*

Ele recita o endereço e, embora eu saiba exatamente onde fica, peço que ele me oriente mesmo assim.

— Não é longe de onde você mora.

— Ah, sério? — Meu Deus, estou ótima. Talvez eu deva conversar com Hayden para conseguir um papel em um dos próximos filmes da Quantum. Eu poderia interpretar uma assistente zelosa de uma das maiores estrelas de Hollywood ou algo assim. Estou qualificada para interpretar esse papel.

— Você fala como se não soubesse exatamente onde eu moro.

*Pega no flagra.* Talvez eu não seja uma atriz tão boa quanto acho que sou.

— Como eu saberia disso?

— Da mesma forma que sabe tudo sobre mim. Memorizou meu número da previdência social?

— Não, porque isso seria assustador. Estou obcecada, não sou assustadora.

— Quando é o meu aniversário?

— Não sei.

— Mentira. Você já admitiu que quer entrar nas minhas calças. Por que começar a mentir agora?

— Não estou mentindo. — Não muito. Dezoito de julho. — E, à propósito, não quero entrar nas suas calças quando seu pênis está machucado.

— Meu pênis está machucado, mas não vai ficar assim para sempre. Voltará ao normal em alguns dias.

— Por que está me dizendo isso quando sou a última mulher no mundo com quem você deixaria seu pênis precioso brincar?

— Não a *última* mulher...

— Ah, certo. A penúltima.

— É complicado, Leah — ele fala com outro daqueles suspiros profundos que pareço tirar dele regularmente. — Levo meu trabalho e minhas amizades a sério. Os sócios da Quantum não me pagam para expô-los à suscetibilidades. Eles me pagam para protegê-los disso.

Me forço a manter meus olhos na estrada quando tudo que quero é olhar para ele.

— Você acha que eu seria uma suscetibilidade?

Ele solta uma gargalhada, o que me faz querer dar um soco em seu pênis machucado. Não que eu vá fazer qualquer coisa para prejudicar ainda mais a grandeza do seu pênis. Agora que o vi de perto e pessoalmente, e testemunhei Emmett vulnerável e ferido, eu o desejo mais do que antes, o que é bastante assustador.

— Você, minha querida, é a razão pela qual a palavra *suscetibilidade* foi inventada.

— Isso é muito insultante — retruco, mesmo quando me animo por ser chamada de sua querida. Quero ser a sua querida e tudo mais, e depois de hoje à noite, estou mais determinada do que nunca a fazer algo acontecer entre nós. Embora, depois de ver o tamanho do seu pênis, que é magnífico mesmo quando machucado, e percebendo que realmente gosto dele, uma noite não será suficiente. Esse é um pensamento assustador para alguém que se considera jovem demais para ter qualquer coisa mais significativa com um homem.

— Seja como for — ele fala com desdém divertido. — O que é preciso para convencê-la de que isso nunca funcionaria?

— A chance de provar o contrário. — Seguro o volante com mais firmeza, precisando me segurar em algo enquanto dou um mergulho de cara na verdade.

— Linda, você é uma garota legal.

— Mulher. Sou uma mulher crescida.

— Você é uma doce, sexy e adorável mulher crescida.

Meu coraçãq! Os elogios! Meu *rabbit* e eu vamos nos alimentar deles por semanas.

— Você não está tentando me convencer a não te desejar sendo gentil comigo.

— Não sou o cara certo para você. Em algum lugar por aí, tem um cara que vai adorar te mostrar como você é incrível. Não sou esse cara.

— Como uma mulher crescida, tenho direito a decidir que tipo de homem eu quero?

— Claro que sim, mas...

— Ótimo. Quero você.

— Você nem me conhece.

— Sei o suficiente.

— Não sabe, não. — Ele me direciona para a garagem do condomínio de luxo onde mora e aponta para a sua vaga.

Estaciono o carro e aperto o botão para desligar o motor, mas não saio, e ele também não.

— O que mais preciso saber?

— Muito.

— Posso ser mais jovem que você, mas não sou criança, uma virgem inexperiente ou alguém que precisa ser protegida. Como mencionei antes, sou uma mulher crescida e totalmente capaz de decidir por mim mesma com quem quero estar.

— Por que eu?

Tiro um minuto para formar minha resposta, porque é bem possível que nada que eu tenha dito seja mais importante que isso. Ainda olhando direto para a parede de concreto da garagem, levo um segundo para organizar meus pensamentos.

— Desde a primeira vez que te vi no casamento de Flynn e Nat, fiquei intrigada. Depois que falei com você no meu primeiro dia na Quantum, quis te conhecer. Queria saber tudo a seu respeito. Nunca tive essa reação a qualquer outro homem. — Criando coragem, arrisco um olhar na sua direção. — Olho para você e te desejo. Tentei dizer a mim mesma que não é uma boa ideia? Muitas vezes. Estou ciente de que só pareço te aborrecer quando quero te atrair? Absolutamente.

— Você não me aborrece.

Como uma frase poderia gerar essa esperança me surpreende e espanta.

— Não? — Minha voz é estridente e alta, que é a última coisa que quero que seja quando estou tentando convencê-lo de que sou adulta.

— Acredito que provei o contrário em várias ocasiões hoje à noite.

— Rindo baixinho, ele balança a cabeça. — E, a propósito, eu gostaria de estar só me sentindo aborrecido com você.

Agora isso está ficando interessante. Eu me viro para encará-lo.

— O que mais você está sentindo?

— Atraído.

— Você está sob efeito de algum tipo de droga que não vi te darem? É daí que estas confissões estão vindo?

Ele sorri e é *letal*.

— As coisas que eu gostaria de fazer com essa sua boca impetuosa...

— Como o quê? — Se ele não me disser, vou morrer aqui mesmo. Já estou com medo de deixar uma mancha molhada no banco de couro macio.

— Use a sua imaginação.

— Ah, acredite em mim, eu uso. Tenho uma imaginação muito vívida no que se refere a você.

Seus lindos olhos se movem para minha boca e aquecem com desejo óbvio. Então ele estremece.

— Não posso fazer isso agora. Meu pau está machucado.

O que significa que seu pau está participando dessa conversa. Mais esperança. Estou tão cheia de esperança que posso explodir.

— Vamos te acomodar.

— Posso assumir daqui.

— Não me mande embora, Emmett. Me deixe cuidar de você.

— Não sei se posso lidar com o seu tipo de cuidado agora.

— Vou me comportar. Prometo.

— Tudo bem — ele fala, soando derrotado e cansado.

Tudo bem. Posso trabalhar com derrotado e cansado, mas só se eu puder entrar em sua casa para cuidar dele enquanto tento convencê-lo a nos dar uma chance. Isso é tudo que quero — uma chance de mostrar a ele que poderíamos ser incríveis juntos — a curto prazo, é claro. Mas primeiro, temos que curá-lo. Se eu puder convencê-lo a me dar essa chance, vamos precisar que o seu equipamento danificado esteja em *pleno* funcionamento.

Só o pensamento do que vi naquele quarto de hospital é o suficiente para quase me fazer gozar. Nunca estive com um cara tão grande antes e mal posso esperar para descobrir se tamanho realmente importa. Enquanto ele manca em direção ao elevador, me lembro de que promessas foram feitas e que é necessário me comportar.

— Qual andar? — pergunto, embora eu saiba.

Ele revira os olhos. Adoro que ele me conheça tão bem.

— Quarto.

Pressiono o botão e, em seguida, fico no canto do elevador, assim não há chance de tropeçar, bater nele ou fazer qualquer coisa para piorar sua situação. Só quero fazer com que as coisas fiquem melhores. Estaria disposta a beijá-lo, se isso ajudasse. Não sou nada além de alguém que quer ajudá-lo. Engulo em seco para evitar que a baba na minha boca escorra pelo queixo.

Quando chegamos no quarto andar, eu o sigo enquanto ele se move com cuidado até o apartamento no final do corredor, de frente para o oceano. Claro que sei qual é o dele. É aquele com móveis de varanda em madeira e almofadas com listras vermelhas e bege. *Elegante, mas masculino*, pensei na primeira vez que cheguei sua casa da rua quando soube que ele estava em uma reunião externa com Hayden. E agora estou prestes a ser uma convidada ali. Tudo que posso fazer é conter a alegria vertiginosa que quer me fazer rir como uma hiena.

*Comporte-se, Leah. Você disse a ele que é adulta, então agora aja como uma.*

— Lar doce lar. — Ele abre a porta para um espaço contemporâneo incrível que maximiza totalmente o que deve ser uma vista deslumbrante do Pacífico e do Píer de Santa Monica. — Não bisbilhote. Ouviu?

— Eu nunca faria isso. — Minto muito.

— Até parece, pit bull.

— Ahhhh, você está me dando apelidos fofos. Isso significa que somos um casal?

— Isso *não* significa que somos um casal e ser comparada a um pit bull não deveria te agradar.

— Por que não? Eles são conhecidos por serem tenazes, resistentes, persistentes e determinados. Posso viver com essa comparação.

Ele geme.

— Você me deixa louco.

Decidindo ignorar isso, resolvo que se vou enlouquecê-lo, posso muito bem ir com tudo.

— Já que estamos falando de apelidos, pensei muito em qual deveria ser o nome do casal. Em-ah é meio feminino para um cara musculoso como você, então prefiro Lemmett.

O olhar feroz que ele me dá me faz querer rolar de rir. Não tenho ideia de como consigo segurar a risada.

— *Não* somos um casal e se você me chamar de algum desses nomes, vou conseguir uma ordem de restrição.

Estremeço de forma dramática.

— Fico tão excitada quando você banca o advogado. Seu cérebro é quase tão sexy quanto o seu grande...

— *Leah*! É assim que você disse que se comportaria?

— Eu ia dizer bíceps. O que você estava pensando?

— Estou pensando que preciso ir para a cama antes de ceder à vontade de te dar uma palmada ou me machucar ainda mais.

Duas referências a palmadas na mesma noite? *Cala. A. Boca.* Onde me inscrevo para isso? Suprimindo uma necessidade urgente de ofegar como um cachorro no cio, eu falo:

— Vá na frente. Vou te ajudar a se acomodar e me deitar no sofá.

— Se você insistir em ficar, vai dormir ao meu lado, assim posso ficar de olho em você. Não confio que você não vá bisbilhotar.

— Que pena. Temos que dormir juntos? Deus, isso é uma merda.

— Mesmo com uma ida ao pronto-socorro, nunca tive um momento melhor na vida do que estou tendo enquanto o estou cutucando. Eu diria isso a ele, mas suspeito que ele ainda seja sensível à palavra cutucar depois dos eventos desta noite.

— Isso não significa nada.

— Se você diz, garanhão. — Eu o sigo até seu quarto, que também fica de frente para o cais e o oceano. Mal posso esperar para ver a vista de manhã — e não apenas do lado de fora. Vou conseguir ver

Emmett na cama de manhã... as endorfinas que correm através de mim me deixam tonta.

Enquanto ele está no banheiro, me sento na enorme cama king-size. Meu telefone vibra com uma mensagem de Nat.

*Onde você está?*

*Cuidando do meu paciente. Cuidando MUITO BEM dele.*

*AH MEU DEUS! Você está na casa dele?*

*Talvez...*

*Estou gritando!*

*Shhhh, vai acordar o Flynn.*

*Eu amo muito isso.*

*Quero muito amá-lo. Por falar nisso, dei uma boa olhada no seu equipamento no pronto-socorro. Ah. Meu. Deus.* Adiciono o emoji de fogo, no caso de não ter deixado claro o meu posicionamento.

*Vá devagar com o pobre rapaz. Ele está machucado.*

*Eu sei. Nada de diversão por alguns dias.* Coloco o emoji cara triste. Deve ser tempo suficiente para que eu possa me infiltrar completamente em sua vida.

*HAHAHA. Quase sinto pena do pobre Emmett.*

*O pobre Emmett* vai dar *graças a Santa Leah logo, logo.*

*Não posso acreditar que você escondeu isso de mim por todo esse tempo.*

*Tem sido estranho. Tecnicamente, trabalho para o seu marido.*

*Isso NÃO torna você mais leal a ele do que a mim.*

*Já mencionei que te amo muito?*

*Sim, senhora.*

Um gemido vindo de dentro do banheiro me faz correr até a porta.

— Você está bem?

— Estou tentando fazer xixi e isso está me *matando*.

— Precisa da minha ajuda? — pergunto, sempre oportunista.

— Não, não preciso da sua ajuda para fazer xixi.

Cubro a boca para não rir alto. Não acho engraçado que ele esteja machucado, mas tudo o mais nessa situação me deixa louca. Não que eu possa deixá-lo perceber que penso assim. Como estou encostada na porta do banheiro, quase caio nele quando ele abre a porta de repente.

Felizmente, paro minha trajetória antes de colidir com suas partes feridas.

Ele me dá aquele olhar feroz que estou esperando.

— O que é que você está fazendo?

— Esperando para ver se você precisa de alguma coisa.

— Não preciso.

— Ótimo. Se importa se eu usar o banheiro?

— Não, não me importo, mas não mexa nas minhas gavetas ou no armário.

— Por quê? O que você tem medo que eu possa encontrar?

— Vá ao banheiro, Leah, e não toque em nada além do vaso sanitário e da pia.

— Nossa, isso é tão suspeito. Aposto que há algo de bom para encontrar, como lubrificante.

— Você não gostaria de saber.

— Sim, eu gostaria mesmo de saber.

— Vou para a cama agora.

— Volto já, querido. Não comece sem mim. — Fecho a porta na cara dele, satisfeita por sua expressão hesitante que me diz que ele não confia em mim para ficar sozinha em seu banheiro. Mesmo que eu esteja pegando fogo de curiosidade, fico nas áreas que tenho permissão para tocar e só pego emprestado um pouco de pasta de dentes para escovar os dentes com o dedo. Gostaria de ter uma muda de roupa ou algo para dormir além do vestido que coloquei sobre o biquíni mais cedo, mas não ouso perguntar se posso pegar qualquer coisa emprestada.

Ele já está prestes a me chutar para o meio-fio. E suspeito que a única razão pela qual ainda estou aqui é porque seria mais difícil discutir comigo do que me deixar ficar. Estou bem ciente da minha tendência a ser difícil de um jeito irritante às vezes. Minha mãe costumava dizer que quando eu queria algo, não havia como discutir comigo.

Deus, sinto falta dela. Por que ela teve que morrer antes de eu não precisar mais dela?

*Não tenha pensamentos deprimentes quando estiver no banheiro de*

*Emmett Burke, prestes a compartilhar sua cama!* Eu foco nas portas espelhadas do armário. Eu podia dar uma pequena espiada, não é? Qual é a pior coisa que poderia acontecer? Imagino a porta saindo das dobradiças e batendo na bancada. Com as coisas indo tão bem entre nós, a última coisa que preciso é dos sete anos de azar que vêm com um espelho quebrado.

Resisto à tentação, mas, Deus, é difícil. Aquele armário me chama como um amante, cheio de informações que acrescentarão ao que já sei sobre ele.

— O que está fazendo aí? — ele chama. — Saia de perto do armário!

Saio do banheiro muito indignada, deixando uma luz acesa para que eu possa encontrar o caminho no escuro.

— Não estou mexendo no armário, seu louco paranoico.

— Certo — ele fala, soltando uma risada. — Estou mesmo muito paranoico ao pensar que você pode estar bisbilhotando a minha vida.

— Sim, está. E está cheio de si também. Eu disse que quero transar com você, não conseguir um PhD em Emmett Burke. — E qual o problema se eu quiser os dois? Ele não precisa saber disso.

— Não fale sobre transar quando estou machucado.

— Por quê? Isso te provoca uma pequena ereção? Ou devo dizer uma grande ereção?

— Por favor, vá para a cama, cale a boca e vá dormir.

— E eu que pensei que você poderia me pedir para dar um beijinho para sarar. Estou muito desapontada.

— Vou te sufocar enquanto você dorme. Talvez isso te cale.

Vou para o outro lado da grande cama e me viro para encará-lo.

— Você não vai me sufocar. Estará muito ocupado sonhando comigo dando um beijo para sarar. Já te disse que aprendi a fazer garganta profunda no ensino médio?

Gemendo, ele apoia a mão sobre a virilha e fecha os olhos.

— Estou implorando para você parar de falar.

Como se ele não tivesse dito nada, eu falo:

— Não tenho certeza se poderia fazer isso com essa sua coisa. É formidável. Mas, humm, com certeza, eu gostaria de tentar.

— Deve haver algo por aqui que eu possa usar para te amordaçar.

Eu rio do jeito que ele diz isso. Ele é tão sexy, mesmo quando está irritado. Talvez especialmente quando está irritado, já que ele está assim a maior parte do tempo quando estou por perto.

— Você adoraria isso, não é?

— Você não faz ideia.

Me viro na vasta extensão da cama até que estou bem ao seu lado. Seu corpo inteiro fica tenso.

— O que está fazendo?

— Não posso ter certeza de que você está bem lá do outro lá, e é por isso que estou aqui. E se você precisar de alguma coisa durante a noite e eu não puder te ouvir, por estar tão distante?

— Deixar você entrar na minha casa foi o maior erro que cometi.

— Ahh. Você está pensando isso? — Estendo a mão para acariciar seu cabelo, e ele se assusta com o meu toque. — Não fique nervoso. Relaxe. — Passo a mão sobre os seus olhos, esperando que ele os feche. — Descanse um pouco. Você vai se sentir melhor de manhã.

— Volte para lá, onde não posso sentir seu cheiro.

— Por quê? Estou fedendo? — Cheiro debaixo dos braços, mas não sinto cheiro de nada.

— Não, não está, e esse é o problema.

A consciência me domina lentamente, e um sorriso se estende pelo meu rosto.

— Ah, então você acha que meu cheiro é bom?

— Vá embora, Leah.

— Estou confortável aqui. — Puxo um travesseiro e me acomodo ao seu lado, o calor do seu corpo me fazendo formigar em todos os lugares certos. Aposto que ele provoca um calor maior quando está animado. — Sinto muito que você tenha se machucado — digo a ele e falo de coração. Sinto mesmo. Mas droga, não posso evitar de pensar que esse dia foi espetacularmente bom. Estou na cama de Emmett, dormindo ao seu lado. Se o seu pênis não estivesse machucado... ah, até onde poderíamos chegar!

— Obrigado por...

Espero sem fôlego para ouvir o que ele vai dizer.

— Me levar para o hospital e ficar por perto.

— O prazer foi meu. — Não consigo evitar. Ele está perto o suficiente para uma lambida. Então me levanto e me inclino para beijar seu ombro, dando um pequeno toque com a língua bem ali.

Agora, oficialmente, eu lambi Emmett Burke. Foi um dia muito bom mesmo.

5

*Emmett*

stou morrendo aqui. Estou sofrendo muito desde que ela disse as palavras "garganta profunda". E por que ela aprendeu uma coisa dessas no ensino médio? Quero desesperadamente perguntar, mas estou com muito mais medo de encorajá-la. *Humm, talvez devesse ter pensado nisso antes de convidá-la para a sua cama?*

Quero mandar meu subconsciente calar a boca, mesmo que ele esteja certo. O que eu estava pensando ao trazê-la até aqui? Ela é escandalosa, completamente desinibida e engraçada. É engraçada pra caramba e infinitamente divertida. Quando não está me aborrecendo.

Então ela beija meu ombro e é isso... engulo um gemido ao sentir sua língua contra a minha pele e uma corrente elétrica conectada diretamente ao meu pobre pênis machucado viaja pelo meu corpo. Ele não aguenta muito mais desse dia.

Durmo de forma irregular, consciente da sua presença ao meu lado a noite inteira, especialmente porque ela murmura coisas enquanto dorme, o que é meio fofo. Tudo nela é meio fofo, se for honesto comigo mesmo e tento agir assim, por que qual é o objetivo de mentir para si mesmo? Ela é fofa, sexy e irritante pra caramba. E engraçada. Não se esqueça disso. Deve ser a pessoa mais engraçada que já conheci. Isso quando não está me aborrecendo. Meus pensamentos dão voltas e mais voltas neste círculo interminável que tem Leah com toda a sua sensualidade irritante diretamente no meio deles.

Quando o amanhecer traz a primeira luz fraca, me vejo observando-a dormir e me maravilhando com o quanto ela parece doce e inocente. Não há comparação entre a Leah dormindo e a Leah acordada, e ver seus lábios se moverem ao falar enquanto dorme toca algo dentro de mim que estava resistente a ela.

Ainda tenho as mesmas reservas. Ela é jovem demais para mim. É uma colega de trabalho. É encrenqueira. Mas há algo nela que me atinge, mesmo que eu queira resistir. É tanto sua persistência quanto sua honestidade. Se ela quer alguma coisa — neste caso, eu — coloca todas as cartas na mesa. Apesar da sua relativa juventude, ela não faz os joguinhos que outras mulheres parecem gostar, e há algo muito revigorante nisso, mesmo quando me deixa louco.

Começo a me resignar ao que quer que ela ache que está acontecendo entre nós.

Ainda que eu trabalhe para todos os sócios da Quantum, respondo a Kristian, o sócio-gerente. Se eu quiser namorar com ela, tudo que tenho que fazer, de acordo com a política de relacionamentos que criei, é pedir sua permissão. Ela teria que falar com a Marlowe.

Nenhum deles negaria os pedidos. Tenho certeza disso, mas hesito mesmo assim. Criei o hábito de evitar relacionamentos confusos, especialmente os que podem impactar na carreira com que me comprometi. Nunca permiti que algo ameaçasse minha posição profissional na Quantum, e me envolver com ela seria uma ameaça.

As pessoas no trabalho saberiam.

Nosso escritório é pequeno demais e somos muito próximos para ter segredos. Além disso, não tenho ilusões de que Leah guardaria isso para si mesma. Ela não faz esse tipo. Seu rosto expressivo revela tudo que pensa e sente. Por exemplo, sei há meses que ela mirou em mim e todos os outros provavelmente já perceberam também.

Ela é um pé no saco.

Adoraria levá-la para uma sala de jogos, fazê-la se inclinar sobre um banco de surra e mostrar o que acontece com garotas que brincam com fogo. O pensamento da sua bunda macia e suave e as coisas que eu poderia fazer com ela flutuam em minha mente como o filme mais erótico que já vi. Meu pau renasce das cinzas do desastre, voltando dolorosamente à vida para expressar sua aprovação ao filme erótico que está passando na minha cabeça. Enquanto tenho sido mais cauteloso, meu pau ama Leah há algum tempo.

Se ela está na sala, fico duro. É simples e frustrante. Uma reunião de equipe agora é algo a ser suportado com uma ereção em vez da interação profissional que costumava ser antes de ela aparecer. Churrascos na casa do Flynn, festas na de Hayden, noitadas na cidade com os amigos — tudo agora inclui *ela* e meu pau duro.

Talvez se eu tivesse uma chance com ela, pudesse esgotar a loucura que está dentro de mim. Uma vez que ela tenha um gostinho do quanto sou exigente na cama, não vai querer mais nada comigo. Uma mulher como Leah não quer ser dominada. Ela é o ser humano menos submisso que já conheci. Se ela descobrir o que me excita, posso resolver o meu problema com ela.

Quanto mais penso nisso, mais gosto da ideia. E meu pau aprovou de todo coração também. Na verdade, ele está um pouco entusiasmado com a nossa provação na noite passada. Cerro os dentes e me levanto para usar o banheiro. Quem sabe fazer xixi irá doer menos do que na noite passada.

Em nove anos como diretor jurídico da Quantum Productions, nunca tirei licença por doença, mas não posso, de jeito nenhum, colocar meu pênis machucado na calça de um terno pelas próximas oito a dez horas. Só de pensar nisso já sinto dor e não vou ao escritório de moletom. Esse não é meu estilo.

Envio uma mensagem para Kristian.

*Vou trabalhar de casa hoje, se estiver tudo bem. E preciso falar sobre um assunto pessoal quando você tiver tempo.*

Ele responde imediatamente.

*Sem problemas. Como você e suas joias estão? Te ligo depois que deixar as crianças na escola.*

Fico maravilhado ao ver como Kristian, um dos solteiros mais convictos que já conheci, se adaptou tão bem à vida familiar desde que se mudou para uma nova casa em Calabasas com Aileen e as crianças durante o verão.

*Eu e minhas joias estamos melhores. Falo com você depois.*
Kristian responde com o emoji de careta. Isto resume tudo.

Escovo os dentes, volto para o quarto e para a cama para esperar que Leah acorde. Enquanto espero, esquematizo minha estratégia. Quanto mais penso sobre essa ideia, mais gosto dela. Ela não saberá o que a atingiu quando for para a cama comigo. Vou agir com calma com ela, é claro, porque eu nunca iria querer assustá-la ou traumatizá-la, e de jeito nenhum vou ter a conversa "ei, sou um dominador sexual" com ela se vamos ter um caso de uma noite. Posso dar a ela um gostinho do que faço sem revelar o menu inteiro.

Uma noite. Isso é tudo que teremos. Apenas o suficiente para silenciar o zumbido da mosca em meu ouvido e diminuir seu interesse em mim, o que seria melhor para nós dois a longo prazo.

Deixo minha mente vagar para como eu agiria. Perguntaria se ela tem algum limite rígido, qualquer coisa que ela não pode ou não faz, e a faria escolher uma palavra segura para que ela pudesse parar tudo se precisasse. E então agiria do meu jeito malvado com ela.

Começaria com uma surra, porque ela pareceu gostar da ideia quando brinquei sobre isso — e ela precisa saber desde o início com quem e o que está lidando. Eu estaria no comando. Ela estaria junto para o passeio. O pensamento de dominá-la faz todo o sangue no meu corpo ir para o hemisfério sul mais uma vez.

A boa notícia é que a ereção já não dói tanto quanto na noite passada. Ainda dói o suficiente para eu desejar poder controlar a fera, mas minha mente e meu corpo não estão colaborando no momento. Minha mente está tendo trabalho imaginando Leah à minha disposição, o que não é muito favorável ao soldado ferido que está em dívida com os caprichos da minha imaginação. E minha imaginação é fértil quando se trata dela. Eu acabaria com a sua insolência.

— Isso é para mim ou é uma festa privada?

Sua voz sexy e rouca me dá arrepios. É assim que ela fica de manhã? Levanto os olhos para encontrar seu olhar fixado no meu pau duro, visível mesmo de baixo do cobertor.

— Vou te dar uma noite.

Ela mordisca o lábio inferior.

— Mas tenho condições.

— Que condições?

— Faremos do meu jeito ou não faremos nada. Eu estou no comando. E você não vai contar a ninguém. Isso acontecerá uma vez e será o fim dessa pequena fixação que você tem em mim. Nunca vamos ser um casal ou viver felizes para sempre. Vamos transar e acabar com isso.

Ela umedece o lábio, e meu pau fica mais duro por imaginá-la praticando garganta profunda em mim. Quero muito ver se ela realmente consegue fazer.

— Temos um acordo?

— Quando esta única noite vai acontecer?

— No próximo fim de semana.

— Vai ser durante o casamento. Se você não quer que ninguém saiba, talvez não seja bom fazer perto de todos que conhecemos.

— Deixe que eu me preocupe com a logística e tudo mais. Seu trabalho será fazer exatamente o que lhe é dito.

— Pra que agir de um jeito tão mandão?

— É como eu gosto.

— Então você é...

— Dominador na cama? Sim. — *Humm, lembra de cinco segundos atrás, quando você disse que não ia contar a ela?*

Ela engole em seco. Com força. Seus olhos se arregalam, ela mordisca os lábios e, puta merda, quero devorá-la.

— Tem algum problema com isso?

— N-não, sem problemas.

— E concorda em não contar a ninguém a esse respeito?

— Nem mesmo para a Marlowe? Pensei que eu precisaria falar com meu superior.

— Isso só vai acontecer uma vez, então não há necessidade de ter essa discussão com ela. Vai acabar antes de começar.

Ela faz aquela coisa fofa com a boca, curvando os lábios para o lado como se estivesse pensando e tentando decidir.

— Temos um acordo?

— Não tenho certeza sobre a coisa da dominação. Vou saber de antemão o que vai acontecer?

— Vamos discutir tudo ao máximo. É assim que funciona. E você precisará de uma palavra segura que possa ser usada para interromper tudo a qualquer momento. É algo inegociável.

Ela respira fundo e solta lentamente.

— Eu não tinha ideia de que você...

— Tenho gostos peculiares? Há muitas coisas que você nunca saberá sobre mim. Você quer transar. Vamos transar e depois seguiremos em frente.

— E não será estranho quando estivermos com nossos amigos em comum?

— Posso agir como adulto quanto a isso. Você pode?

— Claro que posso. — Seus olhos brilham com indignação, o que é adorável – e excitante.

— Então não devemos ter problemas.

— E se depois que fizermos isso, você quiser mais que uma noite? — ela pergunta.

— Não vou querer.

— Mas e se quiser?

— Estou oferecendo uma noite, Leah. É tudo que tenho para dar.

— Por quê?

— Por que o quê?

— Por que você só tem uma noite para dar? Por que não pode ser mais?

Deitada na cama com as mãos sob o rosto, ela parece tão doce, jovem e inocente. Me sinto estranhamente protetor em relação a ela. Quero protegê-la de coisas que podem machucá-la, inclusive eu.

— Não é o que quero.

— Ou não é o que você quer comigo?

— Não quero em geral. Não sou como meus amigos. Não tenho o gene de homem de família. Gosto de ser livre para fazer o que quero, quando quero. Funciona para mim.

— E o amor? Você não quer amar alguém e ser amado?

— Eu amava a minha avó, e ela me amava. Amo meus amigos. Eles me amam. Estou bem.

— Nunca soube que você era tão cínico.

— Não sou cínico.

— É, sim. Você não quer o que o Flynn tem com a Natalie, o que o Hayden tem com a Addie, o que o Jasper tem com a Ellie, o que Kristian tem...

Eu a paro com um dedo nos seus lábios.

— Não, não quero o que eles têm. Nunca quis. Quando digo que não sou capaz de ser o que você quer, preciso que acredite em mim. Nunca vou negar que te acho sexy e que o pensamento de ir pra cama com você é extremamente excitante. Mas isso é tudo que vai acontecer entre nós, Leah. E se não pode aceitar esse fato, diga não à minha oferta. Não pense que você vai me fazer mudar de ideia. Quando eu disser quem sou, me ouça.

— Preciso pensar.

Tenho que ser honesto. Não esperava que ela dissesse isso. Com base nas vibrações que ela está transmitindo e nas coisas que disse para mim, esperava que ela fosse pular com a minha oferta de uma noite.

— Sem problemas. Me avise quando você decidir. — Verifico meu relógio. — Não precisa ir trabalhar?

— Avisei a Marlowe que ia tirar o dia de folga para cuidar de você.

— Quando você disse isso a ela?

— Na noite passada. Ela disse que tudo bem e que não há necessidade de abater o dia das minhas férias. Meu trabalho hoje é cuidar de você.

— Não preciso que ninguém cuide de mim.

— É o que você diz, mas parece que você está preso comigo de qualquer maneira. — Ela se levanta e se estica, o vestido curto subindo para revelar as nádegas sensuais. Posso jurar que ela se contorce mais que o necessário, porque sabe que a estou observando. — Vou correr até minha casa para tomar banho e me trocar. Trago café da manhã. Quer café?

Resignado ao meu destino, respondo:

— Sim. Com creme e...

— Duas colheres de açúcar — ela diz, piscando enquanto se dirige para a porta. — Eu sei.

Espero ter a chance de acabar com má-criação dela.

## *Leah*

Pego o elevador do apartamento de Emmett para o saguão, onde me ocorre que não tenho como entrar de volta no prédio. Se eu sair, ele vai me deixar voltar? Envio uma mensagem para ele, fazendo essa pergunta — e não, ele não me deu seu número. Eu o consegui. Não pergunte como.

*É a Leah. Vai me deixar voltar se eu sair?*

Depois de um minuto inteiro, vejo que ele está respondendo.

*Sim. Aperte 4D no teclado do lado de fora.*

Ele não pergunta como consegui seu número. Se perguntar, vou dizer que a Addie me disse que os assistentes devem ter o número do celular pessoal de todos os membros da equipe Quantum, uma vez que nunca sabemos o que pode ser necessário para aqueles que trabalhamos.

Sorrio para mim mesma. Sou boa nisso. Mas então me lembro da sua oferta de uma noite, da sua revelação de que é um dominador na cama e de que nós, ele e eu, nunca teremos mais do que uma noite. Estou confusa com emoções e pensamentos no que se refere a ele. Sim, tenho uma paixão enorme por ele e pensar em ter um *minuto* com ele me deixa agitada, a ideia de uma noite inteira para devorá-lo... Queria mandar tudo para o inferno e dizer sim para isso. *Sim, sim, sim!*

Então, o que me impede de pular naquele monstro e levá-lo para a cavalgada da minha vida? Não posso dizer as palavras. Nem para mim mesma. Se eu disser, vou querer mais e não posso. Simplesmente não posso querer mais com ele. Mas quero. Pronto. Eu disse. Não é só desejo. Gosto dele. Gosto muito e não tenho certeza se posso ficar com ele uma noite sem querer mais.

Por mais que eu queira essa noite e, caramba, quero muito, não quero ficar devastada depois, e suspeito que vou ficar. Quem se sujeitaria voluntariamente a isso? E a pior parte é que não posso falar com ninguém a esse respeito. Tenho que tomar essa decisão por conta própria, sem poder consultar Natalie, Addie ou Aileen, as mulheres que se tornaram minhas melhores amigas desde que me mudei para L.A. Droga, a quem estou enganando? Elas são as melhores amigas que já tive e as únicas com que consideraria discutir algo assim.

Não me ocorre ir contra sua vontade e correr para Nat, porque quero que ele pense em mim como adulta, não como uma garotinha que corre para a amiga — a mesma amiga que, por acaso, é casada com um dos seus chefes. Confio em Nat com a minha vida, mas evito ligar para ela, porque ele me disse para não fazer isso.

Essa é uma grande complicação. Falando de complicações... ele estava duro esta manhã, e não posso deixar de pensar que era por minha causa, tendo em vista a oferta que fez logo depois que acordei. O que significa que estava pensando em mim desse jeito e que pensar em mim o deixa excitado. Posso lidar com isso.

Caminho a curta distância até a minha casa e quando chego lá, vou imediatamente para a mesinha de cabeceira onde pego *Roger Rabbit*.

Tenho muito a dizer a ele desde a última vez que nos encontramos. Passei a noite com Emmett, vi seu pau duro e ele me ofereceu uma noite. O orgasmo é rápido e cataclísmico. Gozo mais do que nunca gozei em toda a minha vida. Por minutos depois, me deito ofegante na cama, olhando para o teto. Se a *possibilidade* de ficar com ele pode me fazer gozar assim, o que a realidade pode fazer?

Mesmo a probabilidade de devastação total não pode abafar o desejo de experimentar a realidade de ter aquela noite com ele. Se isso é tudo que ele tem a oferecer, não seria melhor que nada?

*Não. Não seria!*

Os tremores secundários do orgasmo épico dizem o contrário. Eu me contorço com o pensamento daquele grande pau e o que ele faria comigo. Ele insinuou palmadas. O que mais ele poderia fazer? Provavelmente, eu deveria saber de tudo antes de decidir qualquer coisa. Estou tão empolgada pensando sobre o que pode acontecer com Emmett que tenho outra rodada com Roger. O segundo orgasmo é maior que o primeiro, se isso é possível. Gozo com tanta força que acho que apaguei por um segundo. Estou tentada a passar o dia com Roger, mas Emmett está me esperando, então levo o vibrador para o chuveiro, nos lavo, troco de roupa e arrumo uma pequena mala, só para o caso de Emmett precisar que eu fique lá esta noite também.

Uma garota nunca pode estar preparada demais e como assistente de uma estrela de Hollywood, estar preparado é minha obrigação. Arrumo uma roupa para o trabalho amanhã e já que Addie deixou o carro aqui na noite passada, envio uma mensagem para Emmett para perguntar se posso levar meu carro para lá. Ele responde com o código da garagem e me diz para estacionar ao lado do dele.

*Se usar esse código sem minha permissão, vou bater na sua bunda até que você não possa se sentar por uma semana.*

*Não seja paranoico.*

*Qual possível razão eu teria para ser paranoico no que se refere a você?*

*Ótima pergunta.*

*Se apresse, estou com fome e preciso de café.*

Ah, ele fica mal-humorado de manhã antes de tomar café? Acrescento esse detalhe à lista de coisas que sei sobre ele. Essa lista cresceu exponencialmente desde ontem, o que ficará na minha história pessoal como um dos melhores dias de todos os tempos, mesmo que não tenha sido um dia muito bom para ele e seu pobre membro.

*Sim, senhor. Estou indo.*

Dou uma risada ao pensar nele recebendo essa última resposta. Espero que ele tenha notado a referência. Vi os filmes. Sei em que estou me metendo se concordar em ser dominada por Emmett, e apesar desse tipo de fantasia nunca ter me chamado atenção, *ele* me atrai como nenhum cara jamais conseguiu. Então estou disposta a considerar dominação com ele, mas não é algo que eu vá procurar com outra pessoa.

Vou até a cafeteria do meu quarteirão, compro café e sanduíches para nós dois e, em seguida, dirijo até seu prédio para que eu possa usar meu carro caso haja algo a fazer para Marlowe.

De volta ao prédio dele, digito o código que ele me deu e que já memorizei — claro, memorizei — e pego o elevador até o quarto andar. Bato na porta e espero ele me deixe entrar. E então ele está lá, parado na porta, sem camisa, com o cabelo em pé e a mandíbula coberta com a barba por fazer. Com todos aqueles músculos em plena exibição, ele não se parece nada como o advogado bem arrumado que vejo todos os dias no escritório.

— Você está me encarando — ele fala.

— Você é lindo.

Ele se afasta para me deixar entrar.

— Todos os pensamento na sua cabeça saem pela sua boca ou só parece que é assim?

— Está reclamando que alguém te ache lindo? — Coloco a bandeja de café e a sacola de sanduíches na bancada que separa a cozinha e a área de estar.

— A maioria das pessoas não deixa escapar coisas assim.

Por cima do ombro, encontro seu olhar.

— Não sou a maioria das pessoas.

— Jura?

Ah, o sarcasmo. Eu *amo* sarcasmo.

— Não faço jogos. Se eu penso, falo. Ninguém vai precisar se perguntar *o que a Leah pensa de mim, porque a Leah fala.* Isso te deixa desconfortável?

— Não.

— Humm, talvez eu tenha me enganado. — Entrego a ele um café e empurro um dos sanduíches embrulhados sobre o balcão como se eu estivesse alimentando um tigre faminto e temendo que ele pudesse pular. Não que eu esteja "com medo" de que ele pule. — Talvez você fique mais doce depois de comer.

Sua carranca é inestimável — e estranhamente sexy.

Meu telefone toca com a ligação de um número que não reconheço.

— Aqui é a Leah.

— Você ligou em busca de uma banda para um casamento no próximo fim de semana?

— Sim, obrigada por me retornar. Você é de qual?

Ele me dá o nome da banda de swing que foi indicada por um amigo de Addie.

— Vamos tocar na sexta-feira e no domingo. Normalmente não fazemos três shows em um final de semana, mas você disse que é para o casamento de Hayden Roth?

— Isso mesmo. A banda que tocaria teve uma morte na família e é por isso que estamos procurando alguém de última hora. — Vou para o inferno pelas mentiras que contei em nome de Addie.

— Vamos tocar.

— Mesmo? Ah, meu Deus! Muito obrigada. A noiva e o noivo ficarão emocionados.

— Onde precisaremos estar e a que horas?

— O casamento é na vinícola Quantum, em Napa. Se me enviar o contrato, providenciaremos transporte e hospedagem.

Trocamos endereços de e-mail e encerro a ligação com um soco no ar e uma risada alegre.

— O que acha de revisar o contrato de uma banda hoje?

— Não está meio tarde no planejamento para contratar uma banda?

— Nem pergunte. Apenas agradeça por termos encontrado alguém.

— Eles também precisam assinar um acordo de confidencialidade — ele fala.

— Avisei quando fiz a primeira ligação. Conheço o procedimento. — Faço uma ligação para Addie. — Tenho boas notícias — digo quando ela atende. — A banda *Timeless* aceitou.

— Ah! Graças a Deus.

Seu alívio é tão profundo que eu rio.

— Eu te disse que não havia nada com que se preocupar.

— Certo. Nada para se preocupar. Uma semana para o meu casamento e eu não tinha banda. O que há de errado comigo?

— Não há nada de errado com você.

— Não sou assim. Não me esqueço de coisas importantes.

Ela parece tão arrasada que meu coração se aperta por ela.

— A única coisa que realmente importa no próximo fim de semana é você e Hayden. Mantenha o foco nisso e tudo ficará bem. Prometo.

— Muito obrigada, Leah — ela fala fungando. — Você é uma grande amiga.

Estou absurdamente feliz.

— Tenley, Marlowe e Natalie estão com os vestidos prontos?

— Elas decidiram pelo vestido midi preto, o que torna mais fácil do que ter que escolher algo com que todas concordem. E Hayden e eu escolhemos as lembranças da festa de casamento ontem à noite e agilizamos isso.

— Viu? Está tudo bem. Apenas continue respirando.

— Estou tentando.

— Onde está o Hayden? Está com você?

— Ele teve uma reunião bem cedo em um dos estúdios, e eu estou a caminho do escritório.

— Tenha cuidado ao dirigir. Não podemos deixar nada acontecer com a noiva em sua grande semana.

— Está realmente acontecendo — ela diz baixinho. — Às vezes ainda não consigo acreditar. Eu o amei por tanto tempo.

Suas doces palavras trazem lágrimas aos meus olhos.

— Acho que é seguro acreditar que vai acontecer. Me ligue depois e me avise o que mais posso fazer.

— Pode deixar. Obrigada mais uma vez, Leah.

— Fico feliz por ajudar. — Eu termino a ligação e manda uma mensagem para Natalie.

*Já falou com a Addie hoje? Ela está muito nervosa. Estou meio preocupada...*

Enquanto espero sua resposta, tomo um gole do café e olho para Emmett, que está me observando atentamente.

— O quê? — Passo um guardanapo sobre o rosto caso haja ovo nele. Não seria a primeira vez.

— Você foi muito gentil com ela.

— Você parece surpreso — eu digo com uma risada. — Posso ser doce quando quero ser.

— Bom saber.

— O que isso significa?

— Nada além de que é bom saber que você pode ser doce quando quer.

Apoio o queixo no braço.

— Por quê? Você gosta das coisas doces?

— Dificilmente — ele fala, zombando.

*Ah, olá.*

— O que *isso* significa?

— Tome seu café da manhã e vá trabalhar. Tenho coisas para fazer.

— Mas as coisas estão ficando interessantes aqui. Por que eu iria querer sair?

— Porque tenho trabalho a fazer e presumo que você também.

— Eu disse a Marlowe que ia cuidar de você hoje.

— Estou machucado, não inválido. Posso cuidar de mim mesmo.

— Por que quer fazer isso quando posso fazer por você?

— Por que — ele fala, sua voz diminuindo de tom, o que deixa a minha calcinha úmida — estar perto de você não ajuda na minha recuperação. Isso a impede.

Deslizo do banquinho e me movo pela da bancada para dar uma boa olhada no bastão da sua barraca, sentindo um prazer perverso em saber que ele fica excitado com tanta facilidade perto de mim.

— Pare com o sorriso — ele grunhe. — E dê o fora daqui.

— Sabe — eu digo, umedecendo os lábios enquanto continuo a olhar —, pode ser uma boa ideia ver se tudo ainda funciona como deveria. Quero dizer, depois desse tipo de lesão, não se pode ser cuidadoso demais.

— Do que você está falando? — ele pergunta, soando um pouco... nervoso.

— Eu poderia, você sabe, ajudá-lo com a sua... *situação*. — Criando toda a coragem que posso encontrar, me movo atrás dele e coloco as mãos em seus ombros, massageando seus músculos tensos. Continuo esperando que ele me afaste, mas ele não o faz. Não posso acreditar que realmente o estou tocando e acariciando, e que ele está permitindo isso. Encorajada, eu me inclino para frente e pressiono os lábios em suas costas, provocando um suspiro que se torna um gemido quando eu mordo suavemente.

Ouvi-lo gemer assim por causa de algo que fiz me deixa louca.

— Leah...

— Humm? — Deslizo as mãos por seu corpo e apoio as palmas sobre os músculos ondulados do abdômen.

— Não acho que devemos...

Sou cuidadosa — muito, muito cuidadosa — quando deslizo a mão direita para o cós do moletom e passo os dedos suavemente sobre seu pau duro.

Ele faz um barulho e inclina a cabeça para trás para descansar no meu ombro.

— Puta merda — ele sussurra.

— Dói?

Como estou muito perto, eu o ouço engolir com força antes de balançar a cabeça.

— Quer que eu pare?

— Não — ele diz com os dentes cerrados.

E a vitória é minha! Pressiono os seios nas suas costas enquanto continuo a arrastar as pontas dos dedos sobre seu comprimento duro como aço. Caramba, ele está grande e duro. Minha boca umedece com o pensamento da única noite que ele me prometeu.

— Posso fazer de uma maneira diferente? — Tenho medo de fazer ou dizer qualquer coisa que nos tire desse momento para lembrá-lo de que ele não me permite chegar perto.

— Que maneira?

— Assim. — Passo a língua sobre sua orelha e seu pênis se ergue, ficando ainda maior e mais duro.

Ele choramingou? Saber que o estou deixando assim me faz ficar tonta.

— O que você disse?

Ele pega a mão que o está acariciando, a puxa para fora da calça e me puxa para frente enquanto vamos para o sofá. Antes que ele se sente, abro seu moletom e vejo quando ele o desliza para baixo, pendendo sobre a ereção rígida. Tomo cuidado enquanto afasto a calça para revelar o pênis machucado. Talvez esta não seja uma ótima ideia.

— Emmett...

— Se você parar agora, nunca vou te perdoar. — Sua voz é rouca e sexy, suas instruções, claras.

Pego uma almofada do sofá e fico de joelhos na frente dele, usando-a como apoio. Depois de ver as contusões, quase tenho medo de tocá-lo. O pior de tudo está no meio, então concentro minha atenção na cabeça larga, passando a língua na ponta.

Ele respira muito fundo.

— Me avise se doer — sussurro. — Não quero te machucar. — Passo a língua em círculos, tentando ser mais gentil do que sedutora, ou pelo menos, esse é o objetivo. A julgar pela maneira como ele fica maior e mais duro, a sedução está acontecendo, apesar das minhas intenções.

Seus dedos entrelaçam meu cabelo, segurando minha cabeça com firmeza.

Tomo mais dele na boca. Há muito com o que trabalhar entre a cabeça e a área machucada, então pego o máximo que posso até a ponta bater na minha garganta. Levanto os olhos para avaliar como ele está e o vejo me observando atentamente. Nossos olhares se encontram e o sentimento que passa por mim é como um fogo de necessidade, desejo e algo completamente diferente, algo que nunca experimentei antes. Não assim.

Abalada por isso, abaixo o olhar para me concentrar em seu abdômen. Nunca estive com um cara tão em forma como Emmett. Antes dele, abdomens eram algo a ser reverenciado de longe. Afasto seu pau grosso, acariciando-o com a língua enquanto o faço e desloco a atenção para aquele abdômen marcado, fantasiando em traçar cada músculo com a ponta da língua enquanto seu pênis pulsa e vaza. Também o lambo.

— Leah — ele suspira, aumentando o aperto no meu cabelo. — Chupe.

Puta merda, sim, vou chupar. Dou o que ele quer — e o que quero também. Eu o chupo com força e o levo o mais longe que consigo, controlando o desejo de vomitar quando minha garganta se fecha ao redor da cabeça.

E então ele está gozando, seu corpo inteiro se aproveitando do clímax poderoso.

Engulo cada gota e, em seguida, o afasto com movimentos suaves da minha língua.

Quando arrisco um olhar em sua direção, encontro seus olhos fechados, seus lábios entreabertos e o peito arfando.

— Bem, ainda funciona — anuncio quando posso falar de novo.

De fato, é uma notícia muito boa.

6

*Emmett*

Estou arruinado, destruído e acabado. Foi o melhor boquete da minha vida, com certeza. Vi *estrelas* de verdade quando gozei. E o jeito que a garganta dela se fechou ao redor do meu pau... *puta merda*, já estou ficando duro de novo só de pensar nisso. Percebo que meus dedos ainda estão entrelaçados em seus cabelos e libero meu aperto firme. Espero não tê-la machucado. Tenho todos esses pensamentos antes de seus comentários serem registrados. Ainda funciona. Graças a Deus, ainda funciona.

— Você está bem? — ela pergunta, sua voz sexy e grave depois de engolir meu esperma.

Caramba, ela é gostosa demais e provavelmente foi um grande erro deixá-la fazer sexo oral em mim, mas não consigo encontrar motivos para me arrepender.

— Sim. E você?

— Humm-humm — ela responde com o sorriso de um gato que engoliu o canário.

— Está muito satisfeita consigo mesma, não é?

— Fiz um bom trabalho aqui. Até você tem que admitir isso.

— Estou mais do que feliz em admitir que seu trabalho foi excepcional. — Acaricio seu rosto com o dedo e vejo seus olhos suavi-

63

zarem com o carinho que eu pretendia desencorajar. Quando comecei a *encorajar* em vez de *desen*corajar? Ainda acho que é um grande erro me envolver com ela, então me forço a sentar, puxar a calça para cima para me soltar enquanto ainda consigo, mesmo quando me ocorre o pensamento de que um cavalheiro retornaria o favor.

Acho que não sou um cavalheiro agora, porque não ouso tocá-la novamente por medo de não conseguir me impedir de devorá-la. Nem meu pau, nem o resto de mim poderia lidar com um banquete de Leah hoje, então isso vai ter que esperar. Enquanto isso, fico feliz em saber que o equipamento ainda funciona, e se o aperitivo que ela serviu esta manhã é uma indicação, posso esperar uma noite incrível com ela em algum momento em um futuro próximo.

E então as coisas poderão voltar ao normal, quando ela era só uma colega de trabalho e uma mosca que ocasionalmente zumbia e me incomodava, me deixando louco. Aquilo eu poderia aguentar. Isso... não sei o que fazer com os estranhos sentimentos de ternura e desejo que ela desperta em mim. Eu não esperava *gostar* dela do jeito que gosto. Chega. Ficaremos juntos uma noite e nada mais.

Antes que eu possa dizer a ela que está na hora de ir, ela fala:

— Tenho uma pergunta jurídica para você.

Ah, pelo amor de Deus. Sério?

— Como pode ter alguma dúvida jurídica depois de me incomodar com elas diariamente por semanas?

— Essa é de verdade.

Adoro que ela esteja basicamente admitindo que as outras eram falsas. Como se eu já não soubesse disso.

— Certo. O que é?

Ela me conta sobre um cara com quem saía em Nova York e sua cópia original do álbum *Abbey Road*.

— Como pôde deixar alguém que mal conhece pegar emprestado algo tão importante?

— Não me repreenda, advogado. Me diga como posso recuperá-lo.

— Me mande o nome e endereço dele. Vou escrever uma carta que irá assustá-lo e ele vai te devolver dentro de sete dias.

— Sério? — ela pergunta, seus olhos brilhando de felicidade. — Faria isso por mim?

— Sim, Leah — digo, suspirando como acontece quando ela está por perto. — Eu faria isso por você.

— Muito obrigada. — Ela beija minha bochecha, uma sensação estranha de que isso é certo me atinge e eu, imediatamente, a afasto. Não quero sentir que nada é certo com ela. Só quero transar e acabar com a loucura que a acompanha.

— Eu deveria, hum, começar a trabalhar. — Na verdade, não tenho que trabalhar hoje, mas como nunca deixo passar um dia sem pelo menos verificar se está tudo bem, tenho o que fazer.

Ela fica de pé, passa os dedos pelo cabelo para arrumá-lo depois que o baguncei, se inclina para pegar a almofada que colocou no chão e a joga no sofá.

Nunca mais vou olhar para aquela almofada da mesma maneira.

Ela embrulha o sanduíche inacabado, coloca de volta na bolsa e pega o café.

— Venho ver como você está mais tarde.

— Leah.

Na porta, ela se vira, levantando uma sobrancelha.

— Sim?

— Obrigado, por, hum, você sabe... me ajudar.

Ela abre um sorriso.

— Foi um *prazer*, Emmett. Um *prazer* absoluto.

Ah, ela é terrível. Estou morrendo de vontade de transar com ela, mas isso vai ter que esperar até que o equipamento esteja completamente curado. Leah desaparece pela porta, que se fecha atrás dela.

Ainda estou olhando para lá, pensando naquele boquete épico quando meu celular toca alguns minutos depois. Atendo ao telefonema de Kristian.

— Oi — ele me cumprimenta —, me desculpe por ter demorado tanto. Logan se esqueceu do dever de casa e só percebeu quando estávamos na metade do caminho para a escola. — Posso dizer que ele está no Bluetooth pelo eco que ouço na linha.

A nova vida de Kristian como homem de família me diverte, mas sempre que Aileen e seus filhos estão por perto, não posso negar que ele parece mais feliz do que jamais vi.

— E o que você fez?

— Dei a volta, corri para casa e mal consegui deixá-los na escola na hora certa.

— Parece uma maneira divertida de começar o dia.

— Mantém o sangue circulando.

A expressão me leva de volta para como mantive meu próprio sangue circulando esta manhã e a razão pela qual preciso falar com ele.

— Então, o que houve? — ele pergunta.

— Você está sozinho? — Às vezes, ele e Aileen vão trabalhar juntos e não quero que ela ouça o que tenho a dizer.

— Sim. A Aileen tem uma consulta médica esta manhã.

— Está tudo bem? — pergunto, imediatamente alarmado. Ela está indo muito bem depois de passar por um câncer de mama antes de se mudar para Los Angeles no início do verão. Prendo a respiração, esperando que não haja problema.

— É uma consulta de rotina.

— Isso te assusta?

— O tempo inteiro — ele responde com um suspiro. — Mas ela me diz que não há nada com que se preocupar e tento manter o equilíbrio. Temos mais quatro anos até que ela atinja os cinco para que os médicos possam considerá-la em remissão.

— Não posso imaginar o quanto isso deve ser estressante para vocês dois.

— Tento não pensar a respeito. Na maioria dos dias, funciona até que ela precise ir ao médico e o estresse me domina.

— Sinto muito que você esteja lidando com essas coisas.

— É um pequeno preço a pagar por tudo o que temos juntos.

— É uma boa maneira de ver tudo.

— É a única maneira que posso pensar para suportar o fato de que ela se curou do câncer há pouco tempo e que ele ainda pode voltar e tirá-la de mim.

Ao ouvi-lo, me sinto idiota em pensar que a situação com Leah apresenta qualquer tipo de "problema". Quando comparado ao que ele está lidando, mal importa.

— De toda forma, chega de falarmos desse assunto. Sobre o que você queria conversar?

— É tão trivial que me sinto idiota por mencionar. — Mas depois do que aconteceu esta manhã e da noite que prometi a ela, tenho que contar a ele ou arriscar meu trabalho, o que eu nunca faria.

— Estou intrigado — ele fala.

— Acho que eu posso estar... algo está acontecendo...

— *Opa* — ele fala, rindo. — O que quer que seja, deixou o extremamente composto Emmett Burke gaguejando. Deve ser bom. Desembucha.

Fico louco que só pensar nela me faça gaguejar.

— Leah.

— Ah, caramba. O que tem ela?

— Nós... ela decidiu que quer, bem... — Meu Deus, isso é tão idiota. Sinto que estou de volta à escola tentando não ser pego transando com a garota da casa ao lado enquanto minha avó dormia no andar de cima. Passei mais noites na casa dela do que na minha quando garoto e a coroa dormia como uma mulher morta, graças a Deus.

Kristian começa a rir.

— Ela está de olho em você, não é?

— Pode-se dizer que sim. — Limpo a garganta e me forço a colocar tudo para fora para que não precisemos falar sobre o assunto novamente. — Com base na política de relacionamentos, preciso falar a respeito com você, então é o que estou fazendo. Deixando as coisas às claras.

— Suas próprias palavras estão voltando para te pegar, não é?

Não me passou despercebido que fui eu quem insistiu que a Quantum precisava de uma política de relacionamentos. Então, sim, a minha própria eficiência é a culpada por essa conversa horrivelmente estranha com meu chefe e amigo.

— Você está gostando disso? — pergunto a ele, soando mais irritado do que estou.

— Talvez um pouco — ele fala rindo. — Vou ter que falar com os outros sócios para ter certeza de que está tudo bem.

— *Sério?* — Minha voz é mais alta do que a de um pré-adolescente do ensino médio.

— Não, só estou sendo um pé no saco. Ah, espere. O Connor já fez isso.

— Você é um idiota.

— Eu sei. — Ele está morrendo de rir, mas prefiro que ele ria de mim do que esteja em pânico com a saúde de Aileen. Quando ele recupera a capacidade de falar, diz: — Sabe que confio em seu julgamento sobre todas as coisas, Emmett, incluindo sair com a Leah, mas eu só me pergunto... ah, droga, isso não é da minha conta.

— O que você está se perguntando?

— Se você está disposto a ir até o fim com ela.

Em nosso mundo, "até o fim" não significa relação sexual. Significa BDSM, dominação total.

— Não tenho planos para isso. Vai ser uma vez e pronto. Nada demais.

— Uma vez e pronto? Como exatamente vai funcionar?

— Ela quer brincar. Não quero que seja nada além, então disse a ela que podemos fazer isso uma vez.

Ele morre de rir de novo.

— Você realmente acha que isso vai acontecer?

— Sim, tenho certeza.

— Me deixe dizer algo que sei com certeza: se você está realmente se preocupando em falar comigo sobre o assunto, já é mais do que uma vez e pronto.

— Não é verdade! Pela política da empresa, sou obrigado a informá-lo sobre minhas intenções.

— Que se dane as políticas da empresa, Emmett. Você sabe que o que estou dizendo é verdade. Se não estivesse *interessado* nela, nunca teria mencionado para mim.

— Não estou interessado nela. Ela me deixa completamente louco.

— O amor é assim. Num minuto, você quer transar com ela e no minuto seguinte está comprando uma casa com uma cerca branca.

— *Amor?* Quem disse alguma merda sobre *amor?* Estou falando de uma noite de sexo, Kristian, e você conseguiu me fazer lamentar por ter mencionado o assunto.

— Pergunte a Hayden, Flynn e Jasper o que aconteceu depois de uma noite de sexo com Addie, Nat e Ellie. Cacete, depois de uma noite com Aileen, eu queria dar tudo o que eu tenho a ela e me casar imediatamente, assim eu não ferraria com as coisas e não correria o risco de perdê-la.

Seus avisos me fazem sentir em pânico, com receio de que algo importante já tenha mudado em minha vida sem a minha permissão, e não há como voltar atrás para como as coisas eram *antes.* Puta merda.

— Isso não vai acontecer comigo e Leah. As coisas entre nós não são assim.

— Continue dizendo isso a si mesmo — ele fala, rindo novamente.

— Ainda bem que pude entretê-lo esta manhã.

— Conseguiu mesmo.

— Você é o pior chefe que já tive.

— Sou o *único* chefe que você já teve. — Flynn e Hayden não contam. Somos muito próximos há muito tempo para que eles efetivamente me "chefiem", embora tentem de tempos em tempos.

— E você é um saco.

Isso o faz explodir em risos novamente.

— Não vá tagarelar para os outros. Estou falando sério, Kris. Não quero isso sendo comentado no escritório. Tenho um trabalho a fazer e não posso fazê-lo se todo mundo estiver falando sobre o fato de que estou transando com uma das assistentes.

— Minha boca é um túmulo.

— É melhor que seja ou vou te processar.

— Ah, por favor. Você não vai me processar.

— Se você contar a alguém sobre o que conversamos, eu *vou.*

— Não vou dizer nada sobre nossa conversa, mas como você planeja se certificar de que a *outra* parte em seu novo relacionamento se mantenha em silêncio?

Isso envia um raio de medo direto para o meu estômago. Vou

mandar uma mensagem para ela assim que terminar essa merda de conversa com Kristian para lembrá-la de ficar de boca fechada.

A campainha toca e me pergunto se ela voltou. E por que meu pau dá uma sacudida feliz ao pensar nela voltando? Provavelmente porque gostou do jeito que o fundo da sua garganta o envolveu. *Não pense nisso!* Certo, como se não fosse tudo em que penso no futuro previsível.

— Tenho que ir. Tem alguém na porta.

— É ela?

— Tchau, Kris, e mantenha a boca fechada.

— Eu diria a você para fazer o mesmo, mas isso meio que derrotaria o propósito.

Encerro a chamada ao som da sua risada e abro a porta para o porteiro, que está segurando uma enorme cesta de presentes.

— Entrega para você, sr. Burke.

Eu a pego da mão dele.

— Obrigado, Jay.

— Você está bem? — ele pergunta, me olhando com curiosidade. Eu o conheço há muito tempo, joguei basquete com ele algumas vezes.

— Sim, por quê?

— Você não costuma ficar em casa a esta hora em um dia de trabalho e agora está recebendo presentes.

— Eu me machuquei na noite passada, mas estou melhorando.

— Ah, droga. Que bom que está bem. Ligue lá para baixo se precisar de alguma coisa.

— Pode deixar. — Eu recompenso muito bem a ele e aos outros funcionários do prédio no Natal, então não sinto a necessidade de dar gorjeta agora. — Obrigado por oferecer.

— Disponha.

Fecho a porta e levo a cesta de queijo, biscoitos, vinho e chocolate para o balcão, onde encontro o cartão.

*Sr. Emmett, lamentamos que o tenhamos machucado por nossos atos violentos na piscina. Esperamos que fique bem logo. Com amor,*
*Connor e Mason (e Annie, Hugh e Garrett).*

Bem, isso foi fofo. Envio uma mensagem para Annie.

*Obrigado pela cesta. Não precisava fazer isso. Estou me sentindo melhor hoje.*

*Graças a Deus*, ela responde. *Me sinto muito mal por você, e Hugh se sente ainda pior.* Ela adiciona emojis rindo e um de berinjela.

*Haha, é bem a cor que ficou.*

*ARGH. AI MEU DEU*
*S. Quis matá-los na noite passada. Estou sempre dizendo a eles que alguém vai se machucar quando brincam com violência.*

*Não se preocupe e não haverá nenhum dano permanente, felizmente! Eles são ótimos garotos. Adoro brincar com eles.*

*São ótimos garotos quando estão dormindo! Aguente firme! Ops. Provavelmente não é a melhor coisa que eu poderia dizer.*

Mais risos e emojis.

Morro de rir e respondo com emoticons de riso. Tenho a sensação de que as piadas sobre minha lesão estão apenas começando. Envio uma mensagem para Leah, lembrando-a de manter nosso "acordo" em segredo. Ela me responde com uma palavra: *Dã*. Ela me faz rir quando nem está aqui.

Recebo uma ligação de um número que não reconheço. É a enfermeira do urologista que me atendeu ontem à noite, verificando como estou.

— Estou bem.

— Como está a dor?

— Melhor que antes.

— Ótimo. Ele gostaria de vê-lo amanhã no consultório para uma revisão. Pode vir às 14:30?

Tento pensar na minha agenda e não consigo me lembrar de nenhum compromisso amanhã à tarde.

— Acho que sim.

Ela me dá o endereço e nos despedimos.

Ótimo, mais cutucadas no meu pau, e não do tipo bom.

Respondo no bate-papo do grupo Quantum, que está cheio de questionamentos sobre como estou. Aviso que as coisas estão melhores hoje e que voltarei ao escritório amanhã, mesmo que a perspectiva de colocar meu pênis dentro de uma calça de verdade não seja muito melhor do que isso.

Hayden envia uma fileira de emojis de berinjela.

*A Annie já fez essa piada.*

*A berinjela nunca envelhece,* Hayden diz. *Pergunte a Addie.*

*Cale a boca, Hayden,* Addie diz.

Todos mandam emojis de risos.

*Que bom que está se sentindo melhor. Beijos,* Natalie diz. Ela é uma boneca. Não só gosto dela, como a respeito muito por sobreviver a um passado que teria arruinado qualquer um. Ela se adaptou à loucura da vida como esposa de Flynn com graça e desenvoltura e isso conquistou a admiração de todos os amigos dele.

Ligo o laptop, entro no servidor do escritório e me ocupo cuidando dos negócios. Como sempre, há muita coisa que requer minha atenção, desde contratos que precisam ser revisados até acordos de licenciamento para transações imobiliárias. Mergulho nessa merda, chafurdando nos detalhes em nome dos meus clientes, que também são os meus melhores amigos. Trabalhar para eles é algo que faço com amor e não há literalmente nada que eu não faria por eles.

Abro um e-mail do procurador-geral adjunto do estado de Nebraska, que está supervisionando a acusação do pai de Natalie. Ele é acusado de matar o advogado que conseguiu uma nova identidade para ela após ter sido estuprada aos quinze anos pelo governador do estado — que era o melhor amigo de seu pai. É uma história sórdida, não importa como se olhe para ela, e toda vez que ouço mais sobre o assunto, fico maravilhado com a maneira com que Natalie perseverou através de uma adversidade inimaginável.

Seu pai matou o advogado, não porque ele quase arruinou a vida nova de Natalie, revelando seu nome verdadeiro, mas porque o advogado manchou o nome de seu precioso amigo, Oren. A coisa toda me enoja. Não posso imaginar como é que Natalie se sente ao saber que terá que reviver o pesadelo novamente no julgamento que está por vir.

O promotor está confirmando a data para Natalie ir a Nebraska para testemunhar no julgamento. Encaminho o e-mail para Natalie e peço a ela que me avise se tiver alguma dúvida.

Não a estou representando, apenas a apoiando. Ela não precisa de representação legal para testemunhar e certamente teve experiência suficiente em depor depois de ter colocado aquele monstro do Stone na cadeia quando era apenas uma adolescente. Mas farei o que puder para tornar tudo mais fácil para ela. Todos nós gostaríamos que ela não tivesse que depor, mas o promotor me disse que estava pronto para intimá-la se ela não fosse de bom grado.

Como se já não tivesse sido vitimada o suficiente pelo pai e seu falecido "amigo". Quando soube que os pais dela ficaram do lado de Stone depois que ele a atacou e estuprou... ainda não consigo acreditar que isso realmente aconteceu. Odeio que ela tenha que reviver isso, para não mencionar que ela terá que ver o pai novamente pela primeira vez em oito anos.

Flynn está estressado com essa história. Sei que está, mesmo que não fale. E agora que Natalie está grávida, tenho certeza de que isso só aumenta a sua preocupação. Estamos ansiosos para acabar com esse assunto. Partimos para Nebraska dois dias depois do casamento de Hayden e Addie e ficaremos lá por menos de vinte e quatro horas. Entrar e sair. Esse é o plano.

Para o almoço, como alguns dos queijos, biscoitos e linguiça defumada — uma escolha interessante, tendo em vista o motivo do presente — que veio na cesta de Annie e tenho uma tarde produtiva. Por volta das cinco, me levanto e me movo, tentando decidir se estou bem para me exercitar. A parte superior do corpo talvez, pois minhas partes inferiores ainda estão doloridas e sensíveis. Depois de vestir short de ginástica, desço para a academia no subsolo e faço um rigoroso treino de braço e peito que me deixa suando, cansado e precisando muito de um banho.

Quando o elevador chega ao meu andar, saio para encontrar Leah sentada do lado de fora da porta junto com várias sacolas de compras. Ela está focada no celular e não nota a minha presença de imediato. Dou uma boa olhada e as lembranças do que ela fez mais cedo me assaltam. Tento pensar em qualquer coisa que não me provoque uma ereção quando me aproximo dela. Tem sido difícil, porque toda vez que penso naquele boquete maravilhoso, fico duro.

Limpo a garganta, e ela olha para cima, sorrindo ao me ver com a camiseta suada e uma toalha ao redor do pescoço.

O que o fato de estar feliz em vê-la diz sobre minha decisão de não me envolver?

7

─────────

*Leah*

Ah, meu Deus. Ele está todo suado depois de malhar e ainda quero lambê-lo.

— Leah?

Percebo que ele me disse algo enquanto estava ocupada olhando e pensando em lamber.

— Hã?

— O que está fazendo aqui?

Ah. Certo.

— Pensei em fazer o jantar.

Felizmente, ele não mencionou que usei o código da garagem para ter acesso ao prédio. Acho que devo dizer acesso *não autorizado*, pois ele não me deu permissão explícita para usá-lo. Espero que ele me diga *não, obrigado*, que está farto e que não me quer aqui, mas ele não diz nada. Simplesmente abre a porta e pega uma das sacolas.

Me levanto e o sigo para dentro, onde o laptop e um monte de papéis estão no balcão ao lado de uma enorme cesta.

— O que é isso?

— Um presente da Annie, do Hugh e dos meninos para mim e meus bens.

— Legal da parte deles.

— Verdade. Ela se sente péssima por seus filhos terem me machucado, embora tenha se divertido às minhas custas com o emoji de berinjela.

Tento não rir, mas um ronco escapa dos meus lábios.

— Não é engraçado — ele protesta com firmeza.

— É um pouquinho.

— Não há nada de pouquinho aqui.

— Eu sei. Estive pensando nisso o dia todo.

— Pare — ele resmunga.

Vou até ele, passo as mãos em seu peito suado e o observo.

— Isso significa que você pensou nisso o dia todo também?

— Claro que não.

— Você é um mentiroso, advogado. — Olho para a óbvia protuberância em seu short. — Mentiroso *demais*. — Quero ficar de joelhos e repetir a performance. — Sabe o que mais eu estava pensando hoje?

— Estou com medo de descobrir.

— Que tive o seu pau na boca, mas nunca te beijei. — Me aproximo dos seus lábios. — Devemos corrigir isso em algum momento.

— Eu disse uma noite, Leah. Isso é tudo o que vai ser. Não estamos em um relacionamento.

— Pode me lembrar de novo por que só pode ser uma noite?

Seu suspiro exasperado faz com que me aproxime dele. Não me importo que esteja suado. Só quero mais dele.

— Trabalhamos juntos e não devemos deixar as coisas bagunçadas ou complicadas, e isso tem potencial de se tornar as duas coisas.

— É mesmo? — pergunto, cheia de esperança de que ele ache que eu poderia ser complicada e bagunçada. Eu adoraria ficar bagunçada com ele.

— Você sabe disso.

— Sabe o que mais eu sei?

— Estou quase com medo de perguntar...

— Que não estamos fazendo nada de errado ao ceder a uma atração que nós dois sentimos, e não tente me dizer que não sente também. — Coloco a palma sobre sua ereção com gentileza, sem querer machucá-lo enquanto mostro o que quero dizer. — Não estamos fazendo nada de errado, Emmett.

— Você não me conhece — ele fala com os dentes cerrados.

— Conheço, sim.

— Não, não de verdade.

— Então me diga o que preciso saber, mas não tente me dizer que você não está igualmente atraído.

— Não vou negar.

— Quem bom, porque eu odiaria ter que lembrá-lo da evidência do contrário. — Inclino a mão para lembrá-lo de que ainda estou segurando seu pênis, caso ele tenha se esquecido.

Ele puxa a minha mão.

— Se comporte, pit bull.

*Adoro* esse apelido.

— Por que eu deveria? Estou sozinha com um cara com quem quero estar e que acaba de admitir que quer ficar comigo também. Por que tenho que me comportar?

— Porque... tem coisas... coisas que você não sabe.

— Que coisas?

— Não quero falar sobre isso.

— Sabe o que é realmente engraçado a seu respeito?

— Mal posso esperar para ouvir.

— Você se convenceu de que sou jovem demais, mas não sou eu que está jogando e agindo como um garoto de quinze anos que não sabe como lidar com as mulheres.

Amo o flash de raiva que aquece seus lindos olhos.

— Não é isso o que estou fazendo.

— Não? Do que tem tanto medo?

— Não tenho medo de nada.

— Posso ter me enganado. — Eu me afasto dele e começo a desembalar as coisas que comprei. — Espero que goste de frango carbonara. É uma das minhas especialidades. — Começo a vasculhar gavetas e armários, me sentindo em casa na sua cozinha, fingindo ignorar o fato de que ele continua lá, me olhando, ainda gostoso pra caramba e duro como uma pedra.

Me ocorreu muitas vezes nos meses desde que minha paixão por Emmett se consolidou e floresceu como uma erva daninha fora de controle que eu poderia e provavelmente deveria ter mirado em um homem mais atingível. Mas não é como se eu tivesse decidido me concentrar nele de forma consciente. Aconteceu naquele primeiro dia no escritório da Quantum. Eu o conheci no casamento de Flynn e Natalie e lembro de tê-lo achado muito atraente, mas só quando conversamos sobre o contrato de confidencialidade que comecei a pensar em lambê-lo.

— Se quiser tomar banho, preciso de cerca de meia hora para aprontar as coisas.

Ele fica ali por mais um segundo ou dois antes de se virar e sair.

Respiro fundo e me sirvo uma taça do vinho que eu trouxe enquanto tento não pensar nele nu, molhado e ensaboado no chuveiro. É preciso toda a força de vontade do mundo para ficar na cozinha quando quero estar naquele banho com ele mais do que quero respirar.

*Paciência*, digo a mim mesma. *Tenha paciência.*

Não tenho paciência alguma no que se refere a ele. Mal me reconheço nessa situação. Na maior parte do tempo, *sou* o cara nas minhas relações com homens. Eu os amo e os deixo. Não me envolvo. Não me *importo* o suficiente para me incomodar. Mas com Emmett tudo é diferente, e não posso nem dizer o porquê. É assim. Olho para ele e o quero, e não apenas fisicamente. Estou atraída por seu cérebro tanto quanto por suas outras partes. Quero entender o que o motiva. Quero saber sobre sua família, infância, sua vida antes de conhecê-lo. Quero saber de tudo.

E isso me assusta. A qualquer momento, espero que ele me mande embora e me peça para ficar longe. É óbvio que ele está tanto excitado quanto irritado pela minha presença. E se a irritação vencer? Era muito mais fácil quando eu não me importava. Um lado meu gostaria de poder voltar àquele estado de apatia quando eu não arriscava nada indo atrás do que eu queria.

Com Emmett, sinto que estou arriscando tudo: o novo trabalho que amo, minha nova vida e a sanidade. Mas mesmo sabendo disso, parece que não consigo controlar ou conter a necessidade premente de ter mais dele — e não quero controlá-la ou contê-la. Quero ceder a isso e devorar os sentimentos que nunca senti de forma tão poderosa antes de conhecê-lo.

Passei algum tempo com Addie hoje no escritório, ouvi um pouco mais sobre como ela ficou com Hayden e o quanto ela lutou para encontrar seu felizes para sempre que acontecerá este fim de semana, onde os dois irão trocar votos e começar a vida juntos. Ela insinuou que havia muito mais na história do que o que compartilhou, mas disse o suficiente para eu ver que ela tinha ido atrás do que queria e que tinha valido a pena para ela, mesmo que ela estivesse super ansiosa sobre o casamento em si.

Embora sua história me desse esperança e aumentasse minha crença de que devo a mim mesma a chance de ver onde as coisas poderiam ir com Emmett, estou realmente um pouco preocupada com o quanto ela está estressada — e pelo que ouvi dos outros, Hayden também está.

# *Hayden*

Algo está errado. Faltam alguns dias para o nosso casamento, e Addie está péssima. Minha Addie nunca fica assim. Ela é a imagem de competência em todas as situações. Vê-la se desestabilizar enquanto o dia do nosso casamento se aproxima está me deixando louco. Deveríamos ter fugido do jeito que Flynn e Natalie fizeram a primeira vez que trocaram votos, mas ela não aceitou. Ela quer o grande casamento com tudo o que tem direito e, como eu quero o que ela quer, aceitei. Agora, gostaria de ter insistido em algo mais simples.

Ela está chorosa, arredia e sem dormir. Pior de tudo, não fala comigo sobre o que está errado, então comecei a pensar o pior. Ela quer acabar com tudo e não sabe como me dizer? Sim, meu pensamento seguiu por esse caminho e não é um bom lugar para se estar, especialmente nesta semana em que deveríamos estar mais felizes do que nunca.

Ela não está feliz e, por consequência, eu também não.

Chego na casa em que moramos juntos em Malibu e vou procurá-la, encontrando-a no escritório, inclinada sobre seu sempre presente caderno de casamento. Gostaria de ter insistido em contratar uma cerimonialista para que ela não suportasse o impacto do planejamento, mas ela quis fazer tudo sozinha, então desisti. Ela não me ouve entrar, então aproveito a chance de observá-la. Eu, que pensei que não poderia amar nenhuma mulher, passei a amá-la mais do que a minha própria vida. Se ela quiser terminar, sinceramente, não sei o que vou fazer. Tenho tanto medo dessa possibilidade que quase não consigo abordar o assunto.

Mas tenho que saber o que está errado, principalmente porque vê-la sofrer está me matando.

— Oi, linda — digo baixinho, assim não vou assustá-la.

Ela me olha e fico assustado com os olhos inchados, olheiras e uma sensação geral de cansaço que parte meu coração.

— Ah. Você está em casa.

— Preciso que faça algo por mim.

— O quê?

Estendo a mão para ela.

— Venha comigo.

— Tenho um milhão de coisas para fazer hoje à noite.

— Por favor?

Posso sentir sua relutância quando ela se levanta da cadeira, dá a volta na mesa e estende a mão para pegar a minha. Seu anel de noivado brilha à luz do dia que entra pelas janelas que ficam de frente para o oceano.

Fecho os dedos ao redor dos dela e a conduzo para a varanda, me sentando na poltrona dupla que comprei para ela de aniversário, depois que me disse que gostaria que pudéssemos nos sentar juntos no deque com vista para o Pacífico e não em cadeiras separadas.

Como o clima está um pouco mais frio nesta noite de outubro, puxo um cobertor sobre nós e a aconchego perto de mim.

— Fale comigo, Addison. Me diga o que está acontecendo.

— Não tem nada acontecendo. Nosso casamento é daqui a seis dias e ainda há muito o que fazer.

— Não é isso, e se você não me disser o que está acontecendo, vou temer que talvez você não queira realmente se casar comigo, e se for esse o caso... — Não posso nem falar. O simples pensamento é o suficiente para me fazer sentir como se o mundo estivesse acabando.

Fico chocado e horrorizado quando ela começa a chorar.

— Addie, linda... — Quero me levantar e fugir, assim não vou ter que ouvir o que ela vai me dizer. Se eu não ouvi-la dizer que acabou, então não acabou. Certo? Não sei como essas coisas funcionam. Nunca estive apaixonado antes dela, antes de ela forçar sua entrada na minha vida com uma determinação que me deixou impotente para fazer qualquer coisa além de dar tudo a ela. Se ela retirar seu amor... — Você não quer se casar?

Ela só chora mais.

Estou morrendo. A sensação de desamparo que me atinge me faz lembrar demais das quatro vezes que a minha mãe sofreu uma overdose. Na época, assim como agora, eu não sabia o que fazer ou como ajudar. Para alguém que se orgulha de ter o controle em todos os aspectos de sua vida, estar fora de controle é o pior lugar para se estar.

Acaricio seus cabelos e suas costas, esperando que ela se acalme o suficiente para me dizer o que a deixou tão chateada. Mas mais do que tudo, quero ouvir que ela não mudou de ideia sobre mim e sobre a vida que devemos ter juntos.

Seus soluços são como facadas no meu estômago. Se ela sente dor, eu me machuco. Eu a amo tanto assim e resolvo que não importa o que ela diga, não vou desistir dela sem lutar.

— Addison, fale comigo. — Passo os dedos pelo seu cabelo loiro sedoso. — Me diga o que está errado. Deixa-me ajudar.

— Não sei o que está acontecendo — ela diz entre soluços.

— É o casamento? Você não quer se casar comigo?

Ela balança a cabeça negando.

Querido Deus, a qual pergunta ela está respondendo?

— Claro que quero me casar com você.

O alívio me atravessa, me deixando tonto e sem fôlego. A abraço mais forte, me agarrando à mulher que mudou minha vida de todas as maneiras possíveis.

— Sinto muito se você pensou que eu não queria. Não tem nada a ver com você. Sou eu... e a... minha mãe.

A mãe dela morreu há mais de quinze anos devido a um ataque cardíaco. Addie tinha doze anos.

— Sua mãe? — pergunto, confuso.

— Desde que ela morreu, existe um espaço em branco na minha mente onde ela costumava estar. Não me lembrava de quase nada sobre ela, e nos últimos dias, tudo voltou. Me lembro *de tudo* e sinto como se estivesse acontecendo de novo. Estou ficando louca?

Meu coração se parte por ela.

— Não, baby, você não está ficando louca.

— Por que isto está acontecendo agora?

— Provavelmente porque você a quer conosco em nosso casamento, então sua mente está destrancando as memórias.

— Acha isso mesmo? — Ela olha para mim com os grandes olhos azuis cheios de lágrimas e isso acaba comigo.

Enxugo seu rosto.

— Não tenho certeza, mas parece uma possibilidade, não é?

— Gosto mais disso do que de pensar que estou ficando louca. Ando péssima, esquecendo as coisas. Esqueci de contratar uma banda! Não me esqueço das coisas, Hayden. Não sou assim!

— Respire, amor. Você coloca muita pressão em si mesma. A única coisa que importa no sábado é você, eu e as pessoas que amamos. Quem se importa se tivermos uma banda?

Ela chora de novo, me fazendo desejar não ter falado de forma tão dura. Mas ela já está acostumada com a maneira como eu digo as coisas. Geralmente, ela revira os olhos enquanto me manda parar. Ela não chora, não assim.

— Quer que eu ligue para o seu pai?

Ela balança a cabeça.

— Isso iria assustá-lo.

— Ele e eu poderíamos ficar assustados juntos.

— Sinto muito por fazer isso com você.

— Não se desculpe. Estou bem desde que você ainda queira se casar comigo.

Ela me dá um sorriso choroso.

— Como você poderia imaginar que não quero depois de tudo o que fiz para me tornar essencial para você?

— Você fez um trabalho espetacular em se tornar essencial para mim. Pensar em passar um dia sem você me deixa louco. Sabe que não pode me deixar, não é?

— Para onde eu iria? O único lugar que quero estar é com você.

Ouvindo isso, posso respirar de novo, mas o que posso fazer sobre essas memórias que estão voltando para assombrá-la justamente agora?

— O que posso fazer para te ajudar?

Ela enterra o rosto no meu peito.

— Isso está ajudando.

Eu a abraço o mais forte que posso.

— Quero que o sábado seja o melhor dia da sua vida, Addison. Não quero que nada te deixe triste ou infeliz. Sua mãe não iria querer isso também.

— Eu sei.

— Talvez devêssemos ver o que está acontecendo como um presente. Ela voltou para você neste momento importante da sua vida para você ter certeza de que ela está aqui.

— Essa é uma boa maneira de ver. Sempre senti falta dela, sabe?

— Claro que sentiu.

— Eu realmente gostaria que ela pudesse ter te conhecido. Ela te amaria.

— Como seu pai me ama? — pergunto, rindo. Simon York e eu conseguimos deixar de lado nossas diferenças, porque nós dois amamos Addie e queremos o melhor para ela, mas nunca seremos melhores amigos.

— Ela adoraria o jeito que você me ama, assim como meu pai.

— Ele disse isso?

— Mais de uma vez.

— Hã. Isso é surpreendente.

— O que mais um pai poderia querer para sua filha do que um marido que a adorasse do jeito que você me adora?

— Amo Addison York Roth. Isso é certo.

Ela chora de novo.

— É a primeira vez que ouço meu novo nome.

— Primeira de muitas vezes.

— Há muito tempo, meu pai me disse que eu poderia fazer o que quisesse, porque eu era inteligente, engenhosa e bonita. Ele me disse que eu não precisava me casar para ser feliz, mas que se eu decidisse que era o que queria, seria melhor que com alguém que fosse bom para mim. Ninguém nunca foi tão bom para mim como você é, exceto meu pai, é claro. — Ela coloca a mão no meu rosto. — Ele ama você e minha mãe também amaria.

— Agora você vai me fazer chorar.

Ela me beija.

— Mal posso esperar para me casar com você.

— Eu também. Nunca pensei que me casaria até que você me mostrasse o contrário. Nunca tive alguém que pertencesse só a mim como você, Addison. Achei que você ia me dizer que não queria mais se casar, e eu não tinha certeza se sobreviveria.

— Eu nunca faria isso com você. Jamais.

Aliviado e mais apaixonado por ela do que antes, beijo e enxugo as lágrimas restantes.

— Me fale sobre sua mãe. Me diga do que você se lembra. Quero saber tudo.

Ela relaxa contra mim e começa a compartilhar suas lembranças.

8

*Leah*

O carbonara está com um cheiro delicioso, mas qualquer coisa que envolva bacon recebe meu voto. Tenho muita sorte, ou pelo menos, todas as minhas amigas dizem que posso comer qualquer coisa e não ganhar um quilo. Sempre me perguntei se o bom metabolismo vem de família. Como fui adotada, essa é uma das muitas coisas de que não sei. Ainda que eu ame o fato de poder comer qualquer coisa sem engordar, gostaria de ter as curvas exuberantes que Natalie e Addie têm. O que eu não daria por seios e bumbum maiores?

Minha imagem foi descrita como "infantil", o que dificilmente é um elogio, especialmente quando se está tentando atrair o interesse de um garanhão como Emmett. Embora eu tenha visto muitas provas de sua atração por mim, sou insegura o suficiente sobre minha falta de curvas para me perguntar se posso ser o que ele quer ou precisa.

Ele diz que vai me dar uma noite.

Quero muito mais do que isso com ele.

Meu telefone vibra com uma mensagem de um número que não reconheço.

*Estou com saudade. Gostaria que você me desse outra chance.*

. . .

*Quem é?*

Pergunto, mesmo tendo uma suspeita.

*Tom.*

Argh! Eu o bloqueei há semanas e é por isso que ele está usando outro número.

*Eu te disse para parar de me mandar mensagens. Não estou interessada.*

*Você nunca me deu uma chance.*

Bloqueado.

Eu o conheci no *Tinder* na primeira semana em que cheguei na cidade e saí com ele duas vezes. Cometi o grande erro de dormir com ele na segunda, embora não tenhamos exatamente dormido. Voltamos para a minha casa e transamos. Depois, pedi a ele que fosse embora, lamentando o fato de que tive um mini surto por estar em uma nova cidade com um trabalho que não quero estragar. Idiota.

E agora ele não desaparece nem me deixa em paz.

Ouço o chuveiro no quarto de Emmett e tento não pensar nele molhado e sexy enquanto preparo o jantar. Me ocorre que se ele não tivesse se machucado na noite anterior, eu nem estaria aqui. Levanto a taça de vinho em um brinde silencioso para a cesta de presentes que Annie enviou, dando graças aos meninos que machucaram Emmett e me deram essa chance com ele. Não que eu quisesse que algo assim acontecesse, porque eu não queria. Mas não vou reclamar.

Meu telefone vibra com outra mensagem e meu coração para por um segundo até que vejo que é de Nat.

*E aí, como foi com o Emmett na noite passada?*

*Bem. Estou na casa dele agora fazendo o jantar.*

*Fantástico! Progresso.*

Embora seja verdade que progredi com ele nos últimos dois dias, ainda tenho a sensação de que, por ele, eu não estaria aqui.

*Isso é bom?* Nat pergunta.

*Acho que vamos ver...*

Ela envia o emoticon de cara feia.

*Gosto de vocês juntos. Ele precisa de um pouco de animação e ninguém é melhor nisso do que você.*

Sei que ela diz isso como um elogio. Ela me diz o tempo todo que sou a pessoa mais engraçada que ela já conheceu, e estou totalmente ciente da minha irreverência. As pessoas — professores, chefes, pais — têm usado essa palavra para me descrever desde que me lembro. Mas quero que Emmett me leve a sério e não pense em mim como uma garota boba que está brincando com um cara fora do seu alcance, mesmo que ele esteja.

Ele é um advogado brilhante, bem sucedido, sexy pra caramba, com um ótimo trabalho, uma bela casa, um carro lindo e uma vida que funciona para ele. Para não mencionar que poderia ter qualquer mulher que quisesse, então o que ele iria querer com uma mulher irreverente e muito comum? Dei a ele uma pequena demonstração do que tenho a oferecer, mas... não quero que minha habilidade em garganta profunda seja a única razão pela qual ele me queira.

É profundamente deprimente pensar que provavelmente não há uma boa razão para eu estar aqui além do fato de que ele é educado demais para me mandar ir embora.

Deixando de lado aquele pensamento inquietante, agito o carbonara e coloco uma panela com água para ferver. Comprei salada pré pronta e um pequeno pedaço de pão italiano. Se estivesse sozinha em casa, faria pão de alho, mas aqui o coloco na manteiga e sob o frango por um minuto sem o alho, porque, bem...

A quem estou enganando? O que estou fazendo aqui? Por que estou me forçando a um cara que parece não querer nada comigo? Argh, e por que estou me permitindo esse colapso inseguro que também não é meu estilo? É ele e o efeito que provoca em mim. É tudo culpa dele.

Meu telefone toca com outro número que não reconheço. Sinto um frio no estômago enquanto recuso a ligação.

— Quem é? — Emmett pergunta quando sai do banheiro recém-barbeado, com o cabelo molhado, vestindo bermuda de basquete e uma camiseta cinza que se agarra a cada protuberâncias de seus músculos definidos.

Fico boba com a visão dele, o que nunca aconteceu comigo com qualquer cara, exceto ele. Não sou como outras garotas que agem de forma ridículas com relação aos homens. Gosto deles. Me divirto com eles. Gosto de transar com eles. Mas não fico sem ação — ou nunca fiquei, até encontrá-lo.

Quando ele acena com a mão na frente do meu rosto, percebo que o estou encarando. E então o cheiro de... *dele*... me atinge como um tapa na cara e quero me afogar nele. Provavelmente não é nada mais exótico do que sabonete, mas me inclino para cheirar melhor.

— Você está me cheirando?

— Humm, você está muito cheiroso.

— Você é muito esquisita — ele retruca, embora pareça estar se divertindo.

— Eu sei. Desculpe. Amo homem cheiroso e você tem um cheiro incrível. O tempo todo, mas saindo do chuveiro... — solto um suspiro e estremeço. — Muito bom.

— Que bom que você aprova. — Ele olha para mim como se achasse que sou maluca, o que eu provavelmente sou. Mas o que posso dizer? Ele provoca isso em mim.

O telefone toca novamente.

Rejeito rapidamente a chamada, porque não reconheço o número.

— Quem está te ligando?

— Não é ninguém. — Coloco o macarrão na água fervente e mexo o carbonara.

O telefone toca novamente.

— Droga — eu murmuro, desligando.

— O que está acontecendo, Leah? — ele pergunta, soando como o advogado que vejo todos os dias no escritório. Sua expressão é séria.

— Não é nada. Saí com um cara algumas vezes quando me mudei para cá, mas ele não aceita um não como resposta.

— Bloqueie ele.

— Já bloqueei. Duas vezes. Ele continua ligando.

— Ligue de volta. — Ele está falando sério e me arrepio quando percebo que ele entrou no modo protetor.

Cristo tenha misericórdia, mas o Emmett protetor é a versão mais incrível dele que já vi.

— Tudo bem. Posso lidar com isso.

— Ligue de volta, Leah.

Há algo em seu tom autoritário que me faz fazer o que ele pede, o que é uma coisa rara para mim. O telefone fica louco, apitando com mensagens de voz — dez no total, de dois números diferentes. *Que merda é essa?*

— Qual é o nome dele?

— Tom.

— Ligue de volta.

Faço a chamada, coloco no viva-voz e entrego o telefone na mão estendida de Emmett.

— É o Tom? — ele pergunta.

— Quem quer saber?

— Ouça. Se você ligar ou entrar em contato com a Leah de alguma forma, vou aparecer na sua casa com policiais a tiracolo. Entendeu? A moça disse não. Respeite seus desejos ou você vai se arrepender.

— Quem está falando?

— Não se preocupe com isso. Se preocupe em fazer o que lhe é dito ou você vai lidar comigo. Confie em mim, você não vai querer lidar comigo.

Fico louca. Ouvi-lo me defender assim é incrivelmente excitante e me toca profundamente em uma parte minha que não tem nada a ver com sexo, atração ou qualquer uma das coisas que originalmente me atraíram para ele.

Emmett termina a ligação e me devolve o telefone.

— Bloqueie esses números.

Eu bloqueio os números e, em seguida, olho para ele para encontrá-lo me observando com um olhar feroz.

— Obrigada.

— Se ele ligar de novo, quero que me fale.

— Tudo bem.

— Estou falando sério, Leah. Deixando as brincadeira de lado, isso é sério. Homens que não podem aceitar não como resposta não devem ser subestimados. Se você o vir ou receber ligações dele de novo, me avise imediatamente e vamos chamar a polícia.

— Tudo bem, vou avisar. Espero que você tenha dado um susto nele. Eu ficaria com medo se você dissesse isso para mim.

— Você não deve deixar nenhum homem te assustar. Nunca.

— Se todos os homens pensassem como você.

— Não tenho paciência para homens que precisam intimidar mulheres para se sentirem homens de verdade. Isso é uma besteira total, e você nunca deveria tolerar isso.

Só posso olhar para ele em toda a sua sexy glória, que se tornou ainda mais gloriosa ao ouvi-lo defender todas as mulheres.

— Por que está me olhando? — ele pergunta com rispidez.

— Acho que você é simplesmente... incrível.

Ele franze a testa.

— Por que eu odeio valentões?

— Isso e o jeito que você colocou medo no cara que está me incomodando. — Estremeço de forma dramática. — Muito sexy.

Emmett revira os olhos.

— Não é preciso muito para que seu motor funcione, não é?

— Quando você está por perto? Não. Não demora nada.

— Existe algum pensamento que você não sinta necessidade de compartilhar comigo?

— Tive alguns que você não teve conhecimento, mas eu ficaria feliz em te atualizar, se você quiser.

— Tudo bem — ele responde, rindo. — Posso usar minha imaginação.

Eu amo que o fiz rir. Como ele disse, não é preciso muito para me excitar no que se refere a ele.

— Não tenho certeza se sua imaginação está vívida o suficiente.

Ele vem por trás de mim, desliza um braço ao redor da minha cintura e me puxa contra seu corpo excitado.

— Minha imaginação está *extremamente* vívida.

Estou tão chocada e animada que não consigo pensar em nada para dizer.

— O que foi? Nenhuma resposta espertinha? Está perdendo o jeito?

Coloco a cabeça contra o seu peito e o olho, sentindo que estou me envolvendo em algo tão profundo e tão vasto que nunca experimentarei a profundidade total disso. Não tenho certeza de como aconteceu ou se eu poderia até mesmo recriar o momento quando pensar a esse respeito mais tarde, mas em um minuto estamos nos olhando e no próximo, ele está me virando e me beijando — e quando digo beijando, quero dizer me *consumindo*. Lábios, língua, dentes e mãos. É um evento de corpo inteiro e estou dentro. Suas mãos se curvam ao redor da minha bunda, e ele me levanta — sem esforço. Envolvo meus braços e pernas em seu corpo, porque não quero que esse beijo termine.

Então a porcaria da massa de macarrão ferve — excelente metáfora, a propósito — e somos forçados a nos afastar um do outro. Antes que eu possa respirar fundo e me recuperar, ele desliga os dois queimadores e continua exatamente de onde paramos. Uma das suas mãos está segurando a minha bunda e a outra está enterrada no meu cabelo, então não posso fazer nada além de continuar a beijá-lo. E para registro, não há nada no mundo que eu queira fazer mais do que continuar a beijá-lo.

Ele me apoia no balcão e desliza as mãos até os meus seios, moldando-os, acariciando-os e me deixando louca enquanto sua língua me domina — ou devo dizer, me domina e me deixa em chamas, porque quero *tê-lo* aqui e agora.

— Devagar — ele sussurra em um suspiro contra os meus lábios quando pressiono meu corpo em sua ereção. — Ele ainda está ferido.

Não estou orgulhosa de como choraminguei com a lembrança do que não vai acontecer, não esta noite, de qualquer maneira. Mas há tantas outras coisas que *podemos* fazer...


Emmett


Isso é loucura. Não tenho ideia de como passei de querer me livrar para beijá-la como se minha vida dependesse de ter mais dela. Não costumo agir assim. Não faço as coisas sem querer. Todos os aspectos da minha vida são planejados, controlados e organizados. Todos, exceto um, aparentemente, porque ela está me beijando como se *sua* vida dependesse de ter mais de mim e, puta merda, não posso me impedir de me fartar do que ela oferece de forma tão doce e livre.

Até conhecê-la melhor, doce não era uma palavra que eu usaria para descrever Leah. Audaciosa, atrevida, sexy e hilária. Só recentemente descobri que ela também é doce. Ouvir que um cara a está incomodando fez ligar um interruptor dentro de mim. Desprezo valentões e homens que atacam as mulheres porque acham que podem escapar impunes. Todos os meus instintos de proteção entraram em estado de alerta quando vi que ela estava com medo do cara. Ela tentou agir como se não fosse grande coisa, mas vi medo em seus olhos, e isso me lembrou muito de...

*Não. Não pense nisso. Não mesmo.* As lembranças surgem apesar do meu ardente desejo de esquecer, e eu hesito, perdendo o rumo por um segundo, apenas o tempo suficiente para Leah recuar.

— O que há de errado?

— Nada. — Eu a alcanço, seguro seu rosto e a trago de volta para mais. Talvez se eu me afogar nela, não pensarei em coisas que ficarão melhores se deixadas no passado. Levei anos para aceitar as coisas que não posso mudar. Não posso voltar atrás. Para a frente é a única opção, e Leah está sendo bem para frente com o jeito que envolve sua língua na minha e se esfrega contra mim.

Coloco um braço ao redor da sua cintura e a levanto sem interromper o beijo.

A única dor no meu pau agora é por ela. É como se a lesão nunca tivesse acontecido, de tanto que eu gostaria de me perder nela e esquecer de tudo que não seja Leah por algumas horas. Não posso fazer isso hoje à noite — por orientação médica — mas há outras coisas que *posso* fazer. Se ela quer lutar com o tigre, talvez seja hora de mostrar-lhe as minhas listras.

No momento em que a carrego para o quarto, ela envolve seus braços e pernas em meu corpo enquanto continuamos o beijo mais sexy da história. Quem podia imaginar que a atrevida Leah beijaria como uma estrela pornô?

*Você imaginava.* Meu subconsciente escolhe os momentos mais loucos para se manifestar, mas ele não está totalmente errado. Uma das razões pelas quais fiz o máximo para evitá-la é porque suspeitei que as coisas poderiam ficar fora de controle. Acontece que eu não estava errado. Isso já está tão fora de controle que não é nem engraçado, e está prestes a aumentar ainda mais. Se pelo menos Kristian tivesse me dito para manter as mãos afastadas, bem como todas as outras partes. Por que ele não poderia ter feito o que deveria como meu empregador? Se ele tivesse feito, nada disso estaria acontecendo.

Eu a coloco na cama e me deito sobre ela com cautela para me certificar de que meu pênis não fique mais machucado. Ele está feliz apertado contra o calor de sua vagina, que é como uma almofada que cuida dos seus ferimentos. O pobre rapaz quer se aconchegar e ficar confortável.

Cacete, de onde veio isso? Não fico confortável com as mulheres. Fico desconfortável com a maior frequência possível, mas não me envolvo em relacionamentos, romances ou qualquer outra porcaria. Não ajo assim. Na maioria das vezes, só me importo com o prazer que ofereço a minha parceira e a mim mesmo. Só isso me importa, mas essa situação com Leah complicou tudo. É por isso que eu deveria parar enquanto ainda posso.

Se as coisas se complicarem, o que com certeza vai acontecer, não afetará apenas a nós dois. Também vai respingar na minha vida profissional, o que seria um desastre para nós dois.

É quase doloroso desistir do beijo mais sensual da história, mas recuo lentamente e olho para suas bochechas coradas, lábios inchados e olhos arregalados. Aqueles olhos me matam. Ela olha para mim como se eu segurasse a lua.

— Não faça isso — grunho, as palavras saem da minha boca antes que eu possa ter tempo para considerar o que ou como estou dizendo.

— O quê?

— Olhar para mim desse jeito.

— Como estou te olhando?

— Tipo... *assim*.

Ela dá uma risada impotente que faz meu estômago parecer estranho. Talvez seja gases. O que mais poderia ser?

Ela ri tanto que as lágrimas escorrem por seu rosto.

— *Você* é tão esquisito.

— *Eu* sou esquisito? O que me diz de...

— Sim, você é um esquisitão. Que bom que me sinto atraída por pessoas estranhas, ou teria que encerrar a noite.

Faço uma careta para ela, e isso a faz rir um pouco mais. O que estamos fazendo na cama, deitados como amantes? Isso não deveria acontecer. Começo a me afastar dela, mas ela não aceita — e nem o meu pau, que estava gostando do tratamento térmico terapêutico. Seus braços e pernas se apertam ao meu redor.

— Não corra com medo.

— Não estou com medo.

— Está, sim. — Ela passa a mão sobre o meu rosto e *sinto* a tensão me deixar. —Não sou tão assustadora.

Ela é aterrorizante.

— Gosto de te beijar e meio que acho que você gostou de me beijar. — Ela levanta os quadris com gentileza contra a prova do quanto eu gostei de beijá-la. — Então, por que está agindo como um babaca comigo?

*Agindo como um babaca?* Vou bater na sua bunda até que fique tão vermelha que ela não se vai sentar por um mês. Me ocorre que tive esse pensamento pelo menos uma dúzia de vezes nos últimos dois dias.

Ela estremece de forma dramática.

— Você é muito feroz quando está chateado.

— Então devo ser feroz noventa e nove por cento do tempo que estou com você.

Isso provoca mais risos, o que me enfurece. Ela não se sente nem um pouco intimidada por mim, o que me ofende em vários níveis, principalmente no dominante.

— Você está me implorando para bater na sua bunda?

— Eu teria que implorar? Como isso funciona?

A explosão de luxúria que essas palavras provocam em mim faz minha mente ficar em branco.

— Você está dizendo...

— Que quero que você bata em mim? *Caramba*, sim. Podemos fazer isso agora?

— Não — digo com os dentes cerrados. — Não podemos fazer isso agora.

— Por que não? — A pequena raposa se contorce debaixo de mim, pressionando seu calor escaldante contra o meu pau, que está muito duro e sofrendo por ela.

Naquele momento, não consigo pensar em uma única razão pela qual não devo fazer o que quero. Ela está aqui, está disposta, e desde quando recuso uma oportunidade de bater em uma bunda disponível? Nunca digo não a isso. *E você ia mostrar quem você é...* pela primeira vez, meu subconsciente está completamente do meu lado.

Me apoiando nos braços para me erguer, me movo rapidamente antes que um de nós dois possa mudar de ideia. Ela está usando jeans tão justo que é como uma segunda pele. Abro o botão, e ela fica completamente imóvel enquanto executo a tarefa e puxo o jeans sobre os quadris delgados e pernas longas.

O pequeno pedaço de seda que cobre sua boceta está encharcado.

Saber que a deixei tão molhada me faz querer uivar. Isso me faz querer cantar: *minha, minha, minha*. Eu a viro, para que ela fique com metade do corpo na cama e a outra metade para fora, sua bunda em plena exibição. Umedeço os lábios secos e seguro a nádega macia.

Ela ofega e levanta os quadris, buscando mais.

O cheiro da sua excitação me excita como nunca.

*Não faça isso. Não toque nela. Não faça. Não, não, não.* Finalmente consegui chamar meu subconsciente à razão e agora meu melhor julgamento quer agir como um pé no saco. Estou com as duas mãos na sua bunda macia e me sinto como um viciado buscando correção. Um toque e não consigo parar. Não vou parar. Nem a possibilidade de ruína poderia me impedir de aceitar o que ela oferece de maneira tão descarada.

Ela está gemendo e se contorcendo, buscando mais.

— Precisamos de uma palavra que pare tudo se for demais.

— Não vai ser demais.

*Puta merda.*

— Sem palavra, sem jogo. Isso é inegociável. — O olhar atrevido que ela me dá por cima do ombro me faz querer rugir com a necessidade de fazer tudo com ela, cada coisa que consigo pensar. — O que vai ser?

— Quantum.

A palavra é uma escolha interessante. Tenho que dar o braço a torcer. Ouvir aquela palavra no meio de uma cena serviria como um lembrete das muitas razões pelas quais eu nunca deveria tê-la tocado.

— Isso funciona.

— Vai bater na minha bunda agora? — Seus olhos brilham com excitação que ela não tenta esconder ou disfarçar.

Todos os seus desejos são tão óbvios quanto as leves sardas em seu rosto. Seria tão fácil tirar proveito desse tipo de honestidade, e me dói pensar em como seria simples esmagar seu espírito. Eu nunca faria isso, mas alguém poderia, o que é outro motivo para mantê-la por perto. Digo a mim mesmo que estou sendo protetor. Na verdade, sou um filho da mãe egoísta, porque o pensamento de bater nela me deixa tão duro que o líquido pré-ejaculatório não para de sair.

Apertos suas nádegas, acariciando-as e moldando-as.

— É isso que você quer?

— Acho que eu já disse que é.

— Por que você quer isso?

— Porque nunca fiz antes e isso me excita, especialmente porque seria com você.

Respiro fundo, o que preciso desesperadamente, porque suas palavras me deixam tonto e fazem meu pau esquentar. Aparentemente, ele não recebeu o memorando de que está lesionado e precisa repousar. Ele a quer *agora mesmo*.

— Abaixe a cabeça e não diga outra palavra a menos que eu faça uma pergunta direta. Entendeu?

— Sim, Emmett. Entendi.

Minha nossa, sua súplica voluntária é quase tão excitante quanto a visão da sua bunda nua esperando para ser espancada. E eu não achei que ela pudesse ser submissa? Eu deveria fazê-la me chamar de senhor, mas amo o jeito que meu nome soa em seus lábios, então permito que seja assim. Por agora. Não tenho intenção de deixar que nada vá além de algo básico e sensual, então não há necessidade de continuar a doutriná-la. Contanto que ela tenha uma palavra segura e não tenha medo de usá-la, é suficiente por enquanto.

Continuo a acariciar sua pele macia, observando como sua umidade desce da calcinha para a parte interna das coxas. Me inclinando sobre ela, absorvo a umidade com a língua.

Ela fica rígida, seu corpo inteiro tensionando enquanto eu lambo de uma ponta a outra.

— Você está fazendo uma bagunça.

— Não estou fazendo a bagunça. — Sua voz é mais alta do que o habitual, tensa. — Você está.

— Shhh. Não fale a menos que eu faça uma pergunta direta. — Quanto mais eu lambo, mais molhada ela fica. — É melhor você não deixar uma mancha no meu edredom.

Ela geme e o som é como um fio ligado diretamente ao meu pau.

Puxo suas nádegas e mergulho, lambendo-a através da seda molhada que mal cobre a boceta nua.

Ela enlouquece comigo, sua capacidade de resposta me deixa mais louco do que eu já estava.

— Emmett...

Bato na sua nádega esquerda — com força.

Ela goza, seu corpo inteiro se libertando de um orgasmo que a faz gritar.

— Que garota malcriada. — Luto para controlar minha própria necessidade ardente de gozar. — Quem disse que você tinha permissão para fazer isso?

— *Permissão?* Como eu deveria parar?

— Você deveria se controlar. — Bato na nádega direita e, em seguida, esfrego as marcas de mãos em ambos os lados até que ela geme profundamente.

Ela é perfeita, submissa, divertida e disposta. Agarrando o cós da calcinha, a para ficar logo abaixo das nádegas e, em seguida, separo-as para girar a língua na parte de trás.

— Puta merda — ela murmura.

Bato nela duas vezes de cada lado antes de tocá-la com a língua novamente, girando-a na entrada apertada em sua bunda.

— Alguém já transou com você aqui?

— Não — ela responde, fazendo um som que lembra um soluço.

Ouvir que ela nunca foi tocada ali só me deixa mais louco do que já estou. É como se eu tivesse sido ultrapassado por alguma força externa maior que eu. Mesmo com toda a sanidade que ainda tenho me dizendo que isso não vai acabar bem, ainda me vejo abrindo a gaveta da mesa de cabeceira, removendo o frasco de lubrificante e espremendo uma grande quantidade nos dedos indicador e médio.

— O que está fazendo? — ela pergunta, ganhando outra série de palmadas para lembra-la das minhas instruções.

— Qual é a sua palavra segura?

— Qu-quantum.

— Precisa dela?

Ela balança a cabeça.

— Palavras. Eu preciso de palavras.

— Não preciso.

Espalho o lubrificante sobre seu ânus.

— Precisa agora?

— N-não.

Empurro um dedo em sua entrada apertada.

— E agora? — Noto que ela está segurando o edredom com força, como se precisasse se segurar para o que vem a seguir. Ótimo. Ela deve mesmo segurar firme, porque não estou nem perto de terminar com ela. Ela é tão apertada que tenho que ir devagar para não machucá-la, o que não é o objetivo aqui. Me ocorre que estou com o dedo em seu anus, mas ainda não toquei na sua vagina. O pensamento me faz sorrir, só posso imaginar o que ela deve estar pensando.

— Empurre para trás. Me deixe entrar.

Ela geme e, caramba, esse som... o que isso faz comigo. Quero fazê-la gemer por horas.

Me inclinando sobre seu corpo, dou uma mordida na nádega rosada e empurro o dedo mais fundo. Ela está tendo pequenos orgasmos, um após o outro. Retiro o dedo e acrescento um segundo, empurrando-os enquanto ela luta para ficar parada.

— Precisa da sua palavra segura?

— Não — ela resmunga.

*Essa é a minha garota. Espere. Ela não é minha garota. Você está com os dedos na bunda dela. Ela pode não ser sua garota, mas é algo para você, e provavelmente é hora de admitir isso.* Não, não vou admitir. O pensamento me deixa com raiva de mim mesmo e desconto nela, fodendo-a com mais força com os dedos enquanto ela se contorce debaixo de mim, esfregando o clitóris contra o edredom. Acho que é seguro assumir que haverá uma mancha úmida.

— Quer gozar?

— Ah, sim — ela suspira. — *Por favor.*

— Ainda não. — Enquanto continuo a fodê-la impiedosamente com os dedos, espanco sua nádega esquerda repetidamente.

Ela grita e goza com tanta força que seus músculos internos quase quebram meus dedos. Mal posso esperar para sentir isso acontecer quando meu pau estiver no seu traseiro.

Esse pensamento é tudo o que preciso para estar acabado também.

9

*Leah*

*Puta merda. O que é que acabou de me acontecer?* Ele enfiou os dedos na minha bunda e me deu o maior orgasmo que alguém já teve. Eu nem sabia que era possível fazer tanto ou que eu realmente gostava do que ele fez. Não é como se nenhum cara tivesse tentado me tocar lá. Eu que nunca não permiti.

Até que Emmett me disse que queria, e eu não consegui impedi-lo.

Estou completamente acabada depois daquele orgasmo épico e ao me recuperar do clímax, percebo que seus dedos ainda estão dentro de mim. Estou preenchida, totalmente acabada e arruinada para todos os outros homens que não são o meu Emmett rude e sexy.

— Quer mais? — ele me pergunta naquele tom de voz sexy que eu nunca tinha ouvido até que ele me levou para sua cama e mudou minha vida com uma palmada e o toque dos seus dedos em um lugar onde ninguém mais tocou.

— Sim, quero.

— Quero muito transar com você.

— Não posso acreditar que você está admitindo isso.

Sua mão desce no meu traseiro dolorido.

— Essa sua boca vai te deixar em grandes apuros.

— Humm. Eu amo o seu tipo de *grande* problema.

101

— Você não deve contar tudo que se passa na sua cabeça — ele fala enquanto entram e saem do meu traseiro, que se esticou para acomodá-los. Quando parou de doer, começou a ficar realmente muito bom. Quem podia imaginar que ser tocada lá me excitaria desse jeito? Eu não, com certeza.

— Por que não?

— Porque fica muito fácil para as pessoas tirarem vantagem de você.

— É isso que você está fazendo? Se aproveitando de mim?

— Não quero fazer isso.

— Você não está fazendo nada que eu não queira, Emmett.

Ele se inclina sobre mim, apoiando a testa nas minhas costas enquanto seus dedos deslizam para dentro e fora de mim.

Sinto outro orgasmo começar a se formar. Ele cresce e se multiplica a cada impulso profundo da sua mão, e é ajudado pelo toque dos pelos em seu peito na pele ultra sensível da minha bunda.

— Vire-se — ele fala com rispidez.

— Hum, como faço isso com seus dedos... aí?

— Pode virar, vou te acompanhar.

Me movo com cautela, sem saber o que esperar quando me viro de costas. Ele se vira comigo, com os dedos ainda encaixados dentro de mim.

— Tão gostosa — ele sussurra, usando a mão livre para afastar o cabelo do meu rosto.

Não consigo imaginar como devo estar depois de dois grandes orgasmos. Ele levanta meu top, solta o sutiã e suga meu mamilo boca. Enterro os dedos em seus cabelos, precisando me segurar em algo enquanto ele toca meu corpo como um maestro, como se fosse feito para mim e eu para ele.

Isso não seria algo a se considerar?

Ele beija meu corpo até chegar na parte da frente, abrindo minhas pernas, o que é quase impossível com a calcinha enrolada nas minhas coxas. Ele a arranca de mim e quase gozo de novo, porque ninguém nunca me quis tanto a ponto de fazer isso para chegar ao que está entre as minhas pernas.

Emmett fica de joelhos ao lado da cama.

— Venha para mais perto da borda.

Mais uma vez, me pergunto como devo fazer isso com seus dedos enterrados em mim.

Ele cuida dos detalhes para mim, me movendo sem esforço, seus enormes músculos flexionando e se projetando. Em seguida, inclina a cabeça na minha boceta e me aniquila com a língua. Suga meu clitóris com força, e eu me estilhaço, gritando, gemendo e puxando o seu cabelo. Estou completamente fora de controle de uma maneira que nunca estive antes. Depois disso, sou um desastre ambulante, trêmulo e destroçado.

E ele nem transou comigo ainda.


## Emmett


Ela é incrível — responsiva, doce, sexy e aparentemente pronta para tudo. Com uma provinha, estou completamente arruinado e morrendo por mais. Eu a puxo para baixo lentamente, acariciando-a com movimentos suaves da língua e dedos até que ela para de tremer e cai no colchão, completamente exausta. Ela arfa, respirando fundo enquanto se recupera.

Quando me retiro, suspeito que ela esteja meio adormecida. Eu me levanto e vou para o banheiro lavar as mãos e trocar de short. Coloco uma toalha debaixo de água morna e volto para o quarto para cuidar dela. Enquanto pressiono o pano aquecido na pele sensível entre suas pernas, seus olhos se abrem e o impacto de seu olhar encontrando o meu me tira o fôlego.

A sobrecarga emocional é inesperada. A emoção nunca faz parte da minha rotina, que é relacionada a liberação física e nada mais. Tudo nesse encontro foi diferente, e isso é inquietante para alguém que não se envolve quando se trata de mulheres. Eu a limpo, e ela se aconchega de lado, olhando para mim com olhos arregalados e confiantes.

Por causa de quem ela é para nossos amigos e colegas em comum, preciso ser extremamente cuidadoso em como procedo aqui. A última coisa que quero ou preciso é que todos fiquem chateados comigo porque a magoei. Não quero machucá-la. Apesar das muitas formas pelas quais ela me deixa louco, gosto e me importo com ela, mas não posso ser o que ela quer ou precisa.

Não sou o tipo certo para relacionamentos permanentes e é por isso que ela não deveria estar olhando para mim como se tivesse visto a terra prometida, e eu estivesse nela.

Dou um tapa em sua bunda que a afasta do estado lânguido em que entrou.

— Estou faminto. Vamos comer.

Vou para a cozinha e me sirvo de uma grande dose de Absolut Citron com gelo e bebo a maior parte em um grande gole, deixando a garrafa no balcão. Não tenho dúvidas de que vou querer e precisar de mais em breve. No fogão, ligo os queimadores que desliguei depois que ficou quente na cozinha. Só de pensar nisso, meu pau voltou à vida. O pobre rapaz deveria estar em repouso, mas está trabalhando duro hoje, o que é completamente culpa dela.

O bom é que ele ainda funciona como antes de um pezinho quase o arruinasse. Nunca mais quero ouvir as palavras "fratura de pênis". Estava muito melhor antes de saber que o pênis poderia quebrar. Me encolhendo com a lembrança de dor e medo indescritíveis, encho o copo e estou no segundo drinque quando Leah sai do quarto, se movendo como um marinheiro bêbado depois de fazer escala em um porto particularmente barulhento. Tenho um prazer perverso em perceber que a coloquei em tal estado, mas não tenho certeza de como me sinto por tê-la deixado sem palavras.

A Leah que conheço nunca fica sem palavras.

Ela vai até o fogão para cuidar do macarrão e do carbonara enquanto tento não olhar para as nádegas rosadas que aparecem abaixo da bainha da camiseta que ela está usando. Seus mamilos estão eriçados, seus lábios estão inchados e seu cabelo está uma bagunça. Quero agarrá-la e arrastá-la de volta para o quarto para mais.

*Se acalme*, digo a mim mesmo e ao meu pau, que é a favor do plano de arrastá-la para o quarto. Ele adoraria. Ele adora quartos e transar com mulheres dispostas que farão qualquer coisa que sonharmos, não importa o quanto seja sacana. Sabendo que Leah pensa da mesma maneira que nós, ele está vazando com a ideia de se afundar em seu calor apertado — e ela será apertada. Não tenho dúvidas sobre isso.

— Quer uma bebida? — pergunto a ela.

Ela olha para mim por cima do ombro.

— Claro. Pode ser o que você está tomando.

Sirvo a vodca com gelo, entrego a ela e fico observando-a se movimentar. Faço muito isso. Observá-la se movimentar. Faço isso no escritório e quando estamos em festas e outras reuniões. Olhar não machuca, ou pelo menos, é o que digo a mim mesmo. Agora que a toquei, ela ficou quieta, o que não tem nada a ver com seu jeito.

— O que há de errado? — Essa é uma pergunta que nunca fiz a uma mulher antes. Na maioria das vezes, não estou por perto para me importar. Estou lá para transar. Depois disso, ela goza eu também e o dia ou noite é encerrado. É assim que mantemos as coisas sem complicações. Fazer perguntas como "o que há de errado" é o caminho para a complicação.

— O quê? Não tem nada errado.

— Você está calada. Você *nunca* fica calada.

— Eu fico às vezes.

— Não, você não fica.

— E você me conhece assim tão bem?

Aí está. A réplica atrevida é muito mais parecida com a Leah que conheço e, ei... *Uau. Pare.* Tomo outro grande gole da vodca, recompondo meus pensamentos e levo um segundo para me controlar antes de dizer algo que não pode ser dito.

— Te conheço bem o suficiente para saber que "calada" não é uma palavra que alguém usaria para te descrever. — Eu me movo até ficar atrás dela com os braços apoiados nas laterais do seu corpo, me pressionando contra ela. — As coisas ficaram meio intensas no quarto e agora você ficou calada comigo, o que me leva a imaginar o que há de errado. E se você não me disser o que é, vou pensar que te pressionei demais e você não gostou.

— Não é isso.

— Tudo bem, vou entrar no jogo. — Me inclino para mordiscar suavemente o seu ombro, e ela fica rígida antes de pressionar sua bunda contra o meu pau. — Então o que é?

Ela se vira para mim e me olha com olhos arregalados que pode me enxergar por completo. Começo a temer que ela possa ver o meu coração.

— Eu gostei. Muito. Nunca transei dessa forma e mal posso esperar até que possamos, você sabe... — Ela umedece os lábios e fico rígido com a luxúria. — Fazer tudo.

Quero dizer que essas são as últimas palavras que ela deveria dizer para um cara como eu, mas não digo, porque sou um cretino egoísta e excitado que mal pode esperar para fazer tudo com ela.

Ela apoia as mãos no meu peito e as desliza até o meu pescoço, me dando um puxão suave para me aproximar o suficiente para beijar. Não resisto a ela deve isso deveria desencadear alarmes de todo tipo, mas estou muito ocupado me perdendo nela para pensar em resistir. Quando eu deveria estar afastando-a, eu a puxo para mais perto.

As coisas estão oficialmente fora de controle.

## *Leah*

A minha paixão explodiu em algo muito maior do que eu esperava. Estou apaixonada. Se é assim que a Nat se sente com relação ao Flynn, não admira que ela tenha abandonado sua vida em Nova York para ficar com ele. Estou me recuperando da forma como Emmett me tocou e como ele me fez sentir, me deixando como uma gatinha sonolenta. Quero ronronar satisfeita e me esfregar nele até que me dê mais.

Quero tudo e, depois desta noite, estou mais determinada do que nunca a ter tudo com ele.

— Isso significa que somos um casal agora?

— *Não* somos um casal.

— Então posso fazer o que acabamos de fazer com quem eu quiser? Bom saber.

— Com quem mais você quer fazer? — ele pergunta, semicerrando os olhos com um olhar sinistro que me faz rir. — E o que é tão engraçado?

— Você. Não quer admitir que estamos juntos, mas Deus o livre de eu sair com mais alguém.

— Com toda a atenção que você me dá, como tem tempo para se interessar por outros caras?

Percebo que atraí sua atenção, então finjo indiferença enquanto mexo o molho.

— O dia tem vinte e quatro horas. Só trabalho em oito.

— Está me sacaneando?

— Eu faria isso?

Ele envolve seus braços por trás de mim e me levanta.

Solto um grunhido deselegante por surpresa e indignação.

— Me coloque no chão!

— Com quem mais você está saindo?

— Ninguém que você conheça.

— Eu não compartilho, Leah — ele retruca em um grunhido baixo que faz o meu clitóris e todas as minhas outras partes importantes formigarem. — Enquanto estiver comigo, não vai sair com mais ninguém, entendeu?

— Humm, exclusividade significaria que somos um casal e como você acabou de dizer que não somos, estou meio confusa. — O grunhido que vem dele deveria me assustar, mas na verdade, me faz rir. — Pare de ser tão ridículo e me coloque no chão. Achei que você estava com fome. — Tentando me livrar dele, me contorço contra a dureza da sua ereção pressionada na minha bunda.

— Pare.

Eu paro. Mas só porque adoro esse tom de voz que ele usa quando o provoco e ele tenta retomar o controle da situação. Gosto de deixá-lo pensar que ele está ganhando vantagem. Ele parece precisar ser o chefe, o que é bom para mim. Seu tipo de prepotência levou ao tipo de orgasmos que eu achava que só os unicórnios poderiam ter.

Por muito tempo, ele só me abraça, seu rosto enterrado no meu cabelo enquanto ele parece me inspirar. Estou confusa, comovida e absolutamente louca por ele. Ser abraçada, cercada por sua força óbvia e desejo por mim, é um sentimento poderoso. Ele pode não querer admitir que algo está acontecendo entre nós, mas não é preciso ser um cientista de foguetes para deduzir que somos como combustíveis juntos. Ele sente isso tanto quanto eu. Tenho tanta certeza que relaxo em seu abraço, tão aliviada quanto excitada.

Não será fácil, mas posso fazer isso. Posso fazer as coisas acontecerem, mesmo que ele ache que não é o que quer. A ereção apoiada entre minhas nádegas é a prova de que ele me quer, mesmo que ache que não. Sim, eu sei. É difícil acompanhar as reviravoltas da minha mente, mas tente. Eu o quero. Ele me quer. É tudo de bom.

— Me coloque no chão, Emmett.

Ele me desliza devagar pela frente do seu corpo.

Eu me viro para encará-lo, envolvendo meus braços em seu pescoço.

— Está tudo bem.

— Do que você está falando agora?

— Tudo bem admitir que você gosta de mim e que gosta de estar comigo. Isso não faz de você uma pessoa, empregado ou advogado ruim. Isso faz de você humano. — Ah, meu Deus, amo esse olhar feroz dele. Ele claramente não está acostumado com mulheres que o forçam a confrontar seus sentimentos. Ou talvez seja porque ele não está acostumado a ter sentimentos. Provavelmente, tem mais a ver com isso e é algo que temos em comum. Não tenho certeza de porque estou tão calma diante desses sentimentos avassaladores, mas quanto mais calmo ele fica, mais eu fico também.

— Pensei que ia comer. Me prometeram comida.

Beijo seus lábios e me viro para salvar o jantar. Tenho certeza de que a massa vai ficar mole demais e o carbonara estava perfeito há uma hora. Mas como posso me importar com essas coisas triviais quando tenho coisas muito maiores para me preocupar? Por exemplo, como vou viver até que seu pênis ferido se cure e a gente possa fazer coisas sérias?

## *Emmett*

O carbonara está bom — na verdade, fantástico. Ou talvez seja porque estou faminto e é comida. Não, não é isso. A comida é boa. E ela também é. Puta merda. Eu culpo Connor. Se ele não tivesse chutado meu pênis, não estaríamos aqui agora comendo essa massa deliciosa enquanto tento fingir que ela não entrou de cabeça na minha vida nas últimas vinte e quatro horas.

*Começou muito antes disso*, a porcaria da minha consciência me lembra, aquela mala pesada. Não me lembro exatamente quando percebi que toda vez que ela estava na sala eu me sentia atraído por ela, mesmo quando dizia a mim mesmo que não deveria estar.

Dou uma garfada no frango que derrete na minha boca.

— Você já se apaixonou?

A pergunta me surpreende e debato internamente se devo mentir ou dizer a verdade. Opto pela verdade.

— Uma vez.

— O que aconteceu?

*O que não aconteceu?*

— Não deu certo.

— Eu também só me apaixonei uma vez.

*Não pergunte. Não pergunte.*

— O que aconteceu? — Tomo um gole de vinho branco da vinícola da Quantum que abri para acompanhar o jantar.

— Não sei ainda. Estou esperando para ver como vai ser.

Me engasgo com o vinho. Puta merda. O que ela está dizendo? *Você sabe o que ela está dizendo. Cale a boca!*

Ela se ergue e me dá um tapinha nas costas.

— Respire.

Há vinho nas minhas vias aéreas. E deixe-me dizer, isso é quase tão divertido quanto agulhas no meu pênis. Quando posso respirar novamente, levanto a mão para afastá-la.

— Estou bem. — Assoo o nariz e enxugo os olhos que queimam por causa do... vinho.

— Ela deve ter te magoado mesmo — ela fala depois que voltamos a comer.

— Quem?

— Aquela por quem você se apaixonou.

— Por que você diz isso? — pergunto, embora eu saiba que não deveria.

— A possibilidade de eu estar apaixonada por você te fez engasgar.

— Você não está apaixonada por mim.

Ela ri.

— Você gostaria de poder controlar como me sinto. Isso tornaria tudo mais fácil para você, não é?

Me concentro em limpar a boca, assim não vou dizer algo que piore a situação, se é que isso é possível. Ela não está apaixonada por mim. Está confundindo as coisas. Ela gosta dos orgasmos. Droga, eu também. Isso é tudo. Só uma mulher transformaria sexo em amor.

— Você nem me conhece.

— Adoro como você continua dizendo isso e, a propósito, eu te conheço.

— Não, não conhece.

Ela se ajeita na cadeira, cruza os braços sobre os seios que agora sei que estão empertigados e super sensíveis.

— O que eu não sei?

— Que gosto de coisas rudes e obscenas.

Os olhos dela brilham com interesse e excitação.

— É mesmo? Isso deveria me desanimar? Se for, teve o efeito oposto. Você vai ter que pensar em algo melhor que isso.

Balanço a cabeça e solto uma risada rouca.

— Você não tem ideia do que está falando. Se tivesse, fugiria.

— Isso deveria me assustar?

— Sim! Se você tivesse algum senso, ficaria com medo.

— Bem, não estou com medo. O que mais você tem?

— Isso deveria ser o suficiente.

Ela revira os olhos, se levanta e leva os dois pratos para a pia para começar a limpar a cozinha.

O que tem de errado com ela? Digo que sou um cara bizarro que gosta de sexo violento, e ela apenas revira os olhos e continua com a vida como se não importasse?

— Sabe o que significa estar com um cara que gosta de sexo excêntrico?

— Sei o suficiente.

— Não, não sabe. — Ela não faz ideia.

— Como sabe que não sei? Você não é o primeiro cara com quem já namorei ou transei.

Por que o pensamento dela ficar com outros caras me faz querer bater em algo — ou seja, nos outros caras com quem ela saiu? Não posso me permitir pensar muito sobre o porquê disso, ou posso ser forçado a admitir que estou gostando muito mais dela do que *deveria*.

— E pare de me encarar. Não tenho certeza do que você espera conseguir com todos esses grunhidos e rosnados, mas isso também não me abala. — Ela enxagua um pano de pia e limpa as bancadas e o fogão, depois carrega a máquina de lavar louça. — Você tem potes em algum lugar? Tem sobras para outra refeição.

— Na gaveta de baixo. — Este seria um bom momento para dizer que ela não deveria se preocupar em descobrir onde ficavam as coisas na cozinha. Ela não vai estar aqui de novo. Foi aí que cometi meu primeiro erro — deixá-la vir na noite passada e novamente hoje à noite. Se ela não estivesse aqui, não estaria me atingindo.

Ela guarda a comida que sobrou na geladeira e lava as panelas.

O tempo todo, meu olhar está colado nela. Eu a devoro, observando-a quando não há ninguém por perto para me ver olhando e quando ela está de costas para mim, assim ela também não sabe.

Ela não é meu tipo. Gosto de mulheres curvilíneas que têm um pouco de carne nos ossos. Leah é alta e magra e não é bem provida no departamento de curvas, em outras palavras, *não* é meu tipo. E ainda assim... aqui estou devorando-a, observando a maneira como ela se move e excitado mais uma vez pela sugestão das nádegas rosadas sensuais. Não faz absolutamente nenhum sentido para mim. Não *quero* gostar dela ou desejá-la, e ainda assim estou olhando para ela. Novamente.

Me ocorre que eu deveria ter me oferecido para ajudar a limpar tudo, já que ela fez a comida. Se ela não tivesse sido tão trivial sobre minhas preferências, talvez meu cérebro tivesse chegado a essa conclusão antes que ela estivesse quase terminando. Sou um idiota. Mas já sei disso. Provavelmente é bom que ela também descubra mais cedo ou mais tarde.

Quando termina, ela enxuga as mãos em um pano de prato que depois dobra ao meio e o coloca sobre o puxador da porta do forno. Em oito anos de vida aqui, nunca me ocorreu que eu pudesse pendurar um pano de prato ali e que isso daria à cozinha um ar caseiro e confortável.

— Quer que eu vá embora? — ela pergunta, novamente tão direta e prática quando estou muito mais acostumado com mulheres que fazem o que for preciso para ficar, mesmo que esteja claro que quero que elas partam.

— Não precisa ir. — *Sim, ela precisa. Ela precisa ir, assim as coisas podem voltar ao normal por aqui.*

— Talvez eu devesse. Você não está de bom humor.

— Estou, sim.

— Não, não está. — Ela me encara com um olhar honesto e inflexível que me faz sentir vergonha de mim mesmo por ser muito *menos* honesto do que ela. — Olha, eu gosto de você. Não escondi isso. Foi divertido esta noite, mas não quero ficar aqui se não for desejada.

— Acredito que havia ampla evidência do fato de que você foi desejada mais cedo.

Ela dá de ombros.

— Aquilo foi incrível, mas desde então, você tem sido meio... desagradável.

Nunca conheci ninguém como ela, e conheço muitas pessoas. Não há nem um pouco de pretensão ou artifício nela. Se for honesto comigo mesmo, e sempre tento ser, há algo tão estimulante nela que me afeta. Me levanto e caminho em sua direção, colocando um braço ao redor da sua cintura e puxando-a para mim.

— *Desagradável?* — pergunto no meu tom mais sinistro, o que não tem efeito algum sobre ela.

Ela me encara inexpressiva, sem medo e linda.

— Sim.

— Dizer a um dominador que ele é desagradável pode deixar uma submissa em apuros.

— Que tipo de apuros? — ela pergunta, seus olhos brilhando de excitação novamente. A maioria das pessoas tem algo que as denuncia. O rosto todo de Leah faz isso. Ele fornece um canal direto para seus sentimentos mais íntimos, e sabendo que ela se sente assim sobre mim...

— O tipo que torna difícil para ela se sentar por uma semana.

Ela se aproxima do meu rosto, tão perto que seu nariz está quase tocando o meu.

— Você. Está. Sendo. Desagradável.

Isso me deixa duro como uma rocha.

— Quero mudar minha palavra segura.

— Para qual?

— Desagradável. Como você fica *desagradável* quando não consegue o que quer.

Não quero rir ou sorrir, mas ela me obriga a fazer as duas coisas. Outra coisa a se pensar depois de mostrar a ela quem é o chefe nessa relação, ou seja lá o que estamos fazendo. Não é um relacionamento. Não pode ser, porque não quero. Mas eu a quero, o bastante para desafiar o conselho médico e transar com ela antes que eu morra por muitas ereções. Se eu a tiver, talvez as coisas lá embaixo se estabeleçam o suficiente para que ele possa realmente se curar.

Enquanto a carrego para o quarto, me lembro que pretendia fazê-la ir embora e aqui estamos de volta ao quarto, onde estou prestes a lhe ensinar uma lição sobre desafiar um dominador. O que dizem sobre os melhores planos? Melhores é a palavra-chave aqui.

Eu a coloco de pé ao lado da cama e a deixo nua.

Ela participa levantando os braços quando mando que ela o faça. Me ajoelhando diante dela, passo as mãos sobre a parte de trás de suas pernas e sigo para apertar sua bunda. Não deixo de notar que estou de joelhos diante dela e não o contrário. Mas quando sinto o cheiro forte de seu desejo, não consigo me importar com o que eu deveria estar fazendo. Não quando tudo que se relaciona a isso é tão bom e, que se dane, parece tão certo.

Isso não deveria acontecer.

Mas... está acontecendo.

## *Leah*

Vê-lo de joelhos mexe comigo. Meu coração bate forte e minhas pernas ficam fracas quando ele me toca com tanta reverência. E mesmo assim, ainda posso sentir o conflito em seu interior. Ele me quer. Mas não *quer* me querer.

Passo os dedos pelos seus cabelos enquanto espero para ver o que ele vai fazer. Isso deveria ser uma punição, mas parece muito mais prazer do que castigo. Adoro pressioná-lo e ver seus olhos brilharem com excitação e talvez um sinal de raiva pelo fato de eu mexer com ele assim. Tudo isso me dá esperança — até a raiva significa que ele está sentindo *alguma coisa*. Se for um pouquinho do que sinto por ele, então deve ser esmagador para alguém que não quer emoções, sentimentos ou relacionamentos.

E por que ele é assim? Talvez eu tenha que investigar para descobrir se ele não vai me contar.

Me deito na cama e o vejo tirar a roupa, estremecendo ao ver seu pênis machucado, tão duro que está vazando. Está doendo? Quero saber, mas não ouso quebrar o clima para perguntar. O tempo todo ele mantém seu olhar fixo no meu rosto, observando cada reação minha.

Se é assim que ele pretende me castigar, quero muito. Estou tão excitada que me contorço buscando alívio.

— Fique quieta — ele ordena, se acariciando com movimentos cuidadosos. Provavelmente são muito mais suaves do que o habitual.

A maioria dos caras gosta de ser acariciado com força e rapidez. Não posso imaginar que ele seja diferente, mas provavelmente não pode aguentar um toque mais firme ou rápido agora.

— Está bom? — pergunto a ele.

— Não tão bom como de costume.

— Me deixe fazê-lo.

— Não dessa vez.

— Nem mesmo com a boca?

Seus olhos brilham com calor e interesse.

— Se você quiser.

— Quero. — Fico de joelhos e estendo a mão para trazê-lo para mais perto. Não gosto do ângulo. — Sente-se na cama. — Trazendo um travesseiro comigo, fico de joelhos na sua frente, apoiada no travesseiro. Muito melhor. De perto, as contusões são ainda mais pronunciadas do que imaginei. — Tem certeza? Não quero te machucar.

— Tudo bem. Apenas seja gentil.

— Hummm — murmuro, deixando meus lábios vibrarem contra a cabeça larga. — Posso ser gentil.

Ele respira bem fundo.

E então tomo toda a sua extensão, engolindo profundamente, o que o faz gritar de prazer.

— *Puta merda*, Leah. *Puta que pariu!* — Seus dedos se enroscam no meu cabelo. Ele me segura com firmeza.

Eu o acaricio com a língua e respiro pelo nariz enquanto a minha garganta aperta ao redor da cabeça. Aprendi há muito tempo como controlar o reflexo de engasgos e meu treinamento anterior me serve bem agora. Ele é o maior cara com quem já estive, então não é fácil levá-lo desse jeito, mas faço, porque quero agradá-lo e fazê-lo sentir prazer. Normalmente, eu o provocaria e o atormentaria até que ele implorasse para gozar, mas em deferência ao pênis machucado, decidi apressar as coisas. Seguro suas bolas e pressiono a ponta do dedo no ponto que fica atrás delas e que desencadeia uma liberação explosiva.

Engulo cada gota e, em seguida, deslizo lentamente até seu comprimento, que ainda está duro, mesmo depois de um orgasmo épico.

— Isso foi gentil o suficiente para você? — pergunto com a voz mais rouca do que o habitual.

Ele cai de costas na cama, as mãos sobre o rosto enquanto seu pênis continua a estremecer.

Rastejo sobre a cama ao lado dele e apoio a mão em seu peito. Posso sentir seu coração batendo. Sinto uma tremenda satisfação em saber que acabei com ele.

Muito tempo depois, ele tira as mãos do rosto e vira a cabeça para me olhar.

— Onde foi que você aprendeu a fazer isso?

— Eu te disse, no ensino médio.

— Me conte o resto.

Tento não me contorcer. Não falo sobre essas coisas. Nunca. Mas seu olhar inabalável me avisa que ele não vai deixar passar.

— As outras garotas eram *más* comigo, então eu fazia sexo oral em seus namorados e me certificava de que elas descobrissem. A prática leva à perfeição.

— Elas eram *más* com você? Por quê?

— Os garotos gostavam de mim. Isso as irritava. Não sei. Não é como se tivéssemos conversado a respeito. Elas estavam ocupadas demais transformando a minha vida em um pesadelo ao vivo e nas redes sociais.

— Como elas descobriram a esse respeito?

— Contei a elas.

— Então você foi até elas e falou: "eu chupei seu namorado"?

— Não, tirei fotos e mandei por mensagem. Foi mais divertido assim.

Seu rosto demonstra choque.

— Você tirou fotos de *si mesma*... fazendo *isso*?

— Sim. — Espero que ele não esteja planejando me dar um esporro sobre todas as formas que essas imagens podem voltar para atrapalhar minha vida. Até agora, isso não aconteceu. Mas não significa que não acontecerá.

— Leah...

— Guarde a bronca. Sei que foi estúpido, mas serviu aos meus propósitos no momento.

— Que eram?

— Ensinar as garotas malvadas uma lição sobre o que acontece quando se é uma idiota.

— Funcionou?

— Não, elas ainda são idiotas, mas com certeza me fez sentir melhor. — Por um tempo, até que os garotos começaram a falar e as coisas ficaram piores. Mas não há necessidade de relembrar isso. — Foi há muito tempo. Não importa mais. — Mas, ah, como isso importou na época. Deus, como importou.

— Onde estavam seus pais enquanto você estava pegando o time de futebol?

— Meu pai trabalhava o tempo todo e minha mãe geralmente estava bêbada quando eu chegava da escola. Eles não se importavam com o que eu estava fazendo. Minha mãe caiu da escada quando eu era adolescente e morreu instantaneamente com o pescoço quebrado.

— Leah... Deus, eu sinto muito.

— Não olhe para mim desse jeito. Não quero sua pena.

— Não estou oferecendo pena.

— Seja o que for, então, guarde para você. Isso é um saco. Sobrevivi, depois fui para a faculdade e nunca mais olhei para trás.

— Você tem irmãos?

— Não, sou só eu. Eles me adotaram quando estavam com quarenta e poucos anos. Não tenho certeza se minha mãe não conseguiu ter seus próprios filhos. Acho que é por isso que ela bebia. — Chega desse papo sentimental. — Achei que você tinha me trazido aqui para me punir.

— Pois é, mas depois você acabou comigo.

— Então é isso? Está sem energia? Sei que você é mais velho do que eu, mas não achei que era tão idoso. — As palavras mal saem da minha boca quando ele pula, me assustando e me fazendo gritar à medida que me pega sem esforço e me puxa por cima dele, me virando de bruços. Minha bunda fica exatamente onde ele quer.

Há algo muito excitante no fato de ele ser forte demais. Se fosse qualquer outro homem, me oporia a ser "carregada", mas como é ele quem faz isso, acho sexy pra caralho.

— Qual é a sua palavra de segurança? — Ele pergunta naquele tom rude e autoritário que eu amo tanto.

— *Desagradável*, como você muitas vezes age.

Sua mão bate na minha nádega — com força o suficiente para trazer lágrimas aos meus olhos. Ele repete os movimentos até que eu esteja soluçando, trêmula de desejo, necessidade e anseio tão aguçado que me tira o fôlego. Com a mão apoiada em meu traseiro, ele acaricia a área que bateu até a dor se transformar em prazer. Seus dedos deslizam para dentro da minha boceta por trás. O ângulo é diferente, mas não menos excitante do que de costume. Ele é excepcionalmente bom em localizar meu ponto G e o pressiona até eu explodir.

— Não me lembro de lhe dar permissão para gozar.

— Se você não queria que eu gozasse — digo, ofegante —, não deveria ter feito isso.

— Feito o quê? — Ele faz de novo. — Isso?

— Pare!

— Você não gosta?

— Adoro, mas se não quer que eu goze, não faça!

Sua risada baixa me faz sorrir, porque é um som muito raro, e eu adoro saber que sou a responsável por provocá-lo. Ele continua a me acariciar até eu gozar, mais forte do que a primeira vez, se é que isso é possível.

Meu corpo está mole quando ele me levanta novamente e me acomoda na cama, afastando o cabelo do meu rosto. Estremeço quando meu traseiro quente faz contato com a coberta.

— Olhe para mim.

Faço o que ele pede e encontro belos olhos castanhos me encarando com preocupação.

— Você está bem? — ele pergunta.

— Aham. E você?

— Sim, estou.

Se ele está bem, também estou.

— Quero muito transar com você.

Para algumas mulheres, essa pode ser a coisa menos romântica que poderiam ouvir de um homem. Para essa mulher que quer esse homem há tanto tempo, são as palavras mais românticas que já ouvi.

— O que está te impedindo?

— Não tenho certeza se posso.

— Quer tentar?

— Muito.

Relaxo as pernas, me oferecendo a ele.

— Faça o que quiser.

— Você não deve dizer isso para mim quando não tem ideia da extensão total do que quero.

— Me conte.

Ele se move, pairando sobre mim, seu peso me prendendo na cama.

— Quero tudo.

— Tudo bem.

— Você não sabe o que tudo implica.

— E você vai me mostrar?

Ele faz uma pausa por um longo momento. Está sem fôlego, olhando para mim daquela maneira feroz e intensa antes de parecer tomar algum tipo de decisão.

— Sim, vou te mostrar.

— Tenho certeza de que *tudo* vai demorar mais do que uma noite.

— Você se acha muito inteligente, não é?

— Não, só estou a fim de você, e você odeia isso, não é?

— Você é incrivelmente ingênua.

— Não, não sou. Confio em você.

— Você não deveria. — Enquanto fala, seu pau desliza entre as minhas pernas e pressiona meu clitóris.

É a melhor coisa que já senti.

— Por que não?

— Você nem me conhece.

— Você fica dizendo isso, mas não me diz o que preciso saber.

— Quando digo que gosto de coisas peculiares, significa que quero amarrá-la, enlouquecê-la com brinquedos e *floggers* e te comer por trás, para começar.

Um arrepio me atinge como uma onda chegando à praia.

— Tudo bem.

— Só tudo bem?

Encontro seu olhar incrédulo com confiança e certeza. Eu o quero de qualquer maneira que possa tê-lo.

— Sim, só tudo bem.

E então ele me beija, me consumindo com carícias profundas da língua.

— Mãos sobre a cabeça — ele fala antes de voltar para mais. Ele coloca minhas mãos para o alto e aperta meu mamilo com tanta força que traz lágrimas aos meus olhos e me faz levantar os quadris a sua procura. Quero tanto sentir minha vagina acomodando-o que quase babo ao imaginar como seria ser penetrada por aquele pau grande.

— Precisamos de preservativo? — ele pergunta. — Não tenho qualquer doença e posso provar isso.

— Não, não precisamos. Estou saudável também.

— E quanto a contraceptivos? Não quero surpresas, Leah. Falo sério.

— Tenho certeza e, acredite, não estou pronta para ser a mãe de ninguém. Tomo pílula desde os quinze anos e nunca esqueci um dia.

Ele me penetra e dói. Pra caramba.

Mordo o lábio para não gritar.

— Ah, merda — ele sussurra com rispidez contra o meu ouvido, fazendo meus braços e pernas se arrepiarem. — Você é tão apertada. — Ele se retira. — Espere.

Parte de mim está aliviada e a outra está desolada por ele ter parado. Onde ele foi? Ele entra no enorme closet e retorna com algo debaixo do braço. Pega o lubrificante que ainda está na mesa de cabeceira.

Estou sem fôlego enquanto espero para ver o que ele vai fazer.

Primeiro, ele aplica o lubrificante nos dedos e os desliza para dentro de mim, espalhando o líquido por toda parte. Ele aquece ao contato, o que faz o desejo correr ainda mais em minhas veias. Quando pensei que não poderia ficar mais quente, ele pega um pênis de borracha e o cobre com mais lubrificante antes de empurrá-lo contra a minha entrada. É grande, mas não tão grande quanto ele.

Ah, caramba...

Ele usa o brinquedo para me esticar, deslizando-o para dentro e depois recua, fazendo isso várias vezes até que eu esteja soluçando e implorando para ele me dar a coisa real. Depois de lubrificar seu pênis, ele me penetra novamente, e desta vez, meu corpo cede o suficiente para permitir que ele entre.

— Ah, sim — ele fala em um longo suspiro. — Aqui vamos nós. Essa é a minha garota.

Quero muito ser a sua garota, pertencer a ele e saber que ele é meu — e só meu. Quero tanto isso que queimo do desejo que preenche meu coração e minha alma. Eu poderia fazê-lo feliz. Sei que poderia e se eu o tivesse, nunca desejaria mais nada pelo resto da vida. E sim, compreendo perfeitamente que isso é algo bem sério para uma mulher que pensava que não estava pronta para se prender a alguém. Mas se isso significar passar todos os dias com ele, posso me acostumar.

Mesmo com a preparação e o lubrificante, ainda é uma batalha recebê-lo por inteiro, e ele vai bem devagar, devido a sua lesão. No momento em que ele está totalmente acomodado dentro de mim, estou tendo um orgasmo após o outro. A sobrecarga emocional é quase tão esmagadora quanto a física. Estou submetida a ele, envolvida, preenchida e consumida. A cada estocada, ele me arruína para qualquer outra pessoa.

Seu rosto está contorcido com a tensão que eu gostaria de poder acalmar, mas com as mãos presas acima da cabeça, não posso fazer nada além de aceitar o que ele está me dando.

— Dói? — pergunto a ele.

— Não muito.

— Pare se estiver doendo.

Sua risada rouca está se tornando um dos meus sons favoritos.

— Parar é a última coisa que quero fazer. — Ele libera minhas mãos. — Mantenha-as aí em cima. — Deslizando as mãos na parte de trás do meu corpo, ele agarra minha bunda e me levanta para melhorar o ângulo de penetração.

Nosso encaixe é tão apertado que toda vez que ele entra, ofego com o impacto e com o quanto minha vagina precisa se expandir para acomodá-lo. Ouvi dizer que quanto maior, melhor, mas até ele, nunca havia confirmado a veracidade dessa afirmação. Tudo é diferente com ele, talvez porque eu o ame. Apesar do que ele diz, percebo que isso não é totalmente confortável para ele, então aperto meus músculos internos e provoco um profundo gemido dele. Faço isso várias vezes, até que ele goza com um grito de prazer que desencadeia outro clímax em mim.

Nunca tive tantos orgasmos quanto com ele, e tenho a sensação de que ainda não vi uma fração do que ele é capaz. Mal posso esperar para fazer tudo com ele.

## Emmett

Isso é loucura e tem que parar. Eu disse que não ia tocá-la, então como eu acabei nu em cima dela, depois de tê-la penetrado, algo que eu nunca faço sem camisinha? É como se ela tivesse feito algum tipo de feitiço para mim e todo o meu bom senso acabasse de me abandonar. Mas, caramba, mesmo com o pau machucado, foi gostoso demais me afundar em sua boceta apertada, quente e molhada. Posso dizer, sem sombra de dúvidas, que é a transa mais pervertida que já tive, embora isso não tenha nada a ver com o que fiz com ela, mesmo com o meu pau dolorido protestando o tempo todo.

Eu me retiro de dentro dela e caio na cama com o braço sobre os olhos enquanto tento recuperar o fôlego.

— Você está bem? — ela pergunta.

A pergunta me irrita. Claro que estou bem. Por que não estaria? Só não consigo desacelerar a batida do coração que me deixa sem fôlego. Também não ajuda que o som de sua voz provoque meu pau para uma segunda rodada.

Ouvi-la dizer que foi intimidada quando adolescente e sobre como ela se vingou, estilhaçou algo dentro de mim. O pensamento daquelas vacas sendo más para ela me faz querer matar quem quer que tenha feito da vida dela um inferno. É claro que os garotos gostavam dela. Olhe para ela, pelo amor de Deus. Ela é o sonho de consumo de todo cara. Ela definitivamente é minha e já é há um tempo.

— Quer que eu vá embora? — ela pergunta.

Percebo que não respondi quando ela perguntou se eu estava bem.

— Não precisa. — *Precisa, sim. Lembra como queríamos voltar ao normal? Não podemos fazer isso com ela aqui.* Estou tentando me lembrar o que era normal antes de ontem, antes de tocá-la e me condenar a essa necessidade louca que só parece se multiplicar exponencialmente toda vez que estou perto dela.

Tudo o que sei é que não quero que ela vá. Quero mantê-la perto para que nada mais possa prejudicá-la ou machucá-la, especialmente depois de ouvir que há um cara por aí que não aceita não como resposta. Isso me assusta pra caramba por razões que costumo manter enterrado no fundo da minha mente entre as visitas a Elena, a única mulher que já amei. Ela foi tão espancada pelo namorado que sofreu danos cerebrais irreversíveis. Como seus pais ficaram velhos demais para cuidar dela em casa, pago para ela morar em uma das melhores clínicas em Pacific Palisades. Eu a visito todo primeiro domingo de cada mês e depois passo o resto do tempo tentando não pensar em como sua vida teria sido — e a minha — se ela tivesse me escolhido em vez do filho da puta que arruinou sua vida.

Deus, por que estou pensando nessa merda? Eu me esforço muito para nunca pensar sobre o que aconteceu, exceto por aquelas poucas horas todo mês quando sou forçado a confrontar o quanto falhei com ela.

É por isso que eu não deveria deixar Leah se aproximar de mim. Ela está mexendo com todo tipo de coisa que prefiro não pensar.

*Então diga para ela ir embora. Você não deve nada a ela só porque a comeu.*

Cometi o erro de olhá-la. Ela está me olhando de volta com as sobrancelhas franzidas de preocupação.

— Tem certeza de que está bem?

— Estou. — *Estou bem, porra.* Isso é o que eu digo a mim mesmo todo dia pra poder aguentar. Os únicos prazeres que me permito são os que faço na academia e nos clubes de propriedade dos sócios da Quantum em Los Angeles e Nova York. Lá, posso ser completamente eu mesmo e suportar meus demônios internos que me atormentam até que eu esteja perdido em uma cena que requer minha atenção completa. Isso é o que sei e entendo.

Essa coisa com ela... não quero entender. Já faz quinze anos desde que uma mulher me fez sentir alguma coisa e não consigo lidar com as ansiedades e sensações estressantes que vêm com o gostar. Me lembro muito bem de como era amar uma mulher e não ser correspondido. Alguém que escolheu outra pessoa e depois pagou por essa escolha com uma lesão cerebral que mudou minha vida também.

— Estou indo embora — ela fala e começa a se levantar.

O pensamento daquele cara esperando por ela me faz agarrar seu braço.

— Fique. — Não quero me envolver, mas a quero segura, e a única maneira de eu garantir sua segurança é mantê-la aqui comigo.

Então ela sorri para mim, e percebo o quanto estou total e completamente fodido.

11

*Emmett*

Acordo às cinco horas, como de costume. No entanto, ter Leah abraçada a mim é tudo, menos costumeiro. Meu pau reage à sua proximidade, e eu engulo um gemido. Hoje, está doendo mais que ontem e aposto que sei por quê. Mas valeu a pena. Me movo com cuidado, me liberto dela e me levanto para ir à academia antes do trabalho.

Passo uma hora colocando meu corpo na rotina que o mantém desperto e na melhor forma. Fico muito mais atento e mais focado no trabalho depois de um bom treino do que sem ele. Antes de voltar para casa, vou à cafeteria no saguão e pego cafés com o creme extra que Leah gosta e bolinhos. No minuto em que atravesso a porta, posso dizer que ela se foi. É como se a força vital tivesse sido removida do lugar ou algo igualmente ridículo.

Enfio a cabeça no quarto para confirmar. A cama está bem arrumada e não há sinal de que ela esteve lá, exceto pelo seu perfume persistente que enche o ar. Estou estranhamente desapontado por ela ter partido, mesmo quando digo a mim mesmo que deveria estar aliviado. Sua partida me poupa de uma manhã seguinte desajeitada, mesmo quando suspeito que não seria nada desajeitado com ela. Provavelmente teria sido interessante.

Tomo banho, faço a barba e me visto com um dos ternos da loja Saville Row, da qual Flynn e Hayden gostam de me provocar. Faço duas viagens por ano a Londres para comprar o melhor dos melhores. Então, gosto de um bom terno e prefiro parecer profissional no trabalho, mesmo que meus colegas usem jeans e camisetas a maior parte do tempo. Tanto faz. Cada um na sua. O terno de hoje é cinza, risca de giz, que combinei com camisa branca e gravata roxa e cinza. Pego sapatos pretos da Ferragamo e tiro o telefone do carregador, aliviado pela calça não estar me machucando.

Que progresso.

Levo o café e o bolo que comprei para Leah e tomo meu próprio café a caminho do escritório. No estacionamento, noto que o carro dela já está lá e meu coração acelera um pouco ao saber que vou vê-la novamente. Em breve.

Isto é péssimo. Sei que é, mas, Deus, é tão bom. Ela é tão gostosa e disposta, para não mencionar honesta. Ela é honesta demais, aberta e não me permite fugir de nada. De muitas maneiras, ela parece ter muito mais que vinte e quatro anos, provavelmente por causa de tudo que passou quando criança.

Não consigo parar de pensar sobre as coisas que ela me disse ontem à noite, como foi realista sobre coisas que devem tê-la magoado profundamente na época. Seus pais a adotaram, mas nunca conseguiram realizar o desejo de ter um filho biológico, e então sua mãe morreu repentinamente em uma queda trágica que deve tê-la abalado. As coisas não foram fáceis para ela, com certeza.

Droga, para mim também não, mas a minha situação era mais do tipo *pobre menino rico, cujos pais estavam ocupados demais para se incomodarem com ele.* Os dois trabalhavam na alta gerência de um dos grandes estúdios, e eu passava dias sem realmente vê-los, o que era bom durante a adolescência, quando pude sair com amigos como Flynn e Hayden. A mãe da minha mãe era a única que se importava comigo, ou era o que me parecia. Atualmente, quase não vejo meus pais, o que é bom para todos nós.

Como Leah, sou filho único, mas conheço Flynn e Hayden desde o ensino fundamental. Penso neles como os irmãos que nunca tive.

Guardo seus segredos, assim como eles guardam os meus. Não há nada que eu não faria por nenhum deles, e é por isso que eles me contrataram ao sair da faculdade de direito e me permitiram aprender o negócio do entretenimento na prática. Somos irmãos em todos os sentidos, exceto de sangue. Mais tarde, adicionamos Jasper e Kristian ao nosso grupo, e Marlowe tem sido uma de nós há tanto tempo que não me lembro de uma época em que ela não estava. Sebastian, um dos amigos de infância mais antigos de Hayden, também faz parte da família Quantum e é o gerente do clube de Los Angeles.

Somos muito próximos uns dos outros, o que funciona bem. Tirando Flynn, a maioria de nós vem de famílias bastante fodidas. Os Godfrey são definitivamente a exceção à regra de Hollywood, e a maioria de nós pensa em Max e Stella como os pais que gostaríamos de ter tido, e eles nos amam como se fossemos seus filhos. Graças a Deus eu os tive quando criança. Às vezes, acho que Max Godfrey é a única razão pela qual não acabei na prisão ao invés da faculdade de direito. Eu nunca quis desapontá-lo, o que é estranho, eu sei. Ele era o pai do meu amigo, mas uma grande presença em todas as nossas vidas, e ele estabeleceu o padrão que nos transformou nos homens que somos hoje. Tenho certeza de que Flynn e Hayden diriam o mesmo. Kristian também, pois credita a Max a graça de dar a um menino de rua uma chance de uma vida melhor. E olhe para ele agora, o maior produtor de Hollywood.

Apoio a mão no scanner de palma do elevador que leva para os escritórios no andar de cima. O elevador à direita leva ao clube. *Trabalhe primeiro, jogue depois.* Tento imaginar Leah no clube, presa a uma cruz de St. Andrew enquanto eu a provoco e a atormento. Ela gostaria disso? Ou preferiria uma sala privada onde pudéssemos nos entregar a uma ampla variedade de prazeres?

Não posso pensar a esse respeito aqui ou vou chegar no escritório com uma ereção. Foco meus pensamentos no trabalho que está esperando por mim — os contratos sem fim nos quais devo me perder por horas a fio.

As portas se abrem e a primeira pessoa que vejo é Hayden.

— Oi — ele fala. — Você voltou. Como está o *Pica-Pau*?

Na recepção, Aileen tenta disfarçar o riso.

— Haha. Ele está bem.

— Tem certeza? — Hayden pergunta, se encolhendo. Ele está usando jeans tão desbotado que é quase branco e uma camisa azul clara que não precisa passar.

— Todos os sistemas foram totalmente testados e considerados operacionais.

— Graças a Deus pelos pequenos favores, hein?

Abro um sorriso arrogante.

— Não há nada de pequeno nisso.

— Jesus, com você é toma lá dá cá.

Dou uma risada com a cara que ele faz.

— O que está fazendo aqui? Não deveria estar se preparando para o casamento?

— Vamos voar para Napa mais tarde. A Addie precisou vir para fazer umas coisas de última hora para o Flynn, e depois ela será toda minha pelas próximas três semanas.

— Estou com muita inveja da viagem que você planejou. — Eles alugaram um iate totalmente equipado e vão partir para o mar Adriático.

— Mal posso esperar. É o maior tempo de folga que tiro em anos. Estendo a mão para apertar a sua.

— Aproveite cada minuto. Você certamente merece toda a felicidade do mundo.

— Obrigado — ele diz com a voz rouca, bem consciente de que sei, em primeira mão, o quanto ele merece. O pobre coitado tinha uma família horrível que fazia com que a minha parecesse com a Família Só-Lá-Si-Dó. — Te vejo lá?

— Com certeza. — Sou um dos padrinhos, junto com Flynn, Jasper, Kristian e Sebastian. — Vai ser um ótimo fim de semana.

— O melhor fim de semana de todos os tempos — ele diz enquanto entra no elevador. — Te vejo em breve.

— Bom dia — digo para Aileen.

— Bom dia. Como está se sentindo? — Apesar de ter rido do comentário estúpido de Hayden, sua expressão é cheia de empatia e preocupação, o que é uma grande melhoria em relação às piadas previsíveis de Hayden.

— Muito melhor, obrigado.

— Estou muito feliz em saber disso. — Ela me entrega algumas correspondências. — Coloquei a correspondência de ontem na sua mesa.

— Obrigado.

Me encontro com Flynn no corredor. Ele está usando bermuda de basquete e uma camiseta de um antigo festival de música que aconteceu há quinze anos. Entende o que quero dizer sobre código de vestimenta em nosso escritório? O nível do topo — o topo sendo os sócios fundadores, Flynn e Hayden — não é bom, então faço o que posso para elevar o lugar.

Flynn dá uma olhada óbvia no meu pacote.

— Como está o *Banana de Pijama*?

— Você e o Hayden ensaiaram essas perguntas antes de eu chegar aqui?

— Não — Flynn responde, parecendo genuinamente surpreso com a pergunta. — Por quê? O que ele disse?

— Ele perguntou como estava o *Pica-Pau*.

A risada de Flynn soa pelo corredor.

— Essa é boa.

— Divirta-se e espere que um daqueles pestinhas que você chama de sobrinhos não tente te incapacitar.

Ele estremece e cobre o pênis com as duas mãos.

— Por favor, Deus, não deixe que isso aconteça.

— Não é a coisa mais divertida que já passei.

— A Annie e o Hugh se sentiram péssimos com isso.

— Eu sei. Ela me enviou uma cesta enorme junto com um pedido de desculpas dos meninos. Foi legal da parte dela.

— O mínimo que ela pode fazer depois que seus animais quase te castraram.

— Não foi nada perto de castração, então pode parar com esse rumor antes de começar.

— E tem certeza de que tudo lá embaixo está... você sabe...
tudo bem?

— Está, sim — digo, rindo da expressão horrorizada em seu rosto
mundialmente famoso.

— Bem, isso é um alívio, hein?

— Você não faz ideia. É melhor eu ir. Tenho certeza de que há uma
tonelada de trabalho esperando por mim hoje.

— É bom ter você de volta. Vai para Napa conosco na quinta-feira?

— Sim.

— Vai ser demais. Mal posso esperar.

— Eu também. — Sigo para o meu escritório, mas sem encontrar
mais ninguém no corredor, bato na porta de Leah no caminho.
Através da janela de vidro do lado da porta, eu a vejo acenando para
mim. Ela está ao telefone, então coloco o café, agora frio, e o pacote
contendo o bolinho em sua mesa, e ela sorri agradecendo.

— A Marlowe não vai querer fazer isso — ela fala ao telefone. —
Ela não faz declarações em nome de causas com as quais não está
associada. Não, não estou disposta a pedir a ela para fazer uma exceção. — Ela revira os olhos para mim. — Não recomendo. Ela vai se
retirar do evento se suspeitar que vocês vão tentar se aproveitar da
presença dela. E como sua assistente, sinto que é necessário avisá-la
da possibilidade. Tenho certeza de que você entende que meu trabalho
é protegê-la de qualquer constrangimento.

Estou impressionado e... *puta merda*, excitado pela maneira autori-
tária como ela fala e como defende Marlowe. Ela realmente se tornou
uma de nós nos meses em que trabalha aqui.

— Faça isso — ela diz. — E me avise o que decidirem. — Ela termina
a chamada, batendo o receptor na base do telefone. — Que idiota.

— Quem era?

— O organizador de um evento de caridade que Marlowe deve
participar no final do próximo mês. Queria saber se ela estaria
disposta a fazer uma declaração prévia sobre uma outra causa na qual
ele está envolvido e que não tem nada a ver com o evento que ela vai.
Ele está tentando tirar tudo o que pode dela, e isso não vai acontecer.

— Que bom que ela tem você para protegê-la.

— Hum, bem, esse é o meu trabalho.

— Você o faz muito bem.

— Obrigada — ela responde, sorrindo.

É imaginação minha ou ela, que me encara sempre que tem uma chance, está tendo problemas em me olhar hoje?

— Leah.

— Humm?

— Olhe para mim.

Ela olha para cima para encontrar o meu olhar, e o que vejo nela provoca algo básico e quase feroz em mim. Ela está com *medo*. Puta merda. Por que isso? A Leah que conheço é destemida.

Independentemente do escândalo que possa causar, fecho a porta para não sermos ouvidos.

— O que há de errado?

— O quê? Não há nada de errado. Por que está perguntando?

— Não minta para mim, Leah. Posso dizer só de te olhar que algo não está certo.

— Só porque você me comeu, não significa que me conhece.

— Ah, essa boca... essa boca insolente e presunçosa. Vai te causar muitos problemas um dia desses. — Se estivéssemos em outro lugar, eu a inclinaria sobre meu joelho e mostraria a ela o que acontece quando uma submissa é abusada com seu dominador.

Ela dá de ombros, como se não se importasse se estivesse em apuros.

— Obrigada pelo café. Você não precisava fazer isso.

— Peguei ainda em casa, mas você foi embora quando voltei da academia.

— Ah. — Ela olha dentro do pacote e parte um pedaço do bolinho, colocando-o em sua boca. Seus lábios estão um pouco inchados e intumescidos da noite passada. Saber que sou responsável por isso provoca outro arrepio de desejo em minha coluna. — Não sabia onde você estava.

— É por isso que você foi embora?

— Eu tinha que trabalhar.

— Às seis da manhã?

— Eu estava acordada, não sabia onde você estava, então fui embora. Por quê? Está chateado ou algo assim?

— Não sabia onde você estava ou por que tinha ido embora.

— Bem, agora sabe.

— Vou a academia todas as manhãs, às cinco.

— Isso é loucura.

Eu me aproximo dela.

— Talvez sim, mas essa tem sido a minha rotina há anos.

Ela gira a cadeira para ficar de frente para mim, mas a expressão cautelosa e reservada permanece.

— Acho que isso explicaria os músculos.

Eu me inclino, coloco as mãos nos braços da cadeira e me aproximo bem do seu rosto.

— Por acaso você estava fugindo?

— Não — ela responde, sem piscar. — Não estava. E você?

A pergunta me enfurece. Acabei de dizer que vou a academia todos os dias às cinco, mas não posso negar que a questão se aproxima da verdade, me deixando desconfortável com a percepção de que talvez eu estivesse fugindo, não que eu fosse admitir isso para ela. .

— Não, eu não estava. A noite passada foi meio intensa.

Ela acena com a cabeça.

— Só um pouco.

— Foi demais?

— Não.

— Tem certeza?

— Sim.

— Não quero que você sinta medo de mim.

— Não sinto. — Ela desvia seu olhar. — Não fisicamente.

— O que isso significa?

— Há outras maneiras de ter medo de alguém além de fisicamente.

— Como?

— Eu... nós... — Ela olha para a porta. — Não deveríamos estar fazendo isso aqui.

Que merda. Ela está certa, e eu sou a pessoa que deveria ter dito isso, mas não tenho como continuar meu dia sem saber o que ela quer dizer.

— Me diga do que você tem medo.

Ela respira fundo e solta o ar, parecendo resignada com o fato de que eu não vou deixar passar.

— Fiz uma confissão muito séria na noite passada e, mesmo que você não acredite, é verdade. E agora, isso me coloca em uma posição bastante delicada nesta situação. Eu nunca deveria ter te dito...

Eu a beijo. Beijo com força. Nem me importo que alguém possa nos ver se passarem pelo escritório dela e olharem para as janelas que cercam a porta. Deslizo as mãos sob sua bunda e a levanto da cadeira.

Ela solta um gemido de protesto, mas não interrompe o beijo, o que rapidamente se torna uma caricia de corpo inteiro quando ela envolve seus braços no meu pescoço e abre a boca para a minha língua.

Nós realmente não deveríamos estar fazendo isso aqui, mas tente me impedir de engolir sua sensualidade doce e atrevida. Estou me tornando viciado e isso me assusta muito e me faz interromper o beijo, devagar, mas deliberadamente.

— Me diga por que está com medo. — Beijo seu pescoço e inspiro o aroma fresco e limpo. Não há loção ou poção no mundo que possa capturar a essência que é tão exclusivamente dela.

— Você poderia acabar comigo — ela responde em voz baixa, o que é tão fora da sua personalidade que levanto a cabeça e olho para aquele rosto expressivo que não pode esconder nada de mim – ou de ninguém. Se ela pensa ou sente, transmite de uma forma ou de outra.

— Não vou. Eu não iria...

— Mas poderia, e isso me assusta.

— Não sei se notou, mas parece que estou entrando no que quer que isso seja tão profundamente quanto você.

— Não tenho certeza se é possível.

Mais uma vez, a honestidade dela me abala. Ela gosta de mim tanto assim? Jesus...

— Me coloque no chão, Emmett. Eu deveria estar trabalhando e você também.

Como ela está absolutamente certa, eu a devolvo para a cadeira. Mas não quero. Quero tirá-la de lá, levá-la para casa e passar o dia inteiro dentro dela.

Loucura total.

Ela passa os dedos pelos cabelos, tentando arrumar a bagunça que fiz.

— Você está fazendo aquela coisa feroz de novo, como se quisesse arrancar os membros do meu corpo.

— Não é isso o que quero fazer com seu corpo.

— Achei que você havia dito que isso seria coisa de uma noite só. Você já teve sua noite.

— Foda-se o que eu disse. Esteja na minha casa às seis. Vamos falar sobre isso.

— Não mude de ideia por causa do que eu disse ontem à noite. Eu não falei para colocar pressão em você.

— Não? — pergunto com um sorriso.

— Não, e falo sério. Não faço esse tipo de coisa.

— Sei que não faz. Esteja lá às seis. Vamos conversar.

— Você trabalha até as oito.

Ela presta tanta atenção a mim que conhece minha rotina quase tão bem quanto eu. Estou surpreso que ela não soubesse dos treinos das cinco da manhã.

— Hoje vou trabalhar até as cinco e meia. Esteja lá.

— Ou então o quê? — ela pergunta naquele tom provocante que eu estou começando a desejar.

Semicerro os olhos em um olhar que já sei que não tem efeito sobre ela.

— Não vai querer descobrir.

— Você não é nada assustador, mesmo quando está tentando ser.

— Não quero que você tenha medo de mim de qualquer forma. Dominação não tem relação com o medo.

— Eu te disse, não tenho medo de você desse jeito.

— Vamos falar sobre isso. — Depois do que passei com Elena e o monstro que a arruinou, o pensamento de qualquer mulher ter medo de mim não é algo com que eu possa lidar. Vou colocar um fim nisso antes que continue. E sim, estou plenamente ciente de que, se isso continuar, terei que assumir um compromisso real com ela, o que não estou preparado para fazer. Mas também não estou preparado para parar algo que parece tão bom.

Então, chegamos a esse ponto. Se eu quiser mais dela, tenho que dar mais de mim.

1 2

---

*Leah*

Ele é muito sexy quando está irritado, especialmente quando está vestindo um terno de três mil dólares. Ellie me disse que ele viaja para Londres duas vezes por ano para comprar os melhores ternos do mundo. Eu o vejo sair, prestando muita atenção no encaixe excepcional do terno risca de giz cinza. Agora sei o que há por baixo das roupas lindas que ele usa e, deixe-me dizer que a minha imaginação vívida não lhe fez justiça.

— Estou sentindo o cheiro do perfume do Emmett? — Marlowe pergunta quando entra no meu escritório alguns minutos depois que ele sai.

Percebo que estou olhando para a porta o tempo todo. Ele confundiu meu cérebro com aquele beijo selvagem no escritório, onde qualquer um poderia nos pegar.

— Ele passou por aqui. — Espero que ela não me questione sobre o porquê ele estava me visitando. Ainda não disse nada a ela sobre ele. — Acabou de sair. Está tudo bem? A entrega do mercado chegou a tempo esta manhã?

— Sim, na hora certa. — Marlowe se acomoda na cadeira para visitantes e, sim, ainda quero gritar toda vez que a mulher extraordinária que agora é minha chefe e amiga para no meu escritório para conversar. — Já mencionei o quanto eu amo ter a minha própria Addie?

— Alguns milhares de vezes — eu digo, sorrindo. — Mas ser comparada com o padrão-ouro não me cansa.

— Você viu a *noivazilla* hoje?

Como uma das melhores amigas de Addie, Marlowe é uma das madrinhas.

— Não, mas eles estiveram aqui mais cedo. Acho que já foram embora. Eles iam voar para Napa esta tarde.

— Está chegando!

— Eles devem estar muito animados.

— Estão mesmo — Marlowe fala, mas sua expressão parece incomodada.

— Tudo certo?

— Cá entre nós, o Hayden me disse que ela está tendo lembranças da mãe que a deixaram muito triste.

— Ah, sério? — Me sinto triste por Addie, que está tão empolgada com o casamento.

— A mãe dela morreu quando ela tinha doze anos, e ela teve problemas para se lembrar de coisas do passado. Até recentemente, eu acho.

— Existe alguma coisa que podemos fazer por ela? — Depois de tudo que Addie fez por mim, não há nada que ela poderia me pedir que seria demais.

— Só precisamos dar amor a ela. Foi o que eu disse a Hayden quando conversamos.

— Isso é fácil.

Marlowe sorri e acena com a cabeça.

— Tenho outra novidade.

— O que é?

— Conheci um cara. — Nunca vi um sorriso tão bobo em seu rosto antes, exceto nos filmes quando ela está fingindo ser outra pessoa.

— Quem é ele?

— Seu nome é Rafe, abreviação de Rafael.

— Como você o conheceu?

— Ele é executivo da empresa que distribui nossos filmes na França. Eu o conheci na última vez que estive em Paris, e ele se mudou para Los Angeles.

Ela está animada e brilhando, e eu estou emocionada por ela.

— Isso é incrível.

— Concordo. Quero levá-lo para o casamento. Pode adicioná-lo à lista do avião? Ele pode ficar comigo. Seu sobrenome é Laurent. — Ela soletra para mim.

Faço uma anotação para adicioná-lo à lista de passageiros.

— Vou me certificar de que haja um lugar para ele na recepção também.

— Addie me disse para levá-lo, então ela está ciente.

— Ótimo. Cuidarei disso.

— Não me lembro da última vez que tive um acompanhante de verdade para um casamento — ela comenta com uma risada.

— Estou feliz por você.

— Estou feliz por mim também.

— Há fotos desse novo homem?

— Claro. — Marlowe pega o telefone do bolso e busca a foto, seu rosto suavizando de prazer com o que está vendo. Caramba, ela está caidinha por esse cara. Ela me entrega o telefone. A foto é dos dois juntos, com grandes sorrisos. O cara é *lindo*, com cabelos escuros ondulados e olhos azuis deslumbrantes.

— Uau. Ele é lindo.

— Eu sei. É meio intimidante estar com um cara com essa aparência logo pela manhã.

Ela está de ótimo humor e decido comentar sobre Emmett.

— Bem, já que estamos no assunto de homens e namoro, estou meio que saindo com alguém também.

— Emmett, certo?

Minha boca se abre em estado de choque. Ela já sabe? Ele contou?

Ela solta a grande gargalhada que fez dela uma estrela.

— Você acha mesmo que engana alguém com a maneira como olha para ele ou que ele conseguiu esconder o jeito que olha para você?

Engulo em seco. Sim, pensei que estava fazendo um ótimo

trabalho em esconder minha paixão dos outros. E ele olha para mim? Não sabia disso.

— Acho que não sou tão boa atriz quanto você. — Posso sentir meu rosto ficando vermelho.

— Está tudo bem. Eu entendo. Ele é um gato.

— Ridiculamente bonito. Mas entendo que isso não seja realmente apropriado...

Ela acena com a mão com desdém.

— Confio que você agirá de forma profissional no trabalho. E se as coisas não derem certo, sei que vai manter tudo fora daqui.

Meu coração afunda com a possibilidade de não dar certo.

— Claro.

— Então não vejo problema – e parabéns. Ele é um cara legal e tem sorte de ter você. Acho que você vai ser boa para ele. Ele não fala a respeito, mas as coisas são complicadas para ele.

Quero implorar para ela me dizer do que ela está falando, mas sei que nunca faria isso. De jeito nenhum ela trairia a confiança dele. Além disso, eu nunca pediria isso a ela.

— Ele parece... relutante em se envolver.

Ela acena com a cabeça.

— Deve estar mesmo.

*Por quê?* Quero muito perguntar. Mas não vou. Tenho que perguntar a ele. Mas será que ele vai me dizer?

— Seja paciente com ele. Acho que vocês dois poderiam ser incríveis juntos.

— Sério? — Que essa mulher incrível e talentosa ache que eu seria incrível com o amigo dela é esmagador, para dizer o mínimo.

— Absolutamente. Ele é muito sério o tempo todo. Você vai colocar um pouco de sol nos cantos escuros dentro dele. — Ela verifica a hora em seu telefone. — Ah, droga. Tenho que correr. Vou fazer o cabelo e depois, as unhas. Tenho que estar apresentável para as festividades deste fim de semana.

É claro que já sei da sua agenda, mas não a lembro disso. Antes de sair, conto da conversa que tive com o sujeito que organiza o evento de caridade e vejo seus olhos semicerrarem em desagrado.

— Eu o avisei de que essa merda não vai acontecer — acrescento.

O sorriso de Marlowe se estende e faz seus olhos brilharem de prazer.

— Pegue-os, tigre.

Reviro os olhos para ela.

— Quer que eu diga a eles que você não está disponível para o evento?

— Não, vou fazer a apresentação. Mas vou ter uma conversa com ele de antemão para que saiba o que é melhor não dizer nada se quiser minha ajuda novamente. Obrigada por me avisar.

— Sem problemas.

— Certo, estou indo. Me envie uma mensagem se precisar de mim.

— Aproveite o mimo.

— Ah, eu vou.

Ela vai a um salão exclusivo em Malibu, onde é cuidada em uma área privada, o que ela prefere em vez de pessoas indo a sua casa. Antes de trabalhar para ela, nunca me ocorreu que, para alguém como Marlowe, tudo o que ela faz tem que ser planejado com antecedência para garantir que ela esteja a salvo dos paparazzi, sem mencionar o público que não pensa antes de interromper sua vida privada. Ela ama os fãs e faz o possível para atendê-los, mas não quando está com papel alumínio no cabelo.

Passo o resto do dia focada, trabalhando em uma longa lista de tarefas para Marlowe e ajudando Aileen a distribuir uma correspondência maior do que o normal. Mesmo que eu continue ocupada, o dia parece se arrastar. Não vejo Emmett novamente até as cinco e meia, quando ele passa pelo meu escritório, bate na janela e continua andando.

Meu coração dá uma cambalhota ao vê-lo, e seu lembrete não tão sutil de que temos planos. Arrumo a mesa, pego a bolsa, telefone e chaves e saio, me certificando de que ele se foi antes de eu entrar no saguão. Aileen saiu para pegar os filhos na escola, então não há ninguém ali para me ver sair na hora certa, o que é uma raridade por aqui. Estamos tão ocupados o tempo todo que raramente conseguimos terminar um dia de trabalho no horário oficial, às cinco e meia. Mas nada poderia me manter no trabalho hoje à noite, quando tenho planos muito importantes com o homem que amo.

Pego o elevador até o saguão, e ele está lá, esperando.

— Venha comigo. — Ele coloca a mão em um scanner de palma que abre o elevador do lado direito.

— Para onde estamos indo?

Com a mão na parte inferior das minhas costas, ele me guia para o elevador.

— Não fale a menos que alguém te pergunte algo.

As portas do elevador se fecham, e eu engulo em seco, cheia de expectativa e antecipação.

Ele mantém a mão nas minhas costas nos segundos tensos que leva para o elevador descer um nível.

Quero perguntar a ele o que tem ali embaixo, mas não posso perguntar nada, então mordo a língua.

As portas do elevador se abrem na escuridão.

Emmett segura minha mão e me guia através de portas duplas com o logotipo Q gravado no vidro. Ele acende as luzes, revelando o que parece ser uma boate à primeira vista. Então vejo a grande cruz e o palco com algo parecido com equipamentos de ginástica, mas não é isso. Uma lâmpada se acende e percebo que se o logotipo da Quantum está na porta, isso significa... ah, meu Deus.

Olho para ele.

Ele está me observando.

— O que quer saber?

— Como eles mantêm isso em segredo?

— Todo mundo que passa por esta porta assina um acordo de confidencialidade. Os membros pagam uma taxa de iniciação de um milhão de dólares .

— Caramba. — Dou outro longo olhar ao redor. — Todos da equipe da Quantum são membros?

— Não posso te dizer isso.

Minha mente está correndo. *Flynn, Natalie...* Natalie participa dessa cena? Tento imaginar o Flynn como dominador e... não posso seguir adiante. Ele é o marido da minha amiga.

— Quer jogar? — Emmett pergunta, me puxando para fora dos meus pensamentos e voltando para o presente com ele. — O clube fica fechado até as oito, então temos o lugar só para nós.

Não tenho certeza de como me sinto em jogar com ele aqui, onde pessoas do nosso escritório vêm para se divertir e fazer outras... coisas. Mesmo que o clube esteja fechado, qualquer um deles pode entrar e nos ver.

— Eu... acho que prefiro voltar para o seu apartamento.

— Vamos então.

— Tudo bem?

— Sou o dominador, mas você é a chefe. — Ele me leva para fora do clube. — Te mostrar o clube foi importante. Espero que entenda que...

— Não vou dizer uma palavra. Eu juro.

No estacionamento, seguimos nossos caminhos separados.

— Não se perca — ele fala enquanto se afasta de mim.

— Não há nenhuma chance de isso acontecer.

Me forço a me mover devagar, a não correr e não me arriscar a tropeçar, nem acelerar demais ou bater no carro à minha frente. Espero que não haja atrasos para me manter longe dele mais do que o necessário. De toda forma, leva cerca de quarenta minutos para chegar ao seu apartamento em Santa Monica, e perco seu carro de vista depois de vinte minutos. Insiro o código para a garagem, paro na minha vaga habitual — e sim, eu amo que agora vou com regularidade até sua casa — e sigo para o elevador. Estou tão animada em vê-lo que meu coração está batendo forte e todas as minhas outras partes estão vibrando com a consciência de que estou a segundos de distância dele.

Quando as portas do elevador se abrem, saio e vou de encontro a ele. Antes que eu possa registrar minha surpresa, ele envolveu um braço no meu corpo para nos levar até o seu apartamento. Ele chuta a porta atrás de si e me deixa deslizar por seu corpo excitado até meus pés baterem no chão. Essa é a coisa mais gostosa de todas.

— Olá para você também — digo, divertida com a saudação entusiasmada.

Ele tirou o paletó e a gravata, e desabotoou a camisa, revelando uma sugestão do peito forte que me faz lamber os lábios.

— Não gosto dessa saia — ele fala, interrompendo a minha mais recente fantasia sobre lamber.

Surpresa com o comentário, questiono:

— Por que não? — Ele deixou meu cérebro tão embaralhado que tenho que olhar para baixo para lembrar qual delas estou usando – saia lápis preta com bolinhas brancas, um top branco que deixa um ombro nu, mostrando o sutiã preto que estou usando por baixo. Eu estava bastante orgulhosa desta roupa e dos sapatos de salto alto vermelho que compõem o visual. — O que há de errado com ela?

— Mostra demais.

Viro a cabeça para tentar ver as costas.

— Do que você está falando? Me cobre até quase os joelhos!

Ele segura minha bunda e a aperta.

— Mostra. Demais.

Sua possessividade é a maior excitação que já experimentei.

— Ninguém olha para mim.

— Está falando sério agora? Onde quer que você vá, os caras te olham.

— Não olham, não.

— Olham, *sim*. Já vi isso mais vezes do que posso contar. — Ele se inclina para perto de mim, tão perto que seu nariz está quase colado ao meu. — Não gosto disso.

— A culpa não é minha.

— É, sim. Você é sexy demais.

— Como isso é culpa minha? Você espera que eu use um saco de batatas?

— Funcionaria para mim.

— Não tenho certeza do que está acontecendo agora.

— Isso é o que você disse que queria – o meu verdadeiro eu. Aqui estou.

Ah, então isso é algum tipo de teste. Entendo agora.

— Você ainda me quer? — A pergunta é feita no tom ríspido habitual, mas há uma sugestão de vulnerabilidade nele que me toca profundamente.

Não pisco, nem hesito.

— Sim. O que mais você tem a dizer?

— Muito mais, mas precisamos esclarecer uma coisa agora. Quero que você me diga que sabe com certeza que eu nunca te machucaria de qualquer forma. Você não precisa ter medo de mim. Isso é muito importante.

— Tudo bem.

— Estou falando sério, Leah. As coisas podem ficar intensas ou loucas na cama e posso ser desagradável, como você diz, mas nunca estará em perigo aqui. Você realmente entende isso?

— Entendo. Como te falei, não tenho medo de que você me machuque fisicamente. Tenho mais medo de você me dar tudo isso e depois decidir que não me quer mais.

Ele pega minha mão e a coloca sobre a ereção firme em sua calça.

— Está sentindo isso?

Como se eu tivesse sido escaldada por seu calor, falo:

— Hum, sim?

— Estou assim desde que te beijei no escritório. Não consigo me livrar disso, não consigo tirar seu gosto da minha língua, de parar de pensar em como a noite passada foi incrível, nem de contar os minutos até poder te tocar de novo. Eu tinha uma consulta esta tarde com o médico que colocou as agulhas no meu pau e, *mesmo assim*, não conseguia parar de pensar em você e como era estar dentro de você. Não há absolutamente nenhuma chance de eu decidir que não te quero mais. Na verdade, estou com medo de te querer muito.

Ele está realmente dizendo essas coisas para mim ou estou sonhando? Tenho que estar sonhando, porque nada tão incrível acontece comigo. E então fico furiosa comigo mesma por causa das lágrimas que inundam meus olhos.

— Ah, porra, não faça isso. Não chore.

Eu o alcanço e o puxo para mim, beijando-o com o amor selvagem e incontrolável que sinto por ele. Quando ele responde com igual ardor, percebo, em um momento de clareza cristalina, que nunca sentirei por mais ninguém o que sinto por ele. Quero tudo com ele. Me afasto lentamente do beijo.

— Vai me contar por que é tão importante que eu nunca sinta medo de você?

Sua mandíbula se contrai de tensão.

— Talvez. Em algum momento.

Posso viver com isso.

— O que o médico disse?

— Ele não podia acreditar que transei com o pau machucado.

— Pioramos a situação? — pergunto, horrorizada.

Balançando a cabeça, ele diz:

— Ele disse que se não doer, posso fazer o que sentir vontade. Se doer, tenho que parar.

— Tenho perguntas sobre as coisas que você mencionou ontem à noite...

— Sobre minhas fantasias?

Engulo em seco e aceno com a cabeça.

— E... e se eu não puder lidar com isso?

— É só dar fim ao que estiver acontecendo com uma palavra. Se você a disser, tudo para. Sem qualquer questionamento.

— E isso não te deixaria bravo?

Ele envolve os braços na minha cintura e me abraça com tanta força que temo que ele possa me quebrar.

— Não, isso não me deixaria bravo.

— Desapontado?

— Nunca. — Ele desliza os dedos pelo meu cabelo, algo que parece gostar de fazer, o que é ótimo para mim. — Alguns dos dominadores que conheço precisam da dominação para se excitarem. Gosto disso. Caramba, *adoro* BDSM, mas não *preciso* disso da mesma forma que eles. Então não, eu não ficaria bravo ou decepcionado se não te excitar dessa forma.

— Podemos tentar?

Aqueles lindos olhos estão em chamas de desejo.

— Sim, podemos. Existe alguma coisa fora dos limites?

— Não sei o que é possível, então como posso saber o que está fora dos limites?

— Vamos conversar sobre tudo antes que aconteça.

— Certo.

Ele emoldura meu rosto com suas grandes mãos e me dá um longo olhar avaliador, como se estivesse decidindo alguma coisa.

— Vá para o meu quarto e fique nua. Quero você na cama com as mãos esticadas sobre a cabeça e as pernas afastadas o máximo possível. Depois, quero que feche os olhos. Você se referirá a mim apenas como "senhor" e só vai falar quando for solicitada. Alguma pergunta?

Enquanto balanço a cabeça, todo o meu corpo treme como se eu tivesse sido ligada a uma tomada. Estou zumbindo com energia sexual. Em todas as minhas fantasias sobre como seria ser íntima de Emmett, nunca imaginei nada parecido com as palavras que ele acabou de me dizer. Eu me viro e entro em seu quarto, ciente de que ele está me olhando, seu olhar provavelmente fixo na saia que ele acha que mostra demais. Nunca mais vou olhar para essa saia da mesma maneira depois de tê-la visto através dos seus olhos.

Minhas mãos estão tremendo quando tiro as roupas e o sapato. Dobro o edredom e subo na cama, me deitando com os braços sobre a cabeça e as pernas bem abertas. Ele nem me tocou ainda e já estou mais excitada do que jamais estive.

Enquanto espero por ele, digo a mim mesma que é isso que eu queria — ele, de qualquer jeito. Só espero poder lidar com tudo, porque eu nunca iria querer desapontá-lo. Quero ser tudo que ele precisa.

Cada músculo do meu corpo treme incontrolavelmente enquanto a antecipação guerreia com a ansiedade. Meus mamilos estão intumescidos e meu clitóris está latejando.

Me lembro de que eu deveria fechar os olhos. A escuridão me isola da realidade do que está acontecendo, mas me faz mais consciente do meu coração batendo rapidamente. Sinto todas as células do meu corpo, ou assim parece. Sinto o sangue bombear nas minhas veias e a umidade entre as minhas pernas. Meu couro cabeludo formiga e minha barriga vibra.

Onde ele está? Quanto tempo vai me fazer esperar? O que vai acontecer quando ele vier aqui? Quero que ele fique satisfeito comigo, mas e se eu simplesmente não puder fazer isso?

Caramba, estou muito nervosa e ainda não fizemos nada.

13

# *Emmett*

Tomo uma bebida para me acalmar antes de ir para o quarto. A vodca percorre meu organismo, me acalmando e me centrando enquanto contemplo a cena mais importante que já fiz. Esta é a primeira vez que realmente me importo com a minha parceira de cena além do aspecto sexual. Sou sempre um dominador respeitoso e orientado para a segurança, mas a emoção nunca fez parte disso. Desta vez é diferente. Tudo com ela é diferente, ainda que eu tenha tentado muito negar. Mas não posso mais.

Ela é importante, e quero fazer com que seja tão bom para ela quanto será para mim. Quero que ela ame ser dominada na cama, mesmo que eu já saiba que ela vai me dominar na vida. Me entregar ao inevitável traz certa paz. Nós dois ficaremos juntos para sempre? Não sei, mas definitivamente quero mais do que temos, e isso é suficiente por enquanto.

Ela diz que me ama, e estou começando a acreditar que está sendo sincera. Leah não diz coisas que não quer dizer. Já a conheço bem o suficiente para saber disso com certeza. Eu poderia amá-la também? Possivelmente, e isso é uma enorme concessão para alguém que costuma manter suas relações com as mulheres superficiais, onde ninguém pode se machucar.

149

Esfrego o ponto que dói no peito quando penso sobre ela ter sido intimidada e não ter tido a consideração dos pais que ficaram desapontados por não terem um filho biológico. Odeio que tenha se sentido assim, mesmo que eu saiba muito bem como é ter pais que mal notam que tiveram um filho. Eu tive a minha avó. Quem Leah teve?

O pensamento dela solitária, com medo e perseguida por suas colegas me deixa ferozmente protetor. E então me lembro do cara, Tom, que não aceitou seu não como resposta, e quero rugir com a necessidade de mantê-la a salvo, segura e protegida sempre. Talvez eu possa amá-la. Talvez já ame. Se os sentimentos intensos que ela desperta em mim são alguma indicação, estou em apuros no que se refere a ela.

Coloco o copo na pia e levo um minuto para me recompor, para me preparar para nossa cena e me concentrar inteiramente em seu prazer. Quero que seja tão bom que ela me implore por mais.

Meu pau dói, mas de um jeito bom. A dor do machucado já passou, mas a dor da necessidade por ela é tão intensa que tem toda a minha atenção. Saber que ela está na minha cama, aberta para que eu possa me banquetear é a coisa mais excitante que já senti em uma vida sexual intensa. Nada do que fiz antes pode se comparar com o que está prestes a acontecer.

Me movendo de forma furtiva, vou para o quarto e sinto meu coração parar ao vê-la deitada e com as pernas abertas para o que quer que eu possa imaginar. A boceta rosada brilha com sua excitação. Caramba, ela é sexy, inocente, doce e determinada. Determinada demais e amo isso nela. Adoro sua boca atrevida e o jeito que ela diz o que pensa. Agradeço por nunca ter que me perguntar onde estou com ela ou o que está se passando na sua cabeça. Vou para o armário pegar o que preciso.

Pego as algemas forradas de pele para os braços e pernas, bem como uma embalagem de lubrificante e um plug de tamanho médio para que eu possa começar a prepará-la para receber meu pau em seu traseiro. Não posso me permitir pensar no prazer final sem correr o risco de perder o controle que mal consigo manter depois de vê-la aberta na cama.

Tiro as roupas e saio do armário com os itens que escolhi. Ela não percebe que estou lá até que arrasto o dedo da lateral do seu seio até o interior do braço.

Ela ofega e se assusta, e amo que a peguei completamente de surpresa com o meu toque.

— Vou prender seus braços. Tudo bem?

Hesitante, ela concorda.

— Preciso que fale, Leah. Tudo bem se eu prender seus braços?

— Sim.

— Sim, quem?

— Senhor. — Ela umedece os lábios. — Sim, senhor.

Sua submissão é a coisa mais sexy que já experimentei e como um conhecedor sexual, isso significa algo. Seguro seu braço direito e o prendo na cabeceira da cama, observando o tremor que tomou seu corpo. Isso é uma reação comum para alguém novo, mas vou ficar de olho para ter certeza de que ela não está em pânico ou qualquer coisa que possa ser perigosa.

As algemas que uso têm correntes mais longas. Elas possibilitam que ela se vire quando necessário. Dou a volta na cama e prendo seu braço esquerdo.

— Você está confortável?

Ela engole em seco e umedece os lábios.

— S-sim, senhor.

— Vai me dizer se não estiver?

— Sim, senhor.

— Qual é a sua palavra segura?

— Desagradável.

— Qual é a sua outra palavra segura?

— Quantum.

— E você sabe que se disser qualquer uma dessas palavras ou a palavra *vermelho*, tudo para, certo?

— Sim, senhor.

— Se precisar de uma pausa ou ir mais devagar, pode dizer *amarelo* e isso reduz as coisas. Entendeu?

— Sim, senhor.

— Você quer que eu te domine, Leah?

Ela respira fundo.

— Sim, senhor.

— Você é uma submissa sexy e seguiu minhas instruções perfeitamente. Estou muito satisfeito com você.

— O-obrigada, senhor.

Eu adoro esse gaguejar. É tão fora do normal para minha impetuosa e confiante Leah. Adoro que ela já esteja tão abalada, disposta e ansiosa para me agradar. Ao me agradar, vai se agradar, mas ela não entende isso ainda. Mas vai entender. Ela verá como a submissão leva ao maior prazer que jamais sentirá. Vou me certificar disso.

Me deito na cama e passo as mãos em suas coxas, acariciando-as e abrindo-as ainda mais. Mostro que ela é capaz de se esticar ainda. Me inclino sobre seu corpo e a lambo da bunda ao clitóris, e ela quase levita para fora da cama. Com certeza, ela não previu isso, mas eu a vejo gozar várias vezes até que esteja fora de si com prazer. Esse é o meu único objetivo aqui — seu prazer final. Com isso em mente, deslizo dois dedos em sua boceta molhada e apertada, dobrando-os para pressionar contra o ponto G e sugar o clitóris.

Ela goza com força, o que foi minha intenção. Queria que ela perdesse o controle. Leah ofega e geme enquanto sua boceta estremece ao redor dos meus dedos. Eu os mantenho dentro dela enquanto sugo seu mamilo esquerdo, mordendo-o suavemente e tirando um gemido agudo dela. Ela é tão responsiva a tudo que faço, não é de se admirar que eu esteja me tornando tão viciado nela.

— Não me lembro de te dar permissão para gozar.

Quando ela me olha, há um ar de admiração que chamamos de subespaço. Finalmente encontrei uma maneira de deixá-la sem palavras? Curvo os dedos com mais força contra seu ponto G e outro pequeno orgasmo faz seus músculos internos apertarem meus dedos.

— Muitos problemas.

— Pare de fazer isso se eu não tiver permissão para gozar — ela protesta, com os dentes cerrados e óbvio aborrecimento.

— Você está respondendo ao seu dominador agora? — Retiro os dedos rapidamente, fazendo-a ofegar. — Vire-se. — Como ela está toda mole, eu a ajudo a se virar e a coloco na posição que quero, de cabeça baixa, braços cruzados, bunda pra cima. Acaricio sua nádega e dou um aperto suave. — Precisa da sua palavra segura?

— Não sei. Preciso?

— Me diga você.

— Não sei o que você vai fazer, então como sei se preciso?

Ah, ela é divertida, engraçada e sexy pra cacete. Não me lembro de uma época em que já estive mais duro do que estou agora, com ela amarrada na minha cama e disposta a fazer o que eu pedir. Como sei que desistir do controle não vem naturalmente para ela, é muito mais doce receber sua confiança.

— Primeiro — digo a ela —, vou te dar sua punição. Doze palmadas. Seis por gozar sem permissão e seis por responder ao seu dominador. Depois, vou colocar um plug no seu traseiro para prepará-lo para o meu pau. Alguma pergunta?

Ela faz um som inarticulado que é uma mistura entre um grunhido e um gemido.

— Desculpe, não te ouvi. Alguma pergunta?

— Não. — Posso dizer que seus dentes ainda estão cerrados.

— Precisa da sua palavra segura?

— Não.

— Excelente. — Dou uma palmada na nádega esquerda, assustando-a com o choque. Sigo com mais quatro em rápida sucessão, me certificando de esfregar a vermelhidão até ela ronronar de prazer. Ansioso para ir para a próxima parte do plano, dou as outras sete palmadas e passo meus dedos pelo excesso de umidade entre suas pernas, satisfeito que minha "punição" resultou em seu prazer.

Pego o plugue e o frasco de lubrificante, aplico uma boa dose do líquido na extremidade larga e depois esguicho um pouco nos meus dedos.

— Pronta para o plug?

— Sim.

— Sim, quem?

— Senhor. Sim, senhor.

— Muito melhor. — Posso dizer honestamente que nunca me diverti mais em nenhuma cena do que com ela. O que estamos fazendo não é costumeiro para ela, mas está fazendo por mim, o que faz meu coração inchar com emoções que só senti uma outra vez na vida. Nunca consegui abraçar, beijar ou fazer amor com Elena, que estava eternamente fora do meu alcance, então já tive mais com Leah do que com ela.

*Sinto* mais por Leah do que já senti por Elena.

Essa noção me deixa frio e me choca completamente. Elena tem sido o padrão ouro, a mulher mais importante da minha vida há quinze anos. Mesmo em seu estado comprometido, ela ainda brilha mais do que o sol para mim, e o pensamento de que um dia eu fosse gostar mais de alguém do que dela, nunca me ocorreu. Sinceramente, depois do desastre com Elena, eu não teria me achado capaz de sentir o que sinto por Leah.

Ela me olha por cima do ombro.

— O que há de errado?

A pergunta me tira dos meus pensamentos e volto para o momento.

— Você está autorizada a questionar o seu dominador?

Ela revira os olhos e abaixa a cabeça.

Não posso deixar sua impaciência ficar impune, então dou duas palmas rápidas, uma em cada nádega.

— Não revire os olhos para o seu dominador. — Posso *senti-la* revirando os olhos novamente e sorrio, amando seu atrevimento, embora eu nunca possa dizer isso a ela. Ela já é incontrolável sem que eu lhe dê munição para usar contra mim.

Volto a atenção para o plug e meus planos para seu lindo traseiro, cobrindo sua abertura com uma quantidade generosa de lubrificante.

Ela respira fundo enquanto meus dedos acariciam sua entrada.

Quero que isso seja bom para ela, então aproveito o tempo que preciso para ter certeza de que ela está devidamente preparada para receber o plug. Depois de deslizar os dedos para dentro e para fora várias vezes e ver sua pele corar com o calor que geramos juntos, eu os removo e os substituo pelo plug.

Ela imediatamente fica tensa.

— Relaxe e empurre de volta. Você pode fazer isso. — Brinco com ela de forma impiedosa, empurrando o plug um pouco antes de retirá-lo e, em seguida, deixando-o parcialmente enfiado dentro dela quando alcanço o lubrificante que vou precisar para encaixar meu pau enquanto ela estiver com o plug. Fico de joelhos para aplicar o lubrificante.

Como descrever o que acontece a seguir? Com o plug meio encaixado, ela espirra com força. O plug se solta da sua bunda e me acerta no olho esquerdo, me fazendo ver estrelas.

— Puta merda. — Ela me olha quando grito pela dor de ser quase cegado por um plug anal. *Isso* certamente nunca aconteceu antes. Só podia ser com a Leah...

— Como solto essas algemas?

— Há uma trava de abertura no topo.

Ela tira as algemas, sai da cama e dá a volta até onde estou, sentado na beira da cama e puxa meu cabelo, tentando fazer com que eu olhe para ela. Quando levanto a cabeça, ela recua.

— Ah, meu Deus! Seu olho!

Posso sentir a região inchando e quando abro os olhos, eles lacrimejam tanto que não consigo ver nada. *Merda*!

— Vou pegar gelo. Não se mova.

Eu a ouço sair do quarto e desejo poder ver bem o suficiente para apreciá-la correndo nua pela casa.

Ela volta um minuto depois com uma toalha de papel úmida cheia de gelo que pressiona suavemente contra o meu olho.

— Segure isso aí.

Obedeço enquanto me pergunto como a minha submissa se tornou a dominadora em meu próprio quarto.

— Sinto muito. Esse espirro veio do nada. Não sei como isso aconteceu. Eu não tinha ideia de que minha bunda poderia fazer isso.

Não posso deixar de rir, mesmo quando me pergunto se vou enxergar do olho esquerdo novamente.

— Não é engraçado.

— É um pouco.

— Não, não é. Eu te disse que ia estragar tudo.

— Você não estragou nada. Antes que me cegasse, estava pensando em como era divertido jogar com você.

— É mesmo? Estava?

Ela parece tão doce e vulnerável que envolvo o braço em sua cintura e a puxo para perto o suficiente para beijar sua barriga.

— Estava, sim.

— Deixe-me ver como está.

Removo o gelo.

Com a mão no meu queixo, ela vira meu rosto. Meu olho ileso começou a funcionar novamente, ainda bem, e posso ver o jeito preocupado com que ela me examina.

— Acho que não atingiu a parte interna do olho, só acima e abaixo dele.

— Que bom.

— Devemos ir para o pronto-socorro?

— De jeito nenhum. — Estou tentando me imaginar explicando como isso aconteceu.

— Mas e se o seu olho estiver machucado?

— Não está.

— Como sabe disso?

Dolorosamente, me forço a abri-lo.

— Posso te ver. Não estou cego. Está tudo bem.

— Vai ficar com um baita olho roxo no casamento.

Merda, nem me lembrei disso.

— Posso usar óculos escuros.

— Sinto muito mesmo.

— Não é culpa sua você ter uma super bunda.

— Pare — ela fala rindo. — É melhor não contar a ninguém como você conseguiu esse olho roxo.

— Por que não?

— Sério. Não pode contar.

Sorrio lentamente, indo para o máximo impacto.

— Emmett, estou falando sério.

— Você está me dizendo que a Leah que fala tudo o que pensa, independentemente de ser apropriado ou não, não quer que eu diga às pessoas que ela atirou um plug no meu olho com a bunda e quase me cegou?

Ela me olha.

— Se você contar isso a alguém, nunca mais verá minha bunda.

— De alguma forma, duvido disso. Sua bunda me ama ou você só estava dizendo isso para me levar para a cama? — Finjo estar magoado.

— Pare de me sacanear e me prometa que não vai contar a ninguém.

— Não tenho certeza se posso fazer essa promessa. É uma boa história.

Ela começa a se levantar, mas eu a paro, puxando-a para perto de mim. Eu adoro o fato de ela lutar — e sua luta não é justa, torcendo meu mamilo até eu ofegar e quase soltá-la antes de redobrar meus esforços para mantê-la onde está.

— Me solta!

Eu a solto imediatamente, alarmado pelo pânico que ouço em sua voz.

— Ei, só estou brincando com você. — Seguro sua mão e entrelaço meus dedos aos dela. — Volte aqui.

— Promete que não vai contar a ninguém? Eu trabalho com essas pessoas. Não quero que riam de mim.

Ah, droga. Percebo que seu medo está relacionado com as vadias da escola que a atormentavam.

— Não direi a eles, Leah.

— Está falando sério?

— Prometo. — Dou um puxão suave que a traz para o meu colo. Envolvo meu braço livre em seu corpo. — Estamos bem agora?

— Importa para você se estamos?

Será que algum dia vou me acostumar com a maneira como ela

não deixa nada no ar? Ela está me forçando a confrontar sentimentos que só recentemente percebi que tenho.

— Sim, importa. — Levanto seu queixo para receber meu beijo. — Você importa.

Ela envolve meu pescoço e abre a boca para a minha língua. Por muito tempo, tudo o que fazemos é beijar, com mais paixão e sentimento do que já beijei alguém. Sabia que ela ia ser um problema. Só não tinha ideia do quanto.

14



Emmett me beija como se quisesse confirmar o que havia dito, que sou importante e que importa para ele que estejamos bem. Mesmo que eu esteja mortificada pelo incidente com o plug, estou cheia de alegria e tontura enquanto nos beijamos pelo que parecem horas. Estar com ele dessa maneira é como um sonho se tornando realidade. Em todo o tempo que desejei, nunca pensei que tivesse uma chance real disso acontecer. Mas agora, tudo mudou para nós dois e ele parece estar tão envolvido com o que está acontecendo entre nós quanto eu.

Se movendo lentamente, ele me coloca debaixo dele na cama, sua ereção deslizando através da umidade entre as minhas pernas. Quando ele toca meu clitóris, todo o meu corpo se apodera da explosão de prazer. Tudo o que ele tem que fazer é me tocar para me incendiar, mas quando ele me diz que sou importante, que somos importantes, me perco completamente para ele. Nunca dei a nenhum homem o tipo de poder que ele tem sobre mim, e ainda tenho medo de que ele me magoe no final.

A visão de seu olho inchado, que está ficando roxo, é mortificante. Não posso acreditar que isso aconteceu e não tenho certeza se acredito quando ele diz que não vai contar a ninguém. É verdade que geralmente sou um livro aberto e difícil de me sentir envergonhada, mas isso... eu *morreria* se as pessoas com quem trabalho e considero meus amigos soubessem o que aconteceu.

— Posso perguntar uma coisa?

Seus lábios estão bem acima dos meus.

— Tudo o que quiser.

— Podemos fazer isso de novo algum dia? O que estávamos fazendo antes que a coisa com o seu olho acontecesse?

— Só quando eu estiver protegido com óculos e capacete — ele fala com um sorriso provocante.

— Eu te disse que não é engraçado.

— E eu disse que é. — Ele me beija com suavidade, doçura e uma ternura que acaba comigo. Posso lidar com seu sarcasmo, seus modos rudes e sua dominação, mas a ternura com certeza me quebra.

— Quantum.

Quando ele se afasta de mim, suas sobrancelhas estão franzidas com preocupação.

— O que há de errado?

— Eu só... quero parar.

Ele se move para o lado e apoia a cabeça na mão, mantendo a outra na minha barriga. Seu pau duro se estica acima do umbigo.

— Fale comigo.

— Não tenho nada a dizer. — Eu bocejo. — Eu deveria ir para casa. Preciso ver o que vou vestir para trabalhar amanhã.

— Por que você está fugindo?

— Não estou!

— Está, sim. O que aconteceu aqui?

Mal consigo olhar para o seu olho inchado.

— Você precisa colocar mais gelo nisso.

— Você está se esquivando.

— Não banque o advogado para falar comigo.

— Não fuja de mim.

— Você nem gosta de mim. Por que se importa se eu for embora?

— Acredito que eu lhe dei uma ampla evidência do quanto gosto de você.

Preciso sair daqui enquanto ainda posso e, sim, percebo que é estranho que agora eu sinta a necessidade urgente de fugir, quando finalmente estou onde queria há meses. Também não entendo, mas o fato é que preciso sair daqui. Agora. Me sento na beira da cama e pego minhas roupas, ciente de que ele me observa enquanto me visto.

De pé, passo os dedos pelo cabelo e calço os sapatos.

— Te vejo amanhã — falo, sem olhar para ele.

— Tudo bem.

Ele parece chateado — provavelmente porque achava que ia transar —, mas não fico por perto para determinar se esse é o caso. Saio do quarto, pego a bolsa e as chaves do balcão, e desço de elevador até o estacionamento menos de um minuto depois, cheia de alívio, o que não faz sentido para mim. Emmett me acusou de fugir, e é exatamente o que estou fazendo.

Em todo o tempo que mantive minha paixão irracional por ele, nunca me ocorreu como seria tê-lo retribuindo meus sentimentos, tornando isso mais do que só sexo, me fazendo querer coisas que ele não está preparado dar. Lágrimas enchem meus olhos, o que me enfurece. Não choro por homens. Não sou assim, mas é uma das muitas coisas que são diferentes com ele.

Entro no carro e me sento lá por um longo momento, olhando para a parede de cimento sem ver nada além da minha própria covardia. Afastando esses pensamentos preocupantes, ligo o carro e dirijo a curta distância para casa, desejando que não fosse tão tarde, assim eu poderia ligar para Nat. Quando chego em casa, envio uma mensagem para perguntar se ela ainda está acordada.

Há um pacote encostado na porta que pego e coloco debaixo do braço. Estou entrando no apartamento quando meu telefone toca.

— Alô.

— Oi. Tudo bem?

— Não te acordei, não é?

— Não. Ainda estamos de pé. Você está bem?

— Não sei. As coisas ficaram meio estranhas hoje à noite.

— Como assim?

— Estávamos na cama e ficou meio... intenso.

— Ele te machucou?

— Deus, não, nada disso. — Me jogo no sofá e coloco a cabeça para trás, fechando os olhos. — Estou com medo, Nat.

— *Dele?*

— Não! Não é assim... eu só... é demais. Eu não... não gosto disso.

— Ah, meu Deus, você está apaixonada por ele.

— Não quero estar. Isso não deveria ter algo a ver com amor. Só queria transar com ele e me divertir. Espere... você está *rindo?*

— Não — ela fala, sua voz soando estrangulada. — Claro que não.

— Está sim, sua vaca. Posso te ouvir.

— Você tem que admitir que é engraçado.

— Não é engraçado! É ridículo. — E então começo a soluçar, o que me deixa ainda mais arrasada, porque não faço essa merda!

— Leah, querida, vamos lá. Isto é uma coisa boa.

— Não, não acho que seja. Não é o que ele quer.

— Ele disse isso?

— Não com tantas palavras, mas a mensagem foi clara. Ele quer transar comigo, mas isso é o máximo.

— Você não tem certeza.

Quero me enrolar na posição fetal e nunca mais me levantar. O amor é assim? Quero cancelar a inscrição então.

— Forcei minha presença. Que cara com sangue nas veias vai dizer não para uma mulher que está disposta a fazer o que ele quiser na cama? Essa é a única razão pela qual ele me deixou ficar.

— Você está se dando pouco valor. Você é uma mulher linda, sexy, engraçada e incrível. Por que ele não iria querer mais com você?

— Ele não se relaciona com ninguém. Acho que ele nunca teve um relacionamento sério. O que isso te diz?

— Que ele não encontrou ninguém de quem goste antes?

— Ele disse que se apaixonou uma vez, mas que não deu certo.

— Quer que eu veja se consigo descobrir qual é o problema em relação a isso?

Quero aceitar sua oferta, mas não posso invadir a privacidade dele dessa maneira. Está vendo? Tenho meus limites.

— Não, mas obrigada por oferecer. — Limpo a umidade do meu

rosto com a manga da blusa. Graças a Deus pela máscara de cílios à prova d'água. — Não me lembro de você ser tão infeliz quando saiu com o Flynn.

— Tivemos nossos momentos difíceis. Todo mundo tem.

— Mas vocês dois estavam comprometidos. As coisas não são assim entre nós. Só um está envolvido e é por isso que estou desse jeito. Tenho medo de que ele me magoe. Tive que ir embora da casa dele agora. Cada minuto que passo com ele, especialmente quando estamos nus, só piora a situação.

— Então você decidiu parar agora em vez de deixar as coisas irem mais longe?

Até que ela diga dessa maneira, não percebi que é exatamente o que eu estava fazendo.

— Acho que sim. — O pensamento de nunca mais experimentar o que fiz com ele me deixa profundamente triste. — É o melhor. Ele deixou bem claro que acha que sou muito jovem e sei que ele está em conflito sobre a situação do trabalho. Então, sim, é melhor assim.

— Sinto muito que você esteja chateada. Quer que eu vá até aí?

— Ah, Deus, não. — Sim, quero, mas nunca pediria a ela que fosse até Santa Monica quando está grávida e precisa de descanso. Além disso, Flynn insistiria em vir com ela, e não quero que ele saiba o que está acontecendo. — Não conte ao Flynn, tá?

— Não vou dizer nada. Não se preocupe. Você vai ficar bem?

— Claro — digo com mais bravata do que sinto. — Consegui exatamente o que eu queria. Tudo bem. — Não menciono que consegui muito mais do que esperava, porque ela já sabe disso. — Vou superar. — Em algum momento.

— Temos um fim de semana divertido em breve.

Sim, um fim de semana divertido celebrando o amor e a alegria. Mal posso esperar para ficar infeliz no meio de toda essa felicidade.

— Com certeza. — Estou morrendo para dizer a ela que sei sobre o clube e perguntar se ela esteve lá, mas não estou no clima. — Te vejo em breve.

— Claro, e vou te ligar amanhã.

— Tudo bem. Obrigada por me ligar.

— Sempre que precisar. Tente dormir um pouco.

— Pode deixar. A gente se fala. — Encerro a ligação e coloco o telefone na mesa de centro enquanto novas lágrimas escorrem pelas minhas bochechas. Odeio isso! Mulheres que choram por homens sempre me deixam louca. Nunca entendi por que elas ficam tão emocionadas por um cara quando há milhões de pessoas por aí. Agora entendo. Às vezes, o cara certo faz isso com você. Olho para as luzes do píer de Santa Monica ao longe enquanto revivo cada minuto que passei com Emmett, analisando cada detalhe à procura de um significado mais profundo que não existe.

Abro o pacote e fico muito feliz ao encontrar meu álbum *Abbey Road* embrulhado em plástico-bolha junto com um bilhete do cara de Nova York se desculpando por não tê-lo devolvido antes. Quero muito mandar uma mensagem para Emmett e dizer a ele que a carta deu certo, mas não posso fazer isso depois do jeito que o deixei.

Meu telefone se ilumina com uma mensagem que faz meu coração acelerar com a possibilidade de que possa ser de Emmett. Mas não é dele. É de Tom.

*Não entendo o que fiz de errado e por que você não quer me dar outra chance.*

Meu desespero é imediatamente substituído por um medo enorme quando percebo que a única maneira de me livrar desse cara é trocando de número. Só de pensar nisso, me sinto ainda mais exausta. Bloqueio o novo número. Emmett me disse para avisá-lo se Tom aparecesse de novo, mas contarei a ele quando o vir. Se contar agora, ele vai aparecer aqui com os policiais, e não quero isso hoje à noite.

Amanhã faço isso. Talvez, até lá minha cabeça esteja no lugar e as coisas possam voltar ao normal. Só posso esperar.

Não vejo Leah novamente até que eu chegue ao aeroporto de Los Angeles na tarde de quinta-feira para o voo para Napa que Addie organizou. Todos estão animados e entusiasmados para um final de semana divertido com nossos amigos mais próximos. Junto com Jasper, Ellie, Flynn, Natalie, Sebastian, Kristian, Aileen e os filhos, Marlowe trouxe seu novo namorado, Rafe, e nós o encontramos pela primeira vez.

Acho estranho que ela tenha trazido alguém em uma viagem como essa, porque ela tende a manter sua vida pessoal privada. Claro, nós a vemos em modo dominatrix nos clubes, mas ela é como eu – não costuma se relacionar – ou não costumava. Ela está bem animada com esse novo francês, que parece sofisticado demais para o meu gosto.

Mas como eu a amo e ela, obviamente, está encantada por ele, decido guardar meu julgamento até ter a chance de conhecê-lo melhor. Os pais e irmãs de Flynn virão amanhã, juntamente com a maioria dos outros convidados do casamento.

Encontro Leah sentada sozinha na última fileira. Ela está perto da janela, então me sento rapidamente no assento do corredor, assustando-a. Do outro lado, Marlowe está totalmente absorta em Rafe, então pretendo aproveitar ao máximo a oportunidade de encurralar Leah sobre o porquê de repente estou sendo ignorado por ela.

Confesso estar realmente confuso com o que aconteceu na outra noite. Ela passou de se insinuar na minha vida e cama para me ignorar por dias. Parte de mim está aliviada por ela ter mudado de ideia sobre me enlouquecer. Mas uma parte muito maior está profundamente desapontada por não haver mais brigas verbais ou prazer físico com ela. Estou surpreso pelo quanto sinto falta dessas coisas depois de alguns dias sem isso e sem ela.

Desviei — com facilidade — de uma centena de perguntas dos outros sobre o que aconteceu com meus olhos. Eu disse a eles que bati em uma porta, mas posso dizer que não acreditam em mim. Como uma porta faz um círculo completo ao redor do olho? Essa foi a pergunta de Kristian durante uma reunião ontem. Minha resposta a isso foi: *como é que vou saber como funciona uma contusão?* Se soubessem a verdade, seriam implacáveis comigo e com ela. Nunca direi a eles o que realmente aconteceu, mesmo que eu queira rir toda vez que penso nisso.

Pelo menos o inchaço diminuiu até o ponto em que posso enxergar, e o que vejo quando olho para ela me deixa muito inquieto. Ela parece torturada.

— Está pronta para falar comigo agora? — pergunto quando o avião está no ar e os outros estão conversando ou cochilando. O zumbido dos motores faz com que não possamos ser ouvidos.

Seu olhar é assustado. Gostaria de saber o que ela estava pensando, mas honestamente não tenho ideia do que está acontecendo dentro daquela sua linda cabeça. E é estranho que eu me importe o suficiente para querer saber, mas aí está. O pensamento está me deixando louco. Levanto uma sobrancelha, deixando-a saber que estou esperando que ela responda.

— Não tenho nada para falar.

— Então é isso? Você me deixa louco por meses, se esforça para me fazer gostar de você e para entrar na minha cama, e então desiste quando as coisas começam a ficar interessantes? — Talvez seja um erro confessar que estou gostando dela, mas não posso negar que passei as últimas noites tentando descobrir o que deu tão errado entre nós. Quando ela não responde, continuo: — Nunca achei que você fosse covarde. Acho que estava errado.

Isso a deixa louca. *Ótimo...* retiro os fones de ouvido da mochila e estou prestes a colocá-los quando ela diz algo que não consigo ouvir direito.

— O quê?

— Eu disse que *não* sou covarde.

— Podia ter me enganado. Você foi toda corajosa e destemida até que a merda começou a ficar séria, e então você fugiu. Não tenho certeza de que outra palavra usaria para descrever isso além de *covarde*.

— Pare de dizer isso — ela fala, quase grunhindo. — Não sou covarde.

— Você disse que me amava e depois fugiu. Acho que estou um pouco confuso sobre o que está acontecendo aqui.

— Por que você se importa? — ela pergunta em um sussurro que soa mais como um silvo. — Você não quer que haja nada entre nós.

— Quando falei isso? — pergunto com ironia.

Ela revira os olhos.

— Não finja que de repente mudou de ideia sobre querer ficar livre desimpedido. *Isso não é um relacionamento* — ela me imita com desdém. — Se lembra de dizer isso?

Me inclino o mais perto dela que consigo, invadindo completamente seu espaço pessoal.

— Me lembro de tudo. Cada. Coisinha.

Seu rosto fica vermelho, o que deixa um brilho rosado em suas bochechas. Não tenho certeza se isso é de raiva ou excitação. Ela é linda o tempo todo, mas quando está corada, é absolutamente deslumbrante.

— Não posso fazer isso — ela fala baixinho, murchando sob o meu olhar potente.

— Por que não?

Ela morde o lábio enquanto pensa o que deveria dizer.

— Não vai acabar bem para mim.

— Como sabe disso?

— Sabendo.

— Pensei que você acharia interessante saber que senti saudades de você depois que você foi embora naquela noite e nas outras também. Quando devia haver aquela mosca irritante zumbindo na minha orelha, só havia silêncio. Me senti sozinho.

Seus olhos se arregalam de surpresa, o que me encanta. Eu deveria ficar preocupado com o quanto estou feliz, mas não posso aproveitar esse tempo para entender isso quando finalmente pareço ter sua atenção.

— Sentiu?

— Sim. Muito obrigado por isso, a propósito. Estava muito bem sozinho, mas depois você forçou sua entrada em minha vida, casa e cama e me fez sentir saudades quando foi embora. Estou meio chateado com você por isso, se eu for sincero.

Sua boca se abre e se fecha, seus olhos brilham de raiva. Caramba, eu a quero, e não faz sentido negar isso a mim mesmo — ou a ela. Com as costas viradas para o corredor, apoio a mão em sua coxa e a arrasto até encontrar o calor entre suas pernas que me diz tudo o que preciso saber. Ela não está de imune a mim, como gostaria de demonstrar. E o fato de que ela não me afasta me diz ainda mais.

— Você realmente vai desistir sem lutar? Não é a sua cara.

— Não vou desistir e não aja como se me conhecesse tão bem. — Ela se contorce, e eu não tenho certeza se está tentando fugir da minha mão ou se aproximar dela. Definitivamente se aproximar... ela está pressionando contra a minha mão, então pressiono de volta.

Eu me inclino, meus lábios roçando seu pescoço.

— Se não vai desistir, isso significa que você estará na minha cama hoje à noite?

Ela estremece. É um evento de corpo inteiro que sinto, porque estou pressionado contra ela.

— Leah?

— É onde você me quer?

— Claro que sim.

— Por quanto tempo?

— O que você quer dizer?

Com a mão no meu ombro, ela me empurra para trás e me força a encará-la.

— Quanto tempo você me quer na sua cama? Uma noite? Duas? Sete? E depois? O que acontece comigo quando você achar que teve o suficiente?

— Quem disse que isso vai acontecer?

Ela me lança um olhar fulminante.

— Você mesmo disse que nunca teve um relacionamento de verdade, então por que eu deveria acreditar que está disposto a começar agora?

— Há uma primeira vez para tudo.

Ela empurra a minha mão para longe.

— Não diga coisas que não são verdade. — Seus olhos brilham com uma emoção que vai direto para o meu coração super comprometido.

— Nunca faço isso. — Seguro sua mão e entrelaço nossos dedos, segurando firme o que quero. Eu a quero. Quero *nós* dois. Pela primeira vez desde que tudo aconteceu com Elena, quero tentar ter algo real com Leah.

— Há coisas — digo, hesitante —, que aconteceram no passado e tornaram situações como esta, como nós, difíceis para mim.

Ela parece não gostar muito quando me vê descrever o que temos como uma "situação", mas parece deixar isso de lado quando percebe que estou claramente tentando compartilhar algo importante.

— Vai me falar sobre essas coisas?

Se eu quiser ter alguma chance com ela, sei que vou ter que falar. Suspirando, concordo.

— Vou. Não agora, mas depois.

— Mas não quer.

— Não costumo falar disso. Com qualquer um. É uma coisa muito dolorosa.

— Talvez seja melhor desistir agora, antes que isso seja mais doloroso para qualquer um de nós.

— É isso que você quer?

Ela mordisca o lábio inferior sexy novamente enquanto me estuda com aqueles olhos que parecem ver através de mim. Ninguém nunca me enxergou tão bem quanto ela, fazendo com que eu não possa esconder nada, nem mesmo a minha dor mais profunda.

— Só se você quiser. Foi divertido provocar, flertar e pensar em maneiras de chamar sua atenção, mas depois começou a ficar sério para mim, e não posso seguir em frente se você não se sente da mesma maneira. Eu simplesmente não posso.

— Eu me sinto do mesmo jeito.

— E não está apenas dizendo isso para me levar de volta para a sua cama?

Eu a encaro.

— Juro por Deus que não estou dizendo isso nesse sentido, embora mal possa esperar para ter você de volta na minha cama.

# *Emmett*

Leah respira fundo e solta o ar. Em seguida, sorri para mim, um sorriso grande e genuíno que preenche todos os lugares escuros dentro de mim.

— Estou com um pouco de medo de acordar e descobrir que sonhei com essa conversa.

Com a mão livre, seguro sua bochecha e viro seu rosto para receber meu beijo, que começa suave e doce, mas rapidamente se transforma em algo mais sexy e mais intenso quando sua boca se abre e nossas línguas se envolvem no momento mais sensualmente carregado da minha vida. Transei de todas as formas com mais mulheres do que posso contar, mas isso, aqui mesmo, é a coisa mais profunda que já aconteceu com qualquer uma.

Um pigarrear nos assusta e nos separamos, respirando com dificuldade enquanto olhamos para cima e encontramos Flynn olhando para nós com diversão brilhando em seus olhos.

— Então é assim, é?

— O que você quer? — pergunto, meu tom é rude e aborrecido por ele ter interrompido o beijo mais importante da minha vida.

— Flynn — Natalie diz da primeira fileira de assentos —, volte aqui e deixe-os em paz.

— Tenho uma pergunta para o meu advogado — ele responde.

— Faça a pergunta mais tarde ou vai dormir sozinho durante o fim de semana.

Uma onda de riso atravessa a cabine, tornando-se mais alta quando ele corre de volta para seu assento.

— Ele é um pé no saco — murmuro, percebendo com satisfação que as bochechas de Leah estão vermelhas de vergonha. — Onde estávamos? — Me inclino em busca de mais beijos, dos quais me viciei. Mal nos separamos para pegar ar pela próxima meia hora, até o piloto anunciar que estamos fazendo nossa descida final em Napa.

— Vamos dividir o quarto neste fim de semana — eu digo com os lábios contra sua orelha. — No segundo em que pudermos nos afastar dos outros, quero você nua e ajoelhada no meio da cama, com as mãos cruzadas e a cabeça abaixada. Alguma pergunta?

Aquele estremecimento, caramba, aquele estremecimento provoca coisas loucas em mim. Estou tão duro que tenho certeza de que não vou conseguir esconder isso dos outros quando o avião pousar.

— Não — ela responde, soando sem fôlego. — Sem perguntas.

Não tenho ideia de quanto tempo vai demorar até chegarmos onde estamos indo ou por quanto tempo seremos forçados a socializar, mas não tenho certeza de como vou sobreviver até que possa estar completamente sozinho com ela. Tenho medo de contar sobre Elena, mas ela tem o direito de saber o que vai levar comigo. Só espero que uma vez que ela ouça como falhei em proteger Elena, ainda vá me querer como agora.

Ela aperta minha mão e me dá outro daqueles sorrisos deslumbrantes que me fazem sentir extremamente importante a seus olhos. Antes desse voo memorável, eu a soltei para que ninguém nos visse de mãos dadas, mas agora quero que todos saibam que ela é minha e eu sou dela. Que estamos juntos. Há uma semana, esse tipo de declaração pública teria sido inconcebível para mim, mas isso foi antes do furacão conhecido como Leah Holt entrar na minha vida, me deixando abalado, estimulado exultante e cheio de antecipação. Não sei exatamente como ela conseguiu, mas me fez pensar e fazer coisas que são tão fora do meu normal que são quase ridículas.

Naturalmente, Flynn não pode deixar passar sem um comentário.

— O que, para meus olhos curiosos, deve aparecer...

— Cale-se — retruco quando passo por ele na pista, indo para qualquer carro que ele não esteja. Leah e eu acabamos presos no banco de trás de um SUV com Sebastian ocupando mais do que a sua parte do banco, então a puxo para o meu colo e envolvo meus braços em seu corpo.

Seb arqueia uma sobrancelha, mas felizmente se abstém de comentar. Não me incomoda que vamos ser o assunto do fim de semana. Não consigo me importar com nada além de manter Leah aqui comigo, onde estou começando a pensar que ela pertence. O que teria sido absurdo para mim há alguns dias, de repente, parece mais certo do que nunca.

— E eu que estava contando com vocês dois para me fazer companhia neste fim de semana — Sebastian fala quando estamos a caminho da vinícola.

— Talvez você encontre alguém no casamento — Leah responde.

Sebastian sorri com indulgencia para ela.

— Talvez, sim.

Ele não costuma ter relacionamentos casuais fora do estilo de vida, então duvido que isso aconteça.

— O que achamos do novo amigo de Marlowe? — ele pergunta.

Olho para Seb.

— Ele parece um pouco "engomadinho", se você sabe o que quero dizer.

— Ele é bonito — Leah acrescenta.

Belisco sua bunda, fazendo-a se assustar.

— Pare com isso! Posso dizer que eu o acho bonito.

Eu a belisco de novo, e ela revira os olhos para mim. Não quero ouvir seus pensamentos sobre qualquer outro cara e vou dizer isso a ela quando estivermos sozinhos.

— Concordo que ele parece engomadinho, mas ela está louca por ele — Seb comenta.

— Está mesmo — Leah fala.

— Não a vejo assim com um cara há muito tempo – anos — acrescento.

— Já faz um tempo — Seb concorda. — É bom vê-la tão feliz.

— Com certeza. — Ela é uma amiga tão boa para todos nós que me alegra vê-la feliz e contente. Me pergunto se Rafe é seu submisso ou se o relacionamento deles não tem relação com o estilo de vida. Recentemente, Marlowe expressou insatisfação com a cena, então talvez esteja tentando algo diferente com Rafe, da mesma maneira que estou com Leah.

Achei estranho que quando os outros encontraram o amor verdadeiro, tivessem se afastado dos clubes para conduzir suas vidas sexuais em particular. Pensei que eram bobos por se tornarem repentinamente circunspectos com relação a coisas que costumavam fazer aberta e publicamente. Mas agora que desenvolvi sentimentos genuínos por Leah, entendo. Pensar em pessoas nos observando juntos é agradável. Não quero que ninguém mais veja o que é meu, e é provavelmente assim que eles se sentem. Agora me sinto meio mal por pensar que eles estavam desistindo de algo quando, na verdade, estavam protegendo as mulheres que amam.

Será que amo a Leah? Não sei ao certo, mas sei que com certeza posso amar. Quero mais com ela, quero ter uma chance de verdade e isso é mais do que já quis com qualquer mulher desde que Elena partiu meu coração, me rejeitando em favor do homem que mais tarde a machucou. Por muitos anos, pensei de forma incessante sobre o que poderia ter sido diferente para nós dois se eu tivesse lutado mais por aquilo que eu queria com ela ao invés de me afastar para que ela pudesse ficar com quem quisesse.

Meu maior arrependimento é de não tê-la avisado sobre a má impressão que tive nas duas vezes em que encontrei seu namorado. Não falei nada, porque não queria parecer um perdedor ou diminuir sua felicidade com avisos que ela, provavelmente, não teria prestado atenção. Independentemente disso, gostaria de ter dito alguma coisa. Ah, como eu gostaria.

Aperto meus braços ao redor de Leah, acariciando seu cabelo

perfumado e sedoso com o rosto, inspirando seu perfume que se tornou familiar e reconfortante para mim.

Ela acaricia meu braço com as pontas dos dedos, e esse leve toque é como uma corrente que vibra através de mim, fazendo com que cada parte do meu corpo tenha consciência do dela. Ninguém nunca me excitou passando as pontas dos dedos sobre o meu braço. Geralmente, leva muito mais do que isso para que meu corpo reaja.

Trinta minutos depois de aterrissarmos, chegamos à grande pousada vitoriana onde vamos passar o final de semana. Fica a cerca de três quilômetros da vinícola que os sócios da Quantum possuem. A pousada é toda pintada de roxo escuro com acabamento amarelo, verde e preto. Eu não teria juntado essas cores, mas o lugar é absolutamente encantador.

Ted e Maureen, o casal dono da pousada, estão tentando não ficar chocados com os convidados ilustres. Como sempre faz, Flynn os deixa à vontade com seu raciocínio rápido e o charme sem esforço que os faz esquecer que estão conversando com uma *megastar*.

A distribuição dos quartos é feita, as chaves entregues e as direções para os quartos são dadas. Dizem que Hayden e Addie vão se juntar a nós para jantar na varanda dos fundos às sete, mas devemos ficar à vontade e confortáveis até lá. Coquetéis estão disponíveis no salão a qualquer momento. Este é o meu tipo de lugar.

Enquanto os outros sobem as escadas como um rebanho de elefantes barulhentos, seguro Leah com o braço ao redor dos seus ombros.

— Devolva sua chave — digo baixinho, assim só ela pode me ouvir.

Seu rosto ruboriza com um adorável tom rosado enquanto ela entrega sua chave à gentil mulher mais velha.

— Não vou precisar disso — ela fala.

Maureen dá uma boa olhada em mim, aparentemente achando que valho a pena, e sorri para Leah.

— Sem problemas. Me avisem se precisarem de alguma coisa.

Conduzo Leah em direção às escadas e a sigo para o terceiro andar, onde meu quarto fica em um canto. Passando por ela, uso a chave, abro a porta e a faço entrar no quarto aconchegante com uma enorme cama de dossel que será perfeita para nossas atividades extra-curriculares de fim de semana. Me preparei cuidadosamente para esta viagem, na esperança de convencê-la a me dar uma chance de ser o que ela quer e precisa. A conversa no avião foi melhor do que eu espe-rava, e estou feliz por ter me planejado com antecedência.

Desfazemos nossas malas, penduramos as roupas do casamento no armário e quando não há mais nada a fazer, nos viramos para nos encarar.

Levanto uma sobrancelha.

— Agora mesmo? — ela pergunta.

— Agora. Mesmo.

## *Leah*

Ele me observa enquanto puxo o vestido casual que usei para a viagem sobre a cabeça e tiro as sandálias de salto. De pé diante dele só de calcinha, coloco os dedos nas tiras em meus quadris e as puxo para baixo. Seguindo as instruções dadas no avião, vou para a cama, me ajoelho, cruzo as mãos e abaixo a cabeça em submissão ao que ele planejou para mim.

Estou tremendo loucamente, o que me faz sentir vulnerável e carente, mas não adianta tentar esconder essas coisas dele. Ele as verá. Ele vê tudo. Presta atenção e cuida de todos os detalhes em sua vida profissional e pessoal. Essa é uma das coisas que me atraiu quando o conheci, a maneira como ele projetou a competência calma e tranquila ao explicar o acordo de confidencialidade da empresa para mim. E sim, eu estava tão atraída por sua inteligência óbvia quanto por sua beleza estonteante.

Ele é o pacote completo e, por falar em pacotes, mesmo com a cabeça baixa, posso ver que seu *pacote* está duro e pronto para mim quando ele se aproxima da cama.

— Você está tremendo — ele fala.

— Não consigo parar.

— Está assustada?

Me lembro que ele não quer que eu tenha medo dele. Suspeito que a razão para isso é parte do que ele precisa me dizer, mas não posso pedir isso agora.

— Não, senhor. Não estou assustada.

— Excitada?

— Muito.

— O que você quer que eu faça?

— O que estávamos fazendo na outra noite antes das coisas darem errado.

— Antes da sua bunda quase atingir meu olho, você quer dizer?

Levanto a cabeça para lhe lançar um olhar irritado.

Ele ri.

— Por acaso você não está sendo atrevida com seu dominador, não é?

— E se estiver?

— Minha garota está querendo levar uma surra?

— Isso não depende de mim, senhor. Eu nunca ousaria dizer ao meu dominador como ele deveria me punir. — A conversa que tivemos no avião me libertou para deixar as coisas acontecerem e ceder às poderosas emoções e ao desejo que ele desperta em mim. Ele me demonstrou que é seguro sentir o que sinto por ele, o que torna as coisas muito maiores que antes. E já foi intenso antes. Agora, é algo completamente diferente.

— Feche os olhos e mantenha-os fechados.

Amo esse tom autoritário que ele usa apenas quando estamos jogando dessa maneira. O resto do tempo, ele é respeitoso e educado, ainda que seja um pouco desagradável às vezes. Rio comigo mesma com o pensamento de como seus olhos semicerraram quando o chamei assim.

— Tem alguma coisa te divertindo, docinho?

— Não, senhor. — Amo que ele tenha me chamado de docinho, que ele esteja aqui comigo, comprometido em tentar fazer um relacionamento funcionar depois de prometer me contar mais sobre ele e seu passado para que eu possa tentar entendê-lo melhor. Essa conversa no avião mudou tudo de várias maneiras.

— Está se sentindo congestionada ou pensando em dar outro espirro hoje?

Não consigo parar o riso que escapa apesar do meu melhor esforço para contê-lo.

Sua mão desce na minha nádega direita com um ruído retumbante que só me faz rir mais. Me descontrolo completamente, caindo na cama e segurando minha barriga enquanto rio. Quando finalmente me controlo, abro os olhos e arrisco um olhar para o meu dominador de aparência tempestuosa. Caramba, ele é tão sexy, mesmo quando está tentando ficar chateado.

— Terminou?

Mordendo o lábio para conter mais risadas, concordo.

— A culpa é sua por me perguntar como estou me sentindo.

— Bem, pode me culpar por perguntar? — Ele esfrega o olho roxo, que ainda está inchado, mas nem de perto tão ruim quanto ficou depois que aconteceu. — Só tenho dois olhos e depois de quase perder um deles, estou um pouco mais cauteloso.

Começo a rir de novo, mais forte do que antes. Não posso nem me preocupar em saber se o estou deixando irritado e, além disso, o que importa? Ele declarou, de forma enfática, que nunca estarei em perigo com ele, então posso me sentir livre para deixar as coisas acontecerem e ser eu mesma.

Ele se inclina sobre mim, segurando meus braços e prendendo-os sobre a minha cabeça antes de beijar meus lábios sorridentes.

— Pare com isso — ele grunhe.

— Pare de dizer coisas que me fazem rir e com seu olhar furioso também. Isso não me assusta.

Se movendo devagar, ele me beija de um jeito suave e persuasivo que me faz esquecer do que eu estava rindo. Ele segura meus braços com uma mão e usa a outra para segurar meu seio, apertando o mamilo entre o polegar e o indicador enquanto continua a me beijar com movimentos suaves da língua e lábios. Este beijo é sedutor e sou facilmente seduzida no que se refere a ele.

Envolvo as pernas em seus quadris e pressiono contra a ponta dura do seu pênis, que pulsa entre as minhas pernas. Eu o quero dentro de mim agora mesmo. Felizmente, ele recebe a mensagem e se empurra para dentro mim, se movendo devagar para que não me machuque. Antes dele, eu não teria pensado que seria uma experiência tão diferente ter alguém tão grande quanto ele. Do físico ao emocional, fico impressionado com ele e com o jeito que ele me faz sentir.

— Acabou a graça, não é? — ele pergunta, levantando uma sobrancelha enquanto a diversão faz seus lábios se contorcerem.

Balanço a cabeça e puxo as mãos, querendo que ele as solte para que eu possa tocá-lo.

Ele libera meus pulsos, e eu deslizo as mãos por suas costas para segurar seu traseiro musculoso, querendo trazê-lo mais para dentro de mim. Gemendo, ele atende meu pedido silencioso e me dá o resto de si, provocando uma sensação que viaja do meu núcleo para todas as outras partes de mim. Meu coração se contrai e não consigo recuperar o fôlego. Me seguro enquanto ele se move mais rápido, entrando e saindo repetidamente até que estou gritando com o gozo que me atinge como um tsunami, me deixando acabada ao final.

Ele está bem ali comigo, seus dedos apertando meu ombro e quadril quando ele me penetra uma última vez, me enchendo com o calor de sua libertação.

— Puta que pariu — ele murmura quando cai em cima de mim.

Considero isso um bom sinal. Eu o abraço, acaricio suas costas e passo meus dedos pelo seu cabelo, que está úmido de suor. Normalmente, caras suados me enojam, mas não esse cara. Tudo nele me excita.

— Fomos barulhentos — ele fala, parecendo perceber só agora onde estamos e quem poderia estar ouvindo.

— Também é culpa sua por transar comigo até quase me deixar desmaiada.

— Você está desmaiada?

— Não tenho uma célula cerebral funcionando depois disso.

— Nem eu. — Ele se apoia nos braços e olha para mim. — Não te machuquei, não é?

— Não mesmo.

— Que bom. — Ele se retira de mim e se acomoda ao meu lado na cama, colocando o braço ao meu redor para me manter por perto.

— Queria dizer que recebi minha cópia de *Abbey Road* de volta – com um pedido de desculpas.

— É bom que tenha recebido.

— A carta que você escreveu para ele deve ter sido terrível.

— Foi, se eu for sincero.

— Obrigada por fazer isso por mim.

— Fico feliz em ajudar.

— Havia algo que você ia me dizer...

— Eu sei. — Ele brinca com uma mecha do meu cabelo, enrolando-a em seu dedo. Após um longo período de silêncio, ele começa a falar em um tom suave que é cheio de emoção. — Quando eu estava na faculdade, em Berkeley, conheci uma mulher chamada Elena no quarto semestre e imediatamente me senti atraído por ela. Ela havia se transferido de uma faculdade comunitária e estava muito animada por finalmente estar na universidade dos seus sonhos. Me ofereci para mostrar o lugar a ela e apresentá-la aos meus amigos.

— Foi muito gentil da sua parte.

— Bem, tive um motivo oculto. Também queria que ela se apaixonasse loucamente por mim.

— E isso aconteceu?

— Não exatamente. Eu a apresentei a meu amigo Brad, e ela se apaixonou loucamente por seu colega de quarto, Andrew.

— Nossa.

— Sim, fiquei super chateado, especialmente quando notei que as coisas com Drew, como ela o chamava, não eram nada perfeitas. Ela vinha para a aula com hematomas nos braços e os olhos vermelhos de tanto chorar. Implorei para que ela falasse comigo, mas ela se recusou a falar a respeito e me pediu que ficasse fora daquilo.

Meu estômago dói quando tento descobrir para onde isso vai acabar.

— Tentei fazer o que ela me pediu, mas estava tão chateado com a possibilidade de ele machucá-la, que fui vê-lo e disse que se ele continuasse a bater nela ia se ver comigo e meus amigos.

— O que ele disse?

— Disse que eu estava louco, que ele a amava e nunca colocaria um dedo nela. Também mencionou ter descoberto que eu tinha sentimentos por ela e que sentia muito que o relacionamento deles me magoasse.

— Argh.

— Sim, saí de lá sentindo que ele não era um cara malvado e talvez eu tivesse interpretado mal a situação.

— E tinha?

— Não — ele responde com a expressão sombria e os olhos fixos. — Não interpretei mal. Naquela noite, ele a espancou tanto que ela acabou em coma por quatro meses.

— Ah, Emmett. Ah, meu Deus. — Lágrimas enchem meus olhos quando imagino seu desespero e desgosto. — Sinto muito.

— Foi um baita pesadelo. Na primeira semana, tínhamos certeza de que ela ia morrer e depois ficamos preocupados com o que aconteceria se ela sobrevivesse. Ela passou por uma cirurgia para aliviar a pressão no cérebro.

— Diga-me que ele foi preso, que ele não escapou ileso.

— Eles o pegaram. Está preso desde aquele dia. As amigas dela... nós vamos a todas as reuniões do conselho de condicional para implorar que o mantenham na prisão, onde ele pertence. Até agora, atenderam aos nossos pedidos, mas tenho certeza de que o deixarão sair em algum momento.

— E Elena... — estou quase com medo de perguntar.

— Saiu do coma depois de quatro meses, mas ficou permanentemente incapacitada. Tem as emoções e a inteligência de uma garotinha. Antes disso, ela era brilhante e sonhava em se formar em direito. Era algo que tínhamos em comum.

— Sinto muito, lamento o que aconteceu com sua amiga e por você se culpar todo esse tempo.

— A quem mais devo culpar? Ela conheceu o cara por minha causa, e ele lhe deu uma surra porque o confrontei depois que ela me implorou para ficar de fora.

— Não é culpa sua, Emmett. Você não a machucou. *Ele* fez isso.

— Racionalmente, entendo isso, mas gostaria de não ter agravado a situação ao confrontá-lo quando ela me disse para não fazer.

— Você estava cuidando de alguém que amava. Ninguém pode culpá-lo por isso. — Acaricio seu rosto e cabelo, desejando que houvesse algo que eu pudesse fazer para aliviar sua óbvia agonia. — Onde ela está agora?

— Em uma clínica de cuidados residenciais em Pacific Palisades. Eu a vejo uma vez por mês e mantenho contato com a família dela.

— Pacific Palisades. Isso deve ser caro.

— É, mas vale cada centavo para ter certeza de que ela tem tudo o que precisa.

— Há quanto tempo você está pagando por seus cuidados?

Ele me olha, parecendo surpreso por eu ter chegado à conclusão de que ele assumiu a responsabilidade por ela. Suspirando, ele responde:

— Desde o começo. Ela está na clínica há dez anos, desde que seus pais chegaram ao ponto em que não podiam mais cuidar dela.

— Amo você, Emmett. Amo tudo em você, mas principalmente, amo o quanto você se importa com as pessoas de que gosta e a maneira como cuida de todos.

— Não cuidei dela – não do jeito que deveria.

— Você fez tudo que podia para tentar tirá-la de uma situação ruim. Você tem que parar de se culpar por algo que estava fora de seu controle.

— Você parece o terapeuta com quem me consultei por anos depois do que aconteceu. Ele costumava dizer a mesma coisa. Não tenho muitos arrependimentos na vida, mas a única coisa que faria diferente, se pudesse, é aquele último dia. Eu pegaria a mão dela, a arrastaria para o meu carro e a levaria para longe do campus, para longe dele.

— Ela teria voltado correndo no minuto em que pudesse. Sabe disso, não sabe?

Ele segura minha mão e entrelaça nossos dedos.

— O terapeuta também disse isso. Talvez você tenha deixado de lado a sua vocação.

— Não havia nada que você pudesse fazer por ela, Emmett. Ela tinha que querer se salvar e ainda não estava nesse ponto.

— Talvez ela tivesse chegado a isso se eu tivesse ficado de fora.

— Sinto muito que você tenha se torturado tanto com isso por todos esses anos. Agora entendo por que você é relutante em se envolver com alguém e porque gosta de ser dominador na cama. É porque há muitas coisas que você não pode controlar. — Muita coisa faz sentido agora, diante dessa informação.

— Você me entendeu completamente — ele fala, mostrando um sorrisinho. — A Marlowe sabe sobre a Elena, mas os outros não, então mantenha isso entre nós, tá?

— Claro. Vocês não eram amigos do Flynn e do Hayden naquela época?

— Eu era, mas fomos para faculdades diferentes, então eles não estavam por perto quando aconteceu. Depois foi muito doloroso para falar com meus amigos. Contei a Marlowe a respeito em uma noite em que ficamos bêbados juntos há anos, mas ninguém mais.

— Entendo e prometo que não vou dizer nada.

— Ouvi o que você disse antes e quero que saiba que tenho sentimentos muito fortes por você também. Não sou tão bom em articulá-los como você, mas eu os sinto.

— Sei que sente. Posso dizer pelo jeito que você me toca, beija e faz amor comigo que você se importa.

— Sim e não conseguiria evitar de sentir tudo isso mesmo se eu tentasse muito.

— Você não é páreo para mim.

tiraminas palavras tiram uma gargalhada dele e fico muito agradecida.

— Suspeito que não haja um homem vivo que seja capaz de derrotar Leah Holt quando ela decide algo em seu coração.

— O único que tenho em meu coração é você. — Eu o beijo, colocando tudo o que sinto por ele no beijo mais apaixonado que já dei a alguém. E quando ele me coloca por cima e me penetra de novo, estou absolutamente perdida para ele.

# 16

Emmett

Paz tem sido uma coisa ilusória em minha vida desde que tudo aconteceu com Elena. Durante anos, fui um desastre ambulante. Deixei a faculdade por um semestre antes de voltar para terminar, principalmente por medo de que se eu não tivesse algo para fazer, acabaria em apuros devido à raiva que não conseguia controlar.

Hayden apresentou a mim e ao Flynn o estilo de vida BDSM, que ele descobriu em um set de filmagem. O estilo de vida acabou se revelando algo bom para mim, porque me dava a oportunidade de resolver meus problemas em um ambiente seguro, são e consensual, e também me dava um lugar para me esconder de relacionamentos reais e conexões significativas com mulheres. Fiquei mais do que satisfeito com as interações superficiais por todos esses anos. Mesmo quando meus amigos começaram a se relacionar e se estabelecer, eu não tinha nenhum desejo real de ter esse tipo de coisa em minha vida.

Mas Leah me mudou e, embora possa parecer que aconteceu rápido demais, está acontecendo há meses, desde que a vi pela primeira vez no casamento de Flynn e Natalie em fevereiro. Me lembro de pensar que ela era gostosa de um jeito só seu, mas depois descobri que ela só tinha vinte e poucos anos e dei um passo para trás. No primeiro dia de volta ao trabalho depois do casamento, descobri que Marlowe havia contratado Leah para ser sua assistente e meu primeiro pensamento foi *droga, isso vai ser um problema.*

Eu não tinha ideia do tamanho do problema que ela seria para mim ou como mudaria minha vida de uma forma que nunca vi acontecer. Contar a ela sobre Elena foi algo muito importante para mim, e ela disse todas as coisas certas. Sua angústia genuína por mim e por Elena me emocionou profundamente, e observando-a agora enquanto ela conversa com Natalie, Addie, Ellie e Aileen, não posso negar que estou me apaixonando por ela.

Estou tentando descobrir quando ela parou de ser uma mosca irritante zunindo em meu ouvido e conseguiu entrar no meu coração. Independentemente de como isso aconteceu, estou cheio de uma sensação incomum de paz e contentamento, porque ela está aqui comigo e, por alguma estranha razão, ela decidiu que me ama, e isso me faz sentir como o cara mais sortudo do mundo. Ela está usando um vestido vermelho sexy com flores brancas que se agarra a cada curva deliciosa e me faz desejá-la como se eu não tivesse feito amor com ela duas vezes agora pouco.

Afasto meu olhar dela e sintonizo a conversa que está acontecendo ao meu redor.

— Já vi isso antes – recentemente, na verdade — Sebastian está dizendo. — A cabeça na lua, o olhar, o desaparecimento por horas a fio, barulhos estranhos vindos do quarto. Ele tem todos os sintomas.

Porra, eles estão falando de mim.

— O que você tem a dizer em sua defesa, doutor? — Flynn pergunta, as mãos nos quadris e a expressão séria de um jeito cômico.

— Vai se ferrar?

Hayden, Jasper e Kristian começam a rir.

— Estou muito magoado — Flynn continua. — Como um dos seus amigos mais antigos e queridos, tenho o direito de saber o que está acontecendo.

— Quem disse que você é um dos meus amigos mais queridos? — pergunto, me divertindo às suas custas como sempre.

— Ele pegou você, Flynn — Jasper comenta, fumando um charuto enquanto tomamos bebidas no fim da tarde na ensolarada na varanda dos fundos da pousada.

— Como é possível que todos tenham se envolvido quando comecei a sair com a Nat, mas não posso fazer perguntas?

— Não é da sua conta — Hayden fala.

— No entanto, foi da conta de todos os outros quando era minha vida — Flynn reclama. — Estou vendo como isso funciona.

— Tecnicamente, você me paga para que suas coisas sejam da minha conta também — digo a ele enquanto me inclino para pegar o fósforo de Hayden. Ele trouxe bons charutos para o fim de semana e, embora eu não costume fumar, quando são bons, estou dentro.

— Isso é verdade mesmo — Kristian fala.

— Então você está com a Leah agora? — Flynn pergunta. — Oficialmente?

Solto a fumaça na sua direção.

— Sim.

Ele arregala os olhos. Não estava preparado para eu desistir tão facilmente.

— E antes que você possa perguntar, conversei com o Kristian, e ela com a Marlowe.

— Você é o único que se preocupa com essa merda — Hayden comenta.

— Claro — eu digo —, já que você está prestes a se casar com uma das nossas funcionárias administrativas. Você conversou sobre isso com alguém?

— Com quem é que eu deveria ter conversado sobre essa merda? — Hayden grunhe.

Rimos do jeito que ele diz isso, porque é verdade. Nem ele nem Flynn precisam falar nada com ninguém, mas é divertido implicar com ele. Assim como Flynn, não haverá contrato antes do casamento de Hayden. Meus dois melhores amigos se casaram por amor verdadeiro, e eu não poderia estar mais feliz por eles. A princípio, me preocupei quando Flynn se recusou a considerar meu conselho para assinar um acordo pré-nupcial com Natalie, mas percebi que ele estava certo. Os dois não precisam de um.

Me sinto igualmente confiante em relação a Hayden e Addie. Ele é um homem mudado desde que se deu permissão para amar Addie do jeito que ela quis por tanto tempo. Ele ainda é um saco, como sempre foi quando se trata da sua arte, mas longe do trabalho, vimos um lado mais suave que só surgiu depois que ele se comprometeu com Addie.

Eles são ótimos juntos e estamos todos ansiosos pelo casamento no sábado.

As mulheres se aproximam para se juntar a nós. Estendo a mão para Leah e quando ela a segura, dou um puxão gentil que a faz cair no meu colo.

— Caramba — ela dispara. — Que tal um pequeno aviso antes de fazer isso?

— Onde está a diversão nisso? — pergunto a ela.

— Sua berinjela deve estar bem melhor para você estar fazendo besteiras desse jeito — Kristian fala.

— Posso atestar que a berinjela dele está ótima — Leah responde. — Em perfeitas condições de funcionamento.

Os outros morrem de rir enquanto eu balanço a cabeça com sua irreverência.

— Ele ainda está um pouco roxo, mas isso é de se esperar — ela acrescenta.

Cubro sua boca com a mão.

— Não acho que isso será suficiente para calar sua boca — Natalie fala.

Leah morde minha mão, com força suficiente para me fazer estremecer.

— Viu o que ela disse? — Usando o polegar, ela aponta para Natalie.

— Deus te abençoe, meu bom homem — Jasper fala com expressão grave. — Tenho a sensação de que você vai precisar.

Leah abre um grande sorriso, satisfeita consigo mesma.

— Continue assim — sussurro em seu ouvido. — Você vai pagar pela sua insolência na hora de dormir.

Ela se move para que possa sussurrar no meu ouvido.

— Adoro quando você me bate.

Suas palavras viajam diretamente para o meu pau, que estava se comportando até então.

— Pare com isso — grunho em um tom baixo.

Mas é claro que ela não pode parar. Em vez disso, ela se move de um jeito provocante no meu colo, se certificando de que eu esteja tão desconfortável quanto possível.

Aperto os braços ao seu redor, tornando impossível para ela se mover.

Ela inclina a cabeça para trás e ri e enquanto eu a observo, me ocorre que não há como voltar a quem eu era há algumas semanas, quando pensava que estava fazendo um bom trabalho em resistir à ameaça que ela representava para a minha vida bem ordenada. No momento em que percebo que não voltaria se pudesse, sei que minha vida mudou por causa dela. E estou muito bem com isso.

## *Leah*

Na sexta-feira, passamos a maior parte do dia na piscina, onde somos servidos pelos funcionários atenciosos da pousada que nos trazem comida e bebidas o tempo todo. A noiva e o noivo saíram há uma hora para ver os arranjos para o jantar de ensaio hoje à noite e os planos finais para amanhã.

— A Addie sabe mesmo como fazer as coisas do jeito certo — Jasper fala de uma das boias da piscina.

— Sabe, sim — Flynn concorda. — Por que você acha que eu a amo tanto?

— Você a ama porque ela faz tudo por você — Kristian responde.

— Isso é verdade — Natalie concorda. — E o que ela não faz, eu tenho que fazer.

— Isso *não* é verdade — Flynn protesta.

— Amor — Natalie fala, batendo na perna dele —, é hora de aceitar a verdade de que você é completamente dependente das mulheres em sua vida.

— Posso viver com isso — ele diz, se aconchegando a ela e apertando sua bunda.

— Este é um programa de família — Kristian lembra, apontando para Logan e Maddie que estão brincando na parte rasa da piscina.

— Tenho certeza de que eles veem coisa muito pior em casa — Flynn retruca,

— É verdade — Aileen confirma. — Estou um pouco preocupada com o exemplo que estamos dando para eles.

— Estamos dando um exemplo perfeito — Kristian diz, beijando o topo de sua cabeça. Os dois estão sentados juntos em uma espreguiçadeira. — Eles conseguem ver o quanto o papai ama a mamãe. Na verdade, estávamos pensando em tornar as coisas oficiais no final do mês. Faremos isso na nossa casa e daremos uma festa depois.

— Que notícia fantástica, pessoal — Ellie fala, olhando para Jasper. — Estávamos pensando em fazer algo semelhante, se eu pudesse convencer minha mãe a me deixar casar sem tornar a cerimônia um espetáculo.

— Como ela sabe fazer bem — Flynn fala.

— Exatamente — sua irmã responde. — Sou uma noiva de trinta e seis anos que não quer ostentar. Só quero me casar com meu amor.

— Ahhh, amor — Jasper fala, soprando-lhe um beijo da piscina.

— Ainda não sei como você não goza espontaneamente quando ele te chama de amor com esse sotaque — eu digo, fazendo todos rirem enquanto me abano.

Emmett me dá um dos seus olhares obscenos, que são sua marca registrada, da cadeira ao lado da minha.

Sorrio de forma inocente para ele. Sim, eu amo meu homem ranzinza, mas também adoro ouvir Jasper falar com aquele sotaque sexy. No entanto, saber que Emmett está com ciúmes do apreço pelo sotaque de Jasper me agrada muito.

Me mexo para encontrar uma posição mais confortável, estremecendo quando meu traseiro bem espancado protesta com o movimento. Todo o meu corpo dói com a ação da noite passada e estou exausta por quase não ter dormido. Esticando os braços sobre a cabeça, percebo que o olhar de Emmett está fixado em meus seios.

— Vou tirar um cochilo.

— Estava pensando em fazer o mesmo — Emmett diz.

— Eles não estão nem tentando esconder o fato de que querem transar — Kristian fala, dando mais risada. Felizmente, as crianças estão longe o suficiente para não conseguirem ouvir essa conversa.

— Quero mesmo tirar uma soneca — respondo.

— Eu quero transar — Emmett fala, fazendo os outros gargalharem.

Tento empurrá-lo para longe de mim, mas ele não se move facilmente.

Ele passa um braço ao meu redor e me leva até a varanda dos fundos enquanto nossos amigos gritam todo tipo de comentário para nós.

— Isso foi constrangedor — digo a ele quando entramos.

— Não achei que fosse possível te deixar constrangida.

— É possível, especialmente quando se anuncia isso para todos que conhecemos.

Atrás de mim, ele aperta minha bunda.

— Você queria um relacionamento real. Aqui está, com defeitos e tudo mais.

— Por defeitos, você quer dizer compartilhar nossa intimidade com nossos amigos?

— Você já conhece esse grupo por tempo suficiente para saber que não há segredos.

— Talvez pudéssemos ter alguns.

— Já temos. — Ele me segue para nosso quarto, fechando e trancando a porta. — Por exemplo, eles não têm ideia de como eu realmente consegui o olho roxo.

Me viro para encontrá-lo sorrindo, seus olhos brilhando de alegria quando ele recebe exatamente a reação que queria de mim. Ele parece muito feliz e relaxado. Vê-lo assim me deixa sem fôlego.

— O que foi? — ele pergunta.

— Você parece feliz.

— Eu estou feliz.

— Por minha causa? — As palavras saem antes que eu possa decidir se deveria fazer a pergunta que demonstra insegurança.

— Hum — ele murmura, dando de ombros. — Acho que sim.

Magoada, me afasto dele, que me abraça por trás.

— Caramba, sim, é por sua causa — ele diz com a voz rouca. — Rio e sorrio mais ultimamente do que antes. Você me faz rir e me faz feliz.

Não posso lidar com o excesso de emoção que me preenche quando ele confessa essas coisas para mim, especialmente porque sei que não é fácil para ele falar sobre seus sentimentos.

— Você não vai ficar quieta comigo agora, vai?

— Quero me virar.

Ele solta seu abraço o suficiente para que eu possa me virar e encará-lo.

Deslizo as mãos por cima do peito bem definido e emolduro seu rosto.

— Você também me faz feliz.

— Mesmo quando digo aos nossos amigos que quero transar com você?

— Mesmo assim. — Eu o atraio para um beijo que começa lento e doce, mas rapidamente fica quente e sensual. Abraçados, nos beijamos por um longo tempo antes de antes de me afastar lentamente. — Emmett.

— Hummm? — Ele está beijando meu pescoço e me deixa louca com as mãos nos meus seios. Em algum momento, ele removeu a parte de cima do biquíni. Eu estava tão absorta nele que não senti isso acontecer até que suas mãos pousaram nos meus seios nus.

— Poderíamos fazer o que estávamos fazendo na outra noite antes, você sabe...

— Quando você espirrou e quase me cegou?

Belisco sua bunda com força.

— Ai — ele geme, rindo. — É isso que você quer dizer?

— Sim — respondo com os dentes cerrados. — E não me chame de espirro ou vou começar a rir e nada vai acontecer.

— Certo. Nada de apelidos além do meu favorito – pit bull. — Ele desliza os polegares sobre meus mamilos até que eu esteja à beira de implorar por mais. Dando um leve apertão em cada um, ele me faz suspirar. — Suba na cama, bunda para cima, pernas abertas, cabeça baixa. Não fale, a menos que eu faça uma pergunta direta e *não* dê risada. Entendeu?

— Sim, senhor.

Ele respira fundo e solta o ar, e adoro saber que testo seu controle, que eu o entendo e que ele ama isso tanto quanto eu.

Como ele não me disse explicitamente para remover a parte de baixo do biquíni, eu o deixo quando subo na cama e fico na posição solicitada. Eu o ouço se mover pelo quarto. Ouço o som do velcro se abrindo quando ele tira o calção de banho. Eu o sinto subir na cama. Sinto o calor do seu corpo perto do meu, mas ele não me toca por um longo e enlouquecedor minuto.

Não fizemos nada e já estou muito molhada por ele. Nunca reagi a qualquer homem do jeito que reajo a ele.

Meu telefone toca. Não me ocorre parar o que estamos fazendo para responder.

Toca de novo.

E mais uma vez.

— Que porra é essa? — Emmett murmura quando sai da cama para pegar o celular da bolsa que levei para a piscina. — Três chamadas de um número desconhecido. De onde será?

Espero que não seja Tom de novo... como eu estava evitando Emmett, não contei a ele sobre a ligação que recebi na outra noite depois que saí do seu apartamento.

— Desligue-o.

Por cima do ombro, vejo-o desligar o aparelho e jogá-lo de volta na bolsa antes de voltar para a cama. Ele segura a minha bunda e dá um aperto suave.

— Está dolorida?

— Um pouco.

— Sinto muito — ele fala, se inclinando para beijar o centro das minhas costas.

— É um tipo bom de dor.

— Vou ser gentil com você hoje.

— Não é necessário.

— Não é você quem está no comando aqui, lembra?

— Hummm, certo. — Nós dois sabemos que estou no comando, porque posso parar o que estamos fazendo com uma palavra. Mas eu o deixo pensar que ele é o chefe quando estamos na cama, porque ele gosta muito disso – e sempre me beneficio do seu domínio com o tipo de orgasmo que eu achava que só acontecia em filmes pornográficos.

— Você me assusta quando é tão gentil — ele fala.

Meu riso se torna um gemido quando ele desamarra as tiras em meus quadris e remove a parte de baixo do biquíni, me deixando nua diante dele.

Ele passa as mãos pelas minhas nádegas com gentileza, como prometido, enquanto tento não me contorcer pelo desejo que me atinge como um fio ligado a uma usina nuclear. Tudo o que ele tem a fazer é me olhar para que eu o deseje, mas quando ele me domina, o desejo se torna algo maior e mais opressor. É diferente de tudo que já experimentei antes de estar com ele.

Emmett desliza algemas de pele sobre meus pulsos.

— Mantenha-os bem aqui.

Quando umedeço os lábios, completamente secos, confesso ter sido cética e um pouco ignorante sobre o BDSM, permitindo que as percepções se tornassem minha realidade. Estou achando que eu era completamente ignorante sobre o que é realmente até que Emmett me mostrou o quanto pode ser poderoso entregar seu prazer a um parceiro e como é transformador se entregar completamente. Também requer um nível de confiança que nunca tive com outro homem, o que aprofunda tanto os vínculos emocionais quanto os físicos.

Confio em Emmett para cuidar do meu prazer e meu bem-estar, o que torna possível deixar minhas preocupações de lado para me concentrar exclusivamente no prazer. E o prazer é sublime. Não tenho certeza se isso é por causa da antecipação que vem de não estar completamente certa do que vai acontecer a seguir ou se é porque sei que os orgasmos serão épicos. Talvez seja as duas coisas, além de saber que ele está completamente focado em mim neste tempo que temos juntos. Não há mais ninguém, mais nada a não ser nós dois e a atração louca que parecemos não saciar, não importa o quanto tentemos. E tentamos muito, *muito mesmo*.

Seus lábios roçam ao longo da minha espinha dorsal de cima para baixo, a língua acariciando as reentrâncias da parte inferior da minha coluna. O leve toque das suas mãos e língua me eletrificam. É assim que as coisas são com ele. Ele mal me toca e sou despertada, com todas as partes do meu corpo focadas no que estamos fazendo. Não deixo de notar que ele está arruinando o sexo com qualquer um além dele — e estou deixando isso acontecer. Talvez eu me arrependa, mas, por enquanto, estou muito fascinada por ele para me preocupar com o futuro.

Sou como uma grande terminação nervosa enquanto seus lábios se movem sobre a pele supersensível do meu traseiro. Faço o possível para não me dissolver em uma gota de necessidade na cama. Manter a posição que ele pediu é um desafio com as pernas tremendo loucamente. O clique da tampa da embalagem de lubrificante pode também ser uma explosão de espingarda pela forma como aumenta a ansiedade e o desejo. Nunca senti as duas coisas ao mesmo tempo antes, e é incrível como a ansiedade alimenta e aumenta o desejo.

Meu coração bate tão forte que posso ouvi-lo vibrar nos meus ouvidos e sentir o pulsar no meu pescoço e pulsos.

Ele aplica o lubrificante no meu traseiro e desliza os dedos na entrada apertada.

Me concentro em respirar, em permanecer calma e tentar lhe dar tudo o que quiser sem estragar as coisas. Quero que ele me veja como uma mulher madura e sexy que é igual a ele em todas as coisas, não como uma garotinha que ri como uma idiota sempre que ele me toca desse jeito.

— Empurre e me deixe entrar — ele fala naquela voz rouca que eu amo tanto.

Sigo suas instruções e pressiono contra seus dedos, que deslizam em mim com facilidade. Eu não tinha ideia de que gostaria tanto de sexo anal até que ele me mostrou como pode ser excitante. Ele me penetra com os dedos e, de repente, os retira.

Então, os substitui rapidamente pelo plug.

— Vamos tentar de novo, não é? — Ao contrário da última vez, ele não me provoca ou me atormenta. Em vez disso, coloca uma pressão constante no plug, que é muito maior do que seus dedos. Começo a me sentir em pânico e incerta de que posso fazer isso.

— Respire — ele fala.

Solto um suspiro e respiro fundo.

Enquanto respiro, ele acomoda o plug.

— Essa é minha garota. Você conseguiu.

Pisco para afastar as lágrimas que me fazem pensar de onde elas vieram. Por que estou chorando? Não tenho ideia, mas a sobrecarga emocional é significativa, e não consigo parar as lágrimas que fluem sem parar.

— Fale comigo — ele pede. — Como está se sentindo?

— Sobrecarregada.

— De um jeito ruim?

— Não. De um jeito bom.

— Você é tão sexy e doce. Não tem ideia do quanto eu te quero.

— Me mostre.

# 17

*Leah*

Ele pressiona o pau duro contra a minha boceta e a primeira metade desliza para dentro de mim sem resistência. Mas essa é a única parte que é fácil. O plug torna as coisas mais apertadas do que o normal, e somos um encaixe perfeito sem ele.

— Me avise se doer.

— Não está doendo. — Agarro um punhado de edredom, procurando algo em que me segurar enquanto ele me leva no passeio mais selvagem que já fiz. Então ele puxa o plug com uma mão enquanto pressiona meu clitóris com a outra, e eu atinjo um orgasmo muito poderoso, minha mente fica vazia e meu corpo tensiona com tanta força que vejo estrelas. Me recupero do clímax incrível para perceber que sou a única que explodiu. Ele ainda está duro como uma rocha e se move dentro de mim, seus dedos apertando meus quadris enquanto entra e sai.

Não consigo acreditar quando sinto o orgasmo se formar de novo, tão rapidamente depois da última vez. Ouvi falar de mulheres que tinham orgasmos múltiplos, mas nunca fui uma delas.

Ele puxa o plug novamente.

— Quero você aqui. Me diga que você também quer.

Esse pensamento me assusta. Não nego, mas acredito que ele vai fazer com que seja incrível para mim, então afasto o medo para dar a ele algo que nunca dei a mais ninguém.

— Também quero.

Seu gemido é o som mais sexy que já ouvi. Ele se afasta de mim lentamente e então me vira, afastando o cabelo do meu rosto.

— Oi — ele fala, mostrando o sorriso potente que me transformou em mingau desde o início.

— Oi.

— Como está?

— Nada mal, e você? — Com os braços ainda esticados sobre a cabeça, meus seios estão empinados e apertados contra o peito dele enquanto seu pênis duro pulsa em meu clitóris.

Seus dedos deslizam pelo meu rosto e o jeito que ele me olha...

Vejo tudo o que quero e preciso em seus lindos olhos.

— Me diga a verdade. Você realmente quer fazer isso?

— Quero tentar. — Me sinto corajosa e fortalecida. Ele me proporcionou esse sentimento e quero dar o que ele quer.

— Qual é a sua palavra segura para isso?

— Quantum.

— E vai usá-la se precisar?

— Vou, sim.

Segurando minha bochecha, Emmett me beija e sinto a emoção vindo dele. É tão poderoso quanto o que sinto por ele. Não tenho nenhuma dúvida sobre isso. Ele deixa uma trilha de beijos na frente do meu corpo, acariciando cada seio e passando a língua de leve sobre meus mamilos. Estou tão excitada que até o menor toque é potente demais.

Se ajoelhando entre as minhas pernas, ele mantém seu olhar fixo em mim enquanto aplica o lubrificante sobre o pênis, que está tão duro que parece maior que nunca. Imagino o que acontecerá agora.

Engulo em seco, assustada, mas determinada a tentar. Vou manter a palavra segura na ponta da língua e não hesitarei em usá-la se for demais para mim.

Ele puxa o plug, o remove e o substitui pelo pênis muito maior.

Meu primeiro pensamento é *puta merda, não. De jeito nenhum! Não tem jeito de isso acontecer.*

— Olhe para mim.

Meu olhar encontra o seu e imediatamente acho meu centro. Está bem ali nele e a visão do seu rosto me lembra de que ele se importa, que confio nele, que ele prefere morrer a me machucar. Acredito nisso, especialmente depois do que ele me contou sobre Elena.

— Com calma e devagar — ele fala, fazendo movimentos pequenos e de forma gradual.

Dói muito, mas não é insuportável. Ainda não.

— Continue respirando. Respire fundo. É isso aí. Você está indo muito bem. — Ele acaricia meu pescoço, e o roçar da barba contra a minha pele é impressionante pelo modo como as sensações viajam por meu corpo inteiro, parecendo convergir onde estamos unidos. — Pronta para mais?

Choramingo. Não posso. Começo a me debater, tentando me afastar da invasão, mas ele pressiona meus quadris para continuar a me segurar.

— Precisa da sua palavra segura?

Balanço a cabeça.

— Diga as palavras.

— Não.

Ele me penetra mais, e eu grito — não da dor, que ainda está presente, mas pelo prazer que se mistura com a dor para me levar a um ápice mais intenso do que antes. É um outro nível que não conseguiria descrever nem se todas as palavras do mundo fossem disponibilizadas para mim. Quero implorar a ele que pare e para que não pare nunca. Sei que isso parece loucura, mas é assim que me sinto.

— Você é tão gostosa e apertada — ele sussurra naquela voz rouca e sexy que me cativa. — Me excita como ninguém nunca conseguiu.

Ouvir isso é como se gasolina estivesse sendo derramada no fogo que queima dentro de mim e me vejo levantando os quadris a procura de mais.

Ele geme e vem de encontro ao meu corpo, entrando em mim completamente naquela estocada final.

— Leah... caramba, você é incrível.

— Quero minhas mãos.

As algemas são imediatamente liberadas e envolvo meus braços em seu corpo, precisando me segurar para o que vem a seguir. Enquanto está acontecendo, não posso realmente acreditar que estou fazendo isso, mas ele flexiona os quadris e me lembro de que não apenas estou fazendo, mas que ainda não acabou. Ainda vai demorar.

— Preciso me mover — ele fala. — Você está bem?

— Estou. — Ergo meus quadris de forma sutil para encorajá-lo a fazer o que ele quer. Nesse momento, ele poderia me pedir qualquer coisa e eu encontraria uma maneira de dar a ele. Estou perdida, arruinada para qualquer um que não seja ele e mais apaixonada do que jamais imaginei ser possível.

— Se segure em mim. Não se solte.

— Não vou soltar. Nunca.

Ele começa a se mover, recuando quase completamente antes de me preencher de novo. Faz isso repetidamente, me acariciando de forma suave, mas insistentemente, o que me faz escalar para algo completamente diferente, algo enorme que parece quase fora de alcance até que seu polegar encontra meu clitóris e gozo mais forte do que a primeira vez. Tudo fica em branco e sou transportada. A única coisa que sinto é pura felicidade.

## *Emmett*

Ela está no subespaço. Já vi isso antes, então reconheço, mas ainda estou abalado pela profundidade em que ela o atinge e quanto tempo leva para trazê-la de volta. Mesmo depois de um orgasmo épico, ainda estou duro, mas não ouso me retirar dela até que ela esteja ciente e preparada. Beijo seu rosto e lábios, que estão curvados em um sorrisinho satisfeito, fazendo meu coração palpitar com ternura, o que é muito novo para mim. Sou sempre cuidadoso e respeitoso com as mulheres, especialmente durante as cenas, mas esta aqui... ela se infiltrou tanto dentro de mim que nunca vou afastá-la, nem quero. Eu a quero bem aqui comigo, onde ela pertence.

Beijo seus lábios, suas bochechas, seu queixo determinado e a ponta do nariz.

— Leah. — Passo a ponta da língua sobre seus lábios. — Querida, fale comigo.

— Hummm.

— Você está aí?

— Hummm-hummm.

— Abra os olhos.

— Não posso. Estão muito pesados.

Beijo as pálpebras fechadas e inspiro seu cheiro, um perfume que eu reconheceria em qualquer lugar neste mundo como sendo ela, como minha.

— Leah...

Ela se força a abrir os olhos, seu sorriso se ampliando enquanto ela me coloca em foco.

— Consegui.

— Conseguiu mesmo. — Me divirto com ela, como sempre. Então flexiono um pouco os meus quadris para lembrá-la de onde estou caso ela tenha se esquecido.

Seu gemido viaja direto para minhas bolas e meu pau se expande dentro dela, o que realmente dói. Meu pau está melhor do que há alguns dias, mas não está totalmente recuperado, e está doendo pelo esforço que acabei de fazer.

— *Nãoooo. Saia.*

Rindo, me retiro devagar e com cuidado enquanto ela ofega e se contorce.

— Fique aí — digo a ela, beijando-a mais uma vez.

— Não conseguiria me mexer nem se precisasse.

Vou para o banheiro para me limpar e volto com uma toalha quente para ela.

Ela é dócil como um cordeiro enquanto cuido dela, o que é um pensamento engraçado, porque minha Leah nunca é dócil, exceto, parece, depois de ser comida em submissão.

Quando termino, volto para a cama e a alcanço.

Se virando para mim, ela se aconchega no meu abraço, sua perna entre a minha e seu braço ao meu redor. É tão certo com ela, e me sinto quase bobo por tentar evitá-la por tanto tempo, quando poderíamos ter tido *isso* muito mais cedo.

— Você deveria morar comigo. — Não planejei dizer isso, mas as palavras apareceram e precisam ser ditas.

Ela me olha com os olhos arregalados de choque.

— *O quê?*

— Você me ouviu.

Sua boca se abre e depois se fecha.

— Finalmente encontrei um jeito de te deixar sem palavras? — Adoro o fato de tê-la chocado e surpreendido. Se ela estava procurando uma prova de que falei sério ontem no avião, aqui está. Estou comprometido. Totalmente comprometido e quero que ela durma ao meu lado todas as noites a partir de agora. — Leah?

— Eu, hum, não sei o que dizer.

— Bem, isso é novidade. — Passo os dedos pelo seu cabelo com uma mão e acaricio suas costas com a outra. — Você está me deixando com o corpo duro de tensão.

— Te deixo *duro* sempre.

Eu rio, como costumo fazer com ela. Rio mais com ela do que com qualquer mulher, inclusive Elena. Percebi que faltavam muitas coisas no meu relacionamento "padrão ouro". Estar com Leah me ajudou a entender que há muito mais em um relacionamento real do que desejo e amor não correspondido. Elena nunca pensou em mim como algo mais que um amigo. Mas Leah me ama, e esse é o maior presente que alguém já me deu.

— Você não está exatamente pulando de alegria ao pensar em morar comigo.

— Estou chocada. Ainda ontem, estava tentando te convencer a ficar comigo e agora você quer que eu more com você? Estou meio atordoada.

— Isso, nós... tudo isso... é muito importante para mim.

— Eu sei — ela responde, acariciando meu rosto. — Para mim também. — Ela segura a minha mão e coloca sobre o coração acelerado. — Sente isso?

— Aham.

— Foi o que aconteceu quando você me pediu para morar com você.

— Isso parece bastante sério.

— Sim, não é?

— É uma coisa ruim?

— Não, mas é meio assustador.

— Você não deveria ter medo de mim, lembra?

— Não tenho medo de você fisicamente. Você representa uma ameaça muito maior para o coração que está batendo forte e rápido.

— Seu coração está seguro comigo.

— Emmett... — Ela fecha os olhos e uma lágrima escapa do canto do olho esquerdo.

Beijo a lágrima.

— Não chore. Você sabe que não consigo lidar com lágrimas de mulher.

Ela ri, mas as lágrimas continuam a cair, cada uma delas me partindo ao meio.

— Não posso acreditar que você está fazendo isso comigo. Minha Leah forte, destemida e atrevida não chora como uma menina.

— Ela chora quando o cara por quem ela é louca pede que ela more com ele.

— Retiro o convite então. Se vai haver lágrimas, não quero que você more comigo.

— Não pode voltar atrás.

Enxugo freneticamente as lágrimas, cada uma delas me desanimando.

— Já voltei.

Ela balança a cabeça e mostra aquele sorriso angelical que ilumina seus olhos marejados. Com a mão apoiada na parte de trás do meu pescoço, ela me atrai para o beijo mais doce da minha vida.

Perco toda a noção de tempo e lugar. Só existe ela. *Leah* Seus lábios são macios, sua língua é tentadora e seu corpo flexível pressionado contra o meu é a única coisa que quero ou preciso. Estou completamente enfeitiçado por ela e desesperado para mantê-la perto de mim o máximo de tempo que posso enquanto ela desejar estar comigo, o que espero que seja muito tempo.

— Diga sim — sussurro contra seus lábios. — More comigo. Durma comigo todas as noites. Seja minha.

— Tem certeza? — ela pergunta, soando hesitante.

— Tenho mil por cento de certeza.

Ela respira fundo, fecha os olhos e expira.

— Sim.

Nunca senti um alívio tão profundo quanto ao ouvi-la sussurrar essa única palavra. Sinto como se tivesse recebido tudo o que preciso com uma palavrinha. Puxando-a para meus braços, eu a abraço com tanta força que ela grita com meu aperto.

— Não me machuque.

— Nunca. — Meu desejo de protegê-la e acalentá-la é feroz.

— Posso te perguntar uma coisa? — ela pede, soando hesitante.

— Tudo o que você quiser.

Ela se vira para que possa ver meu rosto.

— O que aconteceu para você mudar de ideia?

Entendo o que ela quer saber. Há apenas alguns dias, eu estava determinado a dormir com ela só uma vez, tirá-la da minha cabeça e voltar ao normal.

— Você aconteceu. — Passo meus dedos por seu cabelo enquanto tento encontrar as palavras que preciso. — Pensei que estava bem sozinho, mas depois você me mostrou que eu não estava. Não estava nada bem. E agora que você mudou tudo para mim, tudo em que posso pensar é em te manter aqui comigo.

— Continuo pensando que desejei tanto isso que minha imaginação inventou tudo. Eu realmente espero que não seja um sonho, porque vou ficar arrasada quando acordar.

— Não é um sonho. — Eu a beijo. — Juro que é real.

— E você não vai mudar de ideia de repente ou surtar ou...

Eu a beijo de novo.

— Não posso prometer que nunca vou pirar, mas não vou mudar de ideia. Quero você e quero isso. Quero tudo. Desejo que você continue a me fazer rir até doer. Quero que continue a me irritar, a me pressionar e me enlouquecer de todas as maneiras possíveis.

— Posso fazer isso. Sou muito boa em ser irritante e pressionar.

— É, sim. — Me levanto para olhar o relógio de cabeceira. Não posso acreditar no quanto está tarde. Gemendo, digo a ela — Precisamos nos preparar para sair.

Addie vai mandar os carros nos buscar em uma hora para o ensaio e jantar na vinícola.

Leah boceja.

— Preciso de um banho.

— Eu também. O que acha de economizarmos água e tomarmos banho juntos?

— Parece uma ideia muito responsável.

A última coisa que quero fazer é soltá-la ou sair da cama, mas temos planos e amigos que estão contando conosco. Depois da decisão importante que acabamos de tomar, fico tranquilo sabendo que vou dormir com ela todas as noites a partir de agora. Nada do que fiz na vida me deixou tão feliz quanto me sinto agora, enquanto eu a sigo para o chuveiro e envolvo meus braços em seu corpo macio e sexy. Agora que a tenho, não quero perdê-la.

18



É surreal, para dizer o mínimo. Achei que sabia o que significava ser feliz, mas Emmett me pedir para morar com ele e depois fazer amor de forma doce e sensual comigo no chuveiro é minha nova definição de felicidade.

Ao mesmo tempo em que me pressiona contra a parede fria de azulejos e me preenche com seu pau duro, ele é intenso e terno na mesma proporção. Não consigo o suficiente dele. Nunca vou conseguir. Ele é tudo que quero e preciso, e saber que ele tem sentimentos por mim também é a melhor coisa que já me aconteceu.

Minhas emoções estão misturadas — descrença de que isso está realmente acontecendo, junto com desejo e amor. Muito amor por esse homem forte que sente as coisas com tanta profundidade. Vi sua lealdade feroz para com seus amigos, a família de seu coração, e depois de ouvir o que passou com Elena e como ele se importa com ela mesmo depois de todo esse tempo, sei tudo o que preciso sobre que tipo de homem ele é.

— Você é realmente meu? — pergunto enquanto ele faz amor comigo no chuveiro. — Meu e só o meu?

— Seu e só o seu — ele responde naquele tom grave que me faz desejá-lo. — Não há mais ninguém além de você.

Suas palavras seguem diretamente para o meu coração enquanto meu corpo formiga com o clímax que está por vir.

Me agarro a ele, beijando seu rosto e pescoço.

— Amo você, Emmett. Te amo muito.

Ele geme e empurra para dentro de mim enquanto pressiona os dedos no meu clitóris, a combinação me levando à beira do êxtase. Ele está bem ali comigo, entrando e saindo de mim, até que estamos ofegantes e arquejando pelo poder dos sentimentos.

— Puta merda — ele murmura. — Como fica melhor a cada vez?

— Não sei, mas acontece.

— Humm. — Ele mordisca meu pescoço e sua barba contra a minha pele faz meus músculos internos segurarem seu pênis ainda duro. — Chega, garota atrevida. Precisamos nos preparar ou vamos nos atrasar.

— E nunca vamos parar de ouvir sobre isso. Me coloque no chão. Ele me beija.

— Não quero, mas vou.

— Só algumas horas e estaremos aqui novamente.

— Promete?

— Prometo.

— Nesse caso, vou te deixar por agora. — Ele se retira de mim, me coloca no chão e me segura até que minhas pernas fiquem firmes. Em seguida, ele lava meu cabelo, o condiciona e esfrega meu corpo, reacendendo o fogo.

Empurro suas mãos para longe e depois retribuo o favor, lavo o seu cabelo e o ensaboo até ele ficar duro e latejando na minha mão.

— Isso é loucura — ele fala.

— A melhor loucura que já experimentei.

— Eu também.

Quero me beliscar quando ele diz coisas assim. Isso está realmente acontecendo? Ele está falando sério quando diz essas coisas para mim? Com que frequência uma paixão como a que tive por ele se concretiza dessa forma? Certamente nunca aconteceu comigo, não assim. Estou tonta por ele. Quero devorá-lo. Quero passar dias na cama com ele sem me afastar em busca de ar. Quero tudo com ele, e não importa mais que eu seja jovem demais para me comprometer para sempre. Tudo o que sei é que vou fazer qualquer coisa para que esse relacionamento funcione. Qualquer coisa.

Saio do chuveiro e me enrolo na toalha que ele segura, estremecendo quando o pano esfrega no meu traseiro dolorido.

— Está dolorida? — ele pergunta, suas sobrancelhas franzidas de preocupação.

— Um pouco, mas é uma dor boa.

— Vou te fazer uma massagem mais tarde que vai te deixar melhor.

— Espero ansiosamente por isso desde já. — Gostaria que não tivéssemos que sair para que ele pudesse me fazer essa massagem agora.

Enquanto seco e penteio o cabelo, fico feliz por ter aceitado a oferta de Tenley para me ajudar a escolher as roupas para este final de semana. Coloquei o vestido vermelho justo que ela escolheu para mim, me sentindo sexy e sofisticada. Antes de me mudar para Los Angeles, nunca tinha muito tempo, nem pensava no que usava, principalmente porque não podia pagar mais do que o básico. Mas passar tempo com Addie, Tenley, Ellie e Marlowe ajudou a melhorar meu senso de moda, e sei que Natalie diria a mesma coisa. Estamos muito longe da nossa vida modesta em Nova York. Calço os sapatos de salto alto que Tenley enviou junto com o vestido e me viro para dar uma olhada no espelho de corpo inteiro.

Atrás de mim, Emmett solta um assobio baixo.

— Estou bem?

— Baby, você está incrível. Linda, sexy e maravilhosa.

— Que ótima escolha de palavras — digo, sorrindo para ele no espelho.

— Elas não fazem justiça a você.

— Poderia dizer o mesmo a seu respeito. — Ele está vestindo um blazer azul marinho com calça cáqui e uma daquelas camisas feitas sob medida que mostra seu peito musculoso. Eu me viro para ele e apoio as mãos no tecido branco. — Você sempre está tão elegante.

— Vou te levar comigo na próxima viagem a Londres para que você possa me ajudar a escolher o que vou comprar.

— Sempre quis ir a Londres.

Ele beija minha testa e meus lábios.

— Enquanto estivermos lá, também vamos a Paris.

Abano meu rosto de forma dramática.

— Nunca estive em lugar nenhum e quero ir a qualquer lugar.

— Vou te mostrar o mundo.

— Não tenho certeza de que posso lidar com tudo o que aconteceu neste único dia.

— É apenas o começo. — Ele segura a minha mão, leva aos lábios para beijar as costas e, em seguida, a apoia o na curva do cotovelo.

— Podemos?

— Vamos lá.

— Ah, nós vamos *mesmo*.

Suas palavras me fazem rir enquanto descemos as escadas para nos juntarmos aos outros. Sinto um momento de pânico quando me pergunto se fomos barulhentos antes, mas ninguém diz ou faz nada para nos fazer sentir desconfortáveis. Talvez não tenham nos escutado... só posso esperar.

Acabo sentada entre Emmett e Natalie no Escalade que vem nos buscar.

— Você está incrível — Natalie sussurra para mim. — Está brilhando.

Como tenho que dizer a alguém, e Emmett está falando com Kristian à sua direita, eu me inclino e sussurro para Nat:

— Emmett me pediu para morar com ele.

Ela solta um grito que faz todo mundo nos olhar.

— Seja discreta — digo a ela, franzindo o cenho.

— O que está acontecendo? — Flynn pergunta a esposa, que olha para mim levantando uma sobrancelha.

— Tudo bem — Emmett fala, sorrindo ao perceber que contei a Natalie nossas novidades. — Pode dizer a todos.

— Nos dizer o quê? — Ellie pergunta. Ela está sentada à minha frente, de mãos dadas com Jasper.

Olho para Emmett, ainda deslumbrada e sem estar totalmente certa de que acredito que isso esteja realmente acontecendo.

— Emmett e eu vamos morar juntos.

Meu anúncio dispara uma onda de parabéns, e alguém — acho que pode ser Kris — tira a rolha de uma garrafa de champanhe que passamos de um para o outro como adolescentes, com todo mundo que não está grávida bebendo diretamente da garrafa.

Apenas Flynn parece um pouco circunspecto, estudando Emmett de uma forma que me faz imaginar no que ele está pensando. Parte de mim não quer saber. Não quero que nada estrague o dia mais emocionante que eu já tive.

— E lá se foi mais um — Sebastian fala quando a garrafa chega a ele. — Estava contando com vocês para me fazerem sentir menos como uma vela no meio de tantos casais neste fim de semana.

— Desculpe desapontá-lo, amigo — Emmett diz —, mas estou oficialmente fora do mercado.

— Eu também — Marlowe diz, parecendo reluzir enquanto olha para Rafe.

Percebo que a expressão amável de Sebastian endurece quando ele olha na direção deles, e um arrepio de inquietação percorre minha coluna. Não tenho ideia do que causa o sentimento, mas eu o sinto mesmo assim. Antes que eu possa refletir muito sobre isso, chegamos à vinícola e o carro passa por um portão de metal que ostenta o logotipo Q da empresa. Os jardins são exuberantes e paisagísticos. À direita, campos de videiras se estendem até onde posso ver.

O carro encosta em um pórtico em frente a uma enorme casa com um exterior de telhas e acabamento vermelho brilhante. Um alpendre largo tem vasos feitos de barris que estão cheios de flores vermelhas e brancas.

— Que bonito — Natalie fala.

— Espere até ver o resto — Flynn responde, parecendo animado.

— Há quanto tempo vocês têm esse lugar? — pergunto.

— Há quase cinco anos — Jasper diz. — Era um desastre quando o compramos e foi completamente transformado. Tem sido um projeto interessante para todos nós.

Hayden e Addie estão esperando por nós na varanda quando saímos do carro, um grupo barulhento e animado. Addie está incrível em um vestido rosa. Seu cabelo está preso e seu sorriso é enorme. Fico aliviada ao vê-la com um ar tão descontraído e feliz depois de saber que suas últimas semanas foram difíceis. Eles nos abraçam e nos levam para dentro. Quero parar e ver tudo, mas estamos passando por salas de degustação e um restaurante que está escuro, já que toda a instalação está fechada ao público neste fim de semana.

Chegamos a uma enorme varanda na parte de trás, onde uma longa mesa foi posta para o jantar.

— Primeiro temos que ver os aspectos práticos — Hayden avisa. — Depois, comemos e bebemos. — Eles nos levam para o quintal e repassam o casamento, indicando onde todos precisam estar e quando. Tenley e seu acompanhante, Devon Black, participarão da festa, assim como os pais de Flynn, suas irmãs, os maridos, a mãe de Hayden, Jan, o pai de Addie, Simon, e a mãe de Sebastian, Graciela, que é como uma segunda mãe para Hayden.

Há muita brincadeira e provocações durante o ensaio. Depois de Addie orientar todo mundo, ela levanta as mãos em sinal de rendição.

— Se esta confusão continuar amanhã, a culpa não é minha.

Hayden coloca o braço ao seu redor.

— Desde que você apareça e diga "aceito", não dou a mínima se o resto for confuso.

— Adorável. — Jan revira os olhos para o filho. — Ele puxou a boca do pai.

Todos riem, inclusive Hayden, que preferiu não convidar o pai para o casamento. Eu o ouvi dizer que ele só queria as pessoas com quem eles realmente se importam, o que aparentemente não inclui o pai que o decepcionou muitas vezes ao longo da vida. Tive a honra de ser incluída entre as pessoas importantes para eles.

— Se a primeira palavra que sair da boca do meu neto for "merda", não serei responsável por minhas ações.

— Não se preocupe, pai — Addie responde. — Estarei lá para garantir que a primeira palavra seja vovô.

Simon sorri para ela, seu orgulho e amor pela filha são óbvios.

— Essa é a minha garota.

— Preciso de uma bebida — Hayden fala, levando o grupo para o deck, onde dois bartenders estão prontos para nos servir.

— Todos da equipe que estão aqui assinaram um acordo de confidencialidade? — pergunto a Emmett.

Ele oferece um sorriso de satisfação.

— O que acha?

— Acho que você já cuidou de tudo, como de costume.

— Esse é o meu trabalho.

Tudo isso vai ficar gravado como uma das noites mais perfeitas da minha vida. Do céu claro acima de nós, as luzes sobre a longa mesa, passando pela companhia dos meus amigos mais próximos e o aperto da mão de Emmett ao redor da minha.. Depois de um delicioso jantar e mais garrafas de vinho do que posso contar, Simon se levanta para fazer um brinde.

— Eu realmente gostaria que sua mãe estivesse aqui para ver a mulher extraordinária que você se tornou — ele fala, fazendo com que a gente caia no choro. — Hayden, você e eu tivemos um começo difícil, mas minha filha me convenceu de que eu te devia a chance de se provar para mim. Você mais do que se provou. Depois de ter visto seu amor pela minha Addison, tenho toda a confiança de que ela será bem cuidada e muito amada.

— Ela será — Hayden responde, visivelmente emocionado com as palavras de Simon enquanto Addie seca uma enxurrada de lágrimas.

— Desejo a vocês dois tudo de melhor, especialmente uma vida longa e feliz juntos — Simon continua com a voz embargada. — Parabéns.

Addie se levanta para abraçar o pai e eles ficam assim por bastante tempo, dois sobreviventes do desastre que sofreram depois de perder a mãe tão de repente.

Estou enxugando as lágrimas e quando olho para Emmett, ele faz o mesmo.

Compartilhamos um sorriso, e ele aperta minha mão novamente.

Flynn se levanta e limpa a garganta, provocando uma série de gemidos.

— Ah, Deus — Hayden fala. Senta aí, vai.

Implacável, Flynn diz:

— Como padrinho, amanhã vou dizer algumas palavras sobre o noivo. Esta noite, quando estamos apenas nós, gostaria de dizer algumas palavras sobre a noiva, se eu puder.

— Se precisar — Hayden bufa.

— Preciso — Flynn responde com um olhar doce para Addie. — Fui abençoado, se é que se pode chamar assim, com três irmãs mais velhas que me deixam louco a maior parte do tempo.

— Ah, por favor — Ellie protesta. — Somos a única razão pela qual você não é completamente insuportável. — Suas irmãs e Natalie concordam com a cabeça.

Ignorando-as, Flynn continua, sem nunca tirar os olhos de Addie, que não para de chorar.

— Então a Addison York apareceu, resoluta, destemida e assustadoramente organizada. Você mudou minha vida, Addie, muito antes de mudar a do Hayden, e quando digo que não poderia funcionar sem você, estou falando sério.

— Está mesmo — Natalie concorda, dando início a outra onda de risos.

— Você se tornou a irmã mais nova que não tive e a única das minhas quatro irmãs que não me deixa louco o tempo todo – e a única que guarda meus segredos a salvo da minha mãe.

Stella Flynn ri alto.

— Ele me paga para isso — Addie diz a Stella.

— Pessoalmente, acho que você pode encontrar alguém muito melhor do que o Hayden — Flynn continua —, mas já que você parece tê-lo em seu coração, vou permitir que se case com ele.

— Ah, Jesus — Hayden resmunga.

Estou rindo tanto que não consigo respirar. Essas pessoas...

Flynn levanta a taça.

— Para Addison, uma bela noiva, pessoa linda por dentro e por fora. Eu te amo.

Addie não para de chorar enquanto se levanta para abraçar Flynn.

Todos nós enxugamos as lágrimas enquanto os observamos.

— Chega — Hayden protesta. — Tire suas mãos imundas da minha esposa.

— Ela não é sua esposa ainda — Flynn o lembra.

— Não, mas eu sou a sua — Natalie interfere — e já chega.

Flynn lhe dá um sorriso malicioso.

— Adoro quando ela é possessiva.

— Sente-se, filho — Stella diz — e cale-se enquanto ainda está em vantagem.

Eu amo isso. O maior astro de cinema do mundo sendo repreendido pela mãe na frente de todos os seus amigos, e a melhor parte é que ele também adora. Ele beija a bochecha dela quando retorna ao seu lugar.

Marlowe se levanta em seguida.

— Minha vez. Doce Addie, eu te conheço desde que você era uma garotinha, vindo trabalhar com seu pai e levando tudo com a mesma sabedoria e maturidade que continua atraindo as pessoas para você. Te vi crescer e se transformar na linda mulher que é hoje. Te ver se casando com meu querido amigo Hayden, não poderia me deixar mais feliz, pois são duas pessoas maravilhosas recebendo tudo o que elas merecem nesta vida. Amo vocês e desejo aos dois o melhor. Para Hayden e Addie.

— Viva!

Então a mãe de Hayden se levanta, parecendo tímida e incerta enquanto limpa a garganta.

— Não é nenhum segredo para ninguém aqui que Hayden teve muita dificuldade comigo como sua mãe. — Ela é uma viciada em recuperação que está sóbria há meses, e Addie diz que está cautelosamente otimista de que sua mais recente ida à reabilitação foi finalmente bem sucedida. — Ele foi forçado a crescer muito rápido e lidar com coisas que nenhum filho deveria enfrentar.

— Mãe...

— Deixe-me falar, Hayden — ela pede baixinho. — Me deixe contar a essas pessoas que você ama como salvou minha vida várias vezes e que eu não estaria viva se não fosse por você.

Addie coloca o braço ao redor do noivo enquanto ele limpa as lágrimas.

— Você tem sido o melhor filho que qualquer mãe poderia ter, e eu não poderia estar mais orgulhosa do homem que você se tornou. A maior alegria da minha vida foi ver você se apaixonar por Addie e saber que ela te dá tudo o que você nunca teve, todo o amor que você tanto merece. E para você, minha querida Addie, obrigada do fundo do coração por fazer meu filho muito, muito feliz. Amo muito vocês dois e mal posso esperar para ser avó dos seus bebês.

Hayden está chorando copiosamente quando abraça a mãe e Addie ao mesmo tempo.

Todos nós estamos emocionados também.

Hayden libera a mãe, mas mantém um braço ao redor de Addie.

— Eu gostaria de fazer um brinde a esta mulher extraordinária que será minha esposa amanhã. Addison, nada disso estaria acontecendo sem a sua determinação feroz. Fui tolo durante muito tempo, pensando que poderia resistir a você e ao amor que eu sentia. Depois que você decidiu que já era o suficiente, eu não tive chance.

— Não teve mesmo — Addie concorda, sorrindo com satisfação. A história de como ela o trouxe para si é uma das minhas favoritas. — E, a propósito, a culpa é toda sua por me beijar no Oscar.

— A melhor coisa que já fiz — ele fala, beijando-a. — Também quero brindar a Natalie, Aileen, Ellie e agora Leah e Rafe por fazerem meus amigos tão felizes. Ao amor.

Olho para Emmett e toco minha taça na sua.

— Ao amor.

— Ao amor — ele repete.

Ele não disse as palavras, mas não tenho dúvidas de que ele sente tudo o que eu sinto, e isso é o suficiente para mim.

# 19

# Emmett

Voltamos para a pousada bem depois de uma da manhã, todos nós mais do que um pouco bêbados e tontos depois de uma grande noite celebrando Hayden e Addie com as pessoas que mais amamos. Ainda que eu tenha aproveitado a noite com meus amigos, mal posso esperar para ficar sozinho de novo com Leah. Enquanto os outros decidem tomar um último drinque na varanda, direciono Leah para as escadas, ignorando a zombaria dos nossos amigos enquanto nos despedimos. Não me importo com o que eles dizem, eu a quero e quero agora mesmo.

Ouvi sobre isso de outras pessoas, aquele estágio em que você está tão encantado por uma pessoa que não consegue manter as mãos longe. Mas nunca passei por isso e quero mergulhar no que está acontecendo, nela enquanto durar essa loucura.

Prometi uma massagem a ela e pretendo cumprir. Óleo de massagem foi uma das coisas que trouxe comigo neste fim de semana. Imaginei que as coisas pudessem ficar intensas entre nós e queria ser capaz de acalmá-la depois.

Ela está tonta, bêbada e adorável enquanto tropeça ao entrar em nosso quarto e pousa na cama com pernas e braços abertos.

Sexy. Pra. Cacete. E toda minha. Meu coração se contrai, o que é outra coisa que nunca aconteceu comigo antes dela. Nem Elena já fez meu coração se sentir comprimido pelo poder das emoções que ela despertou em mim. Não como Leah desperta. Antes que ela possa adormecer, vou até ela, retiro os saltos sensuais e os jogo de lado para ajudá-la a tirar o vestido. Não estou surpreso ao encontrar apenas uma calcinha fio dental por baixo da peça. Seus seios são pequenos o suficiente para que ela possa ficar sem sutiã, mas adoro saber o quanto estão sensíveis.

— Não se mexa — digo a ela.

— Não vou a lugar nenhum.

Entro no banheiro para pegar uma toalha e tiro minhas próprias roupas, pendurando-as no gancho atrás da porta. Pego o óleo da bolsa de viagem e vou para a cama com ele.

— Vire-se.

Ela atende ao meu pedido, suspirando quando fica confortável na cama.

Despejo o óleo nas mãos e aliso suas costas, apertando seus músculos até que relaxem sob meus dedos.

Seus suspiros e gemidos são como música para os meus ouvidos enquanto massageio as costas, dando uma atenção especial à bunda sexy.

— Você está dolorida pelo que fizemos mais cedo?

— Um pouco. Nada com que eu não possa lidar.

— Você gostou o suficiente para fazer de novo algum dia?

— Você não ainda tem que perguntar depois do orgasmo massivo que tive?

Rindo, me movo até as pernas e termino com uma massagem nos pés.

— Pronta para se virar?

— Aham.

Posiciono a toalha para não sujar os lençóis, e ela se vira, afastando o cabelo do rosto.

— Como você está? — pergunto quando começo a acariciar suas panturrilhas.

— Você me deixou molenga. Não poderia me mover nem se fosse necessário.

— Felizmente, você não precisa fazer nada além de ficar aí e aproveitar.

— Estou me sentindo muito mimada.

— E eu me sinto muito sortudo por poder te tocar desse jeito. — Passo mais tempo na parte interna das suas coxas, sentindo o cheiro da sua excitação misturada ao óleo. Minhas mãos deslizam sobre os ossos dos quadris e até a barriga e os seios, que recebem tratamento especial.

— Emmett — ela me chama, soando sem fôlego.

— O que foi, baby?

Ela me alcança, me puxando para si, nossos corpos perfeitamente alinhados para se encaixarem.

— Você está interrompendo minha massagem — digo a ela em um tom severo.

— *Por favor...*

— Me diga o que você quer, querida.

— Você. Dentro de mim. Agora.

Uma das muitas coisas que amo sobre Leah é como ela sempre me diz o que quer diretamente. E sim, percebo o que acabei de dizer, mesmo que seja só para mim. Eu a amo. Claro que amo. Ela insistiu que eu me apaixonasse por ela. Não tive chance contra o poder da sua crença de que pertencemos um ao outro.

Deslizo para dentro dela lentamente, dando-lhe tempo para me ajustar e me acomodar enquanto observo seu rosto expressivo revelar tudo o que ela pensa e sente. Ela é como um outdoor iluminado na Times Square. Posso ver o quanto ela me ama apenas pelo jeito que ela me olha enquanto me recebe em seu corpo.

Isto é amor. Isso é o que importa. Ela é o que importa.

— Leah.

Ela me puxa para um beijo enquanto levanta seus quadris, pedindo por mais.

Ela é tão aberta, generosa e confiante. Sou grato por tudo que ela me deu, tudo o que continua a me dar e quero muito mais. Quase rio em voz alta com a lembrança de dizer a ela que eu lhe daria uma noite. Já sei que um milhão de noites com ela não serão suficientes.

Me ocorre que as coisas usuais que preciso durante o sexo para me satisfazer não são necessários com ela. Na verdade, são quase estranhas ao que somos capazes juntos. Apenas nós, duas pessoas se unindo em uma explosão de amor e desejo tão intenso que me tira o fôlego.

— Emmett.

— Fale comigo. Me diga como se sente.

— Surpreendente. Eu nunca...

— Eu sei. Eu também. — Alcanço o ponto em que estamos unidos e acaricio seu clitóris.

Seus dedos apertam nas minhas costas e suas pernas ao redor dos meus quadris um segundo antes de ela gozar.

Me deixo levar, me juntando a ela em um instante de absoluta união que pode ser considerado como um dos momentos mais perfeitos da minha vida.

— Doce Leah — sussurro com os lábios pressionados contra a pulsação selvagem em seu pescoço enquanto sua boceta continua a contrair ao redor do meu pau.

Junto dela de todas as maneiras possíveis, não posso acreditar que alguma vez tenha resistido a algo que parece tão bom. Posso ter sido um tolo no que se refere a ela, mas gosto de pensar que aprendi minha lição. Enquanto eu a abraço, prometo a segurar firme a partir de agora.


*Leah*


Nunca entendi por que as pessoas choram em casamentos. Para mim, sempre pareceu bobo que duas pessoas felizes fizessem todo mundo chorar. Hoje compreendi. Estou em lágrimas a partir do momento em que vejo Hayden esperando ansiosamente por sua noiva, com Flynn, Sebastian, Emmett, Kristian e Jasper ao seu lado. E podemos falar sobre Emmett Burke de smoking?

Gostoso. Pra. Caramba.

E então Addie aparece de braço dado com o pai chorando e estou acabada. Absolutamente destruída pelo choque emocional de assistir os dois seguirem em direção a Hayden, que também está chorando ao ver seu amor.

É demais.

Addie está uma deusa em um vestido simples e sem adornos, o que combina perfeitamente com ela, sem dúvida graças a Tenley. Seus ombros estão nus e ela está usando um véu impressionante que flui atrás dela enquanto caminha.

Ellie me entrega um lenço de papel, e o aceito com gratidão.

Seus votos são lindos e sinceros, e minhas lágrimas continuam a fluir.

Em um ponto, encontro o olhar de Emmett e percebo que ele está em lágrimas também, o que só me faz amá-lo ainda mais.

Ellie e eu usamos metade do pacote de lenços antes que Hayden a beije e a acompanhe para fora do altar, os dois radiantes de alegria.

Simon estende o braço para Jan, e eles seguem o casal feliz antes da festa de casamento que vem a seguir.

É um dia quente e ensolarado de outono, então os lados da enorme tenda foram deixados abertos para entrar ar fresco enquanto a noiva, o noivo, os convidados da festa de casamento e os membros da família posam para fotos na própria vinícola.

Estou na segunda taça do Chadornnay Quantum 2013 quando Emmett finalmente se junta a mim, envolvendo o braço na minha cintura e beijando o topo da minha cabeça.

— Aí está você — ele diz, parecendo aliviado por ter me encontrado na multidão de mais de duzentos convidados.

— Sim.

— Senti sua falta. — Ele deixou a nossa cama esta manhã para se juntar a Hayden e o resto dos caras na vinícola.

— Ficamos longe apenas algumas horas.

— Senti sua falta — ele diz de novo, me dando um olhar intenso que me faz tremer.

— Também senti a sua.

Seu sorriso ilumina o rosto e me enche de alegria. Não admira que as pessoas chorem em casamentos se sentirem algo remotamente parecido com o que sinto quando olho para ele.

Alguns minutos depois, Emmett volta para a festa de casamento. Ele vem com Marlowe segurando seu braço, os dois sorrindo amplamente enquanto seguem Flynn e Natalie, Tenley, Sebastian, Kristian e Jasper.

— Senhoras e senhores, vamos aplaudir nossos noivos, Hayden e Addie Roth.

A multidão vai à loucura com aplausos e assobia para o casal feliz. Eles vão imediatamente para a pista de dança para a sua primeira dança como marido e mulher. A música é da Beyoncé "Die with you", que é uma escolha incrível na minha humilde opinião. E aqui vem as lágrimas. Novamente.

Emmett se senta atrás de mim e coloca os braços ao meu redor.

Me inclino para trás contra ele enquanto observamos Hayden e Addie se moverem juntos como se tivessem nascido um para o outro, o que é verdade. Não tenho dúvidas sobre isso.

Em seguida, Addie e o pai fazem uma dança divertida e tocante na música "I got you baby", de Sonny e Cher.

Jan escolheu "God only knows" para sua dança com Hayden, sua mensagem clara para todos os presentes. Na metade da música, Hayden beija a mãe na bochecha, a leva de volta à mesa e estende a mão para Graciela, que imediatamente começa a chorar e balança a cabeça enquanto tenta afastá-lo.

Hayden diz algo para ela e, com um empurrão de Sebastian, Graciela permite que Hayden a leve para a pista de dança, onde ela soluça abertamente, emocionando a todos nós.

— Ela era a governanta do pai quando ele era criança e sempre o apoiou quando seus pais não estavam por perto — Emmett sussurra para mim. — Foi ela quem fez suas festas de aniversários e participou da sua vida escolar e de eventos esportivos. Ela é tão mãe dele quanto a Jan.

— Ah, caramba — respondo, enxugando mais lágrimas. — Que coisa incrível ele fez.

— Concordo.

Quanto mais conheço essas pessoas, mais sorte sinto por ser uma delas. Eu nunca conheci ninguém como eles, e sua lealdade às pessoas que amam faz com que a tortura que passei no colégio pareça ter acontecido com outra pessoa. Ter amigos verdadeiros e genuínos que fariam qualquer coisa por mim é mais um sonho tornado realidade na minha nova vida.

No entanto, o melhor sonho de todos está me abraçando, musculoso, sexy e todo meu.

## Addie

Hayden estava certo. No final, os detalhes não importavam tanto quanto as pessoas, especialmente meu marido, que não saiu do meu lado nem por um minuto desde que dançou com as mulheres que o criaram.

Este é, sem dúvida, o melhor dia de toda a minha vida, e sinto a presença da minha mãe mais do que em qualquer outro momento desde que ela nos deixou tão de repente. Sou excepcionalmente grata por isso, mesmo que tenha me causado alguns momentos difíceis nos dias que antecederam o meu casamento. Com a ajuda de Hayden, escolhi olhar para o retorno das minhas lembranças como um presente a ser valorizado em vez de algo que me incomodava.

E meu pai dançou com a mãe de Hayden o dia todo! Isso é quase uma novidade maior do que fazer Hayden Roth dizer: "Aceito". Até onde sei, meu pai não teve algo como um encontro em quinze anos como viúvo, então é bem importante vê-lo dançar, ainda mais com a mesma mulher, uma música após a outra.

— Não seria interessante se eles terminassem juntos? — pergunto a Hayden, observando meu pai e Jan enquanto dançamos "Can't help falling in love", uma música apropriada para o nosso casamento, porque fui impotente para resistir a me apaixonar pelo homem que é agora meu marido. Não consigo parar de dizer essa palavra a mim mesma: *marido*. Hayden Roth é meu marido. Sonhos se tornam realidade. Somos a prova viva disso.

— Seria mesmo, com certeza. Embora não esteja certo de que ela seria boa para ele.

Sei que ele está se referindo aos vícios que marcaram a vida de Jan — e a de Hayden.

— Ela está indo muito bem. Talvez seja bom acreditar que vai permanecer assim desta vez.

— Já fui enganado pela esperança muitas vezes no passado. Temos que esperar para ver. — Ele me olha e sei que não quer mais falar sobre a mãe. — Está feliz, sra. Roth?

Esse nome me faz querer desmaiar!

— Nunca estive mais feliz.

— Você deve estar muito satisfeita consigo mesma — ele fala com o sorriso relaxado e feliz que tenho visto tanto ultimamente.

— E estou mesmo.

O baixo estrondo do seu riso é um dos meus sons favoritos em todo o mundo, principalmente porque sei como ele raramente ria antes de me ter para implicar com ele regularmente.

— Não tenho chance contra você. — Ele me puxa mais para si, os braços apertados ao meu redor e os meus em torno da sua cintura. — Você me deixou de joelhos, Addison.

— Vou te amar para sempre, Hayden.

— Sei que vai. — Seus lábios no meu pescoço me fazem querer ficar sozinha com ele agora. — Quanto tempo temos que ficar no nosso próprio casamento?

— Tempo suficiente para cortar o bolo e depois podemos ir.

— Como organizadora do casamento, você acha que poderia

adiantar o corte do bolo? — Ele pressiona o pênis contra a minha barriga. — De forma significativa?

— Por quê? — pergunto. — Há algo mais que você gostaria de fazer?

— Quero desesperadamente fazer amor com a minha esposa.

— Parece uma questão urgente.

— Extremamente.

Me afasto dele e olho para o rosto bonito com que acordarei todos os dias pelo resto da minha vida.

— Então vamos cortar o bolo e dar o fora daqui.

— Você é a melhor esposa que já tive.

Eu o puxo para mim para um beijo.

— Sou a única que vai ter.

— Graças a Deus por isso. Você é tudo com que posso lidar, meu amor.

Perfeição. Perfeição absoluta.

## Emmett

Voltamos para casa domingo à noite depois de um fim de semana verdadeiramente excepcional. Os recém-casados estão indo de manhã para o cruzeiro no Adriático e prometeram enviar muitas fotos para nos deixar com inveja enquanto trabalhamos.

O casamento foi espetacular, tocante e muito divertido. Flynn fez um discurso muito emotivo em que envergonhou Hayden com histórias da sua juventude e contou a todos o quanto ele ama o homem irritado, intenso, ranzinza, desbocado, leal e dedicado que é seu irmão de coração e melhor amigo. Foi épico, e Hayden adorou.

Achamos interessante e intrigante que Simon dançou com Jan a noite toda, especialmente Addie, que disse que nunca viu o pai dançar com ninguém desde que a mãe morreu. Não seria ser incrível se os dois acabassem juntos por causa dos filhos?

Enquanto o casamento foi absolutamente perfeito, o tempo que passei sozinho com Leah foi a melhor parte de um fim de semana fantástico. Não consigo ter o suficiente dela. Na verdade, estou temendo a viagem rápida para Nebraska com Flynn e Nat esta semana, porque vou ter que ficar longe de Leah por um dia e uma noite inteiros, possivelmente dois, se as coisas atrasarem no tribunal.

Eu poderia não ir, mas sei que Flynn me quer lá para o caso de as coisas ficarem esquisitas, então vou e ofereço qualquer apoio que eu puder, mesmo que eu prefira ficar em casa.

É só a porcaria de uma noite, digo a mim mesmo.

Sentada ao meu lado no avião, ela liga o telefone pela primeira vez desde que o desliguei na outra noite, e o sinal sonoro de mensagens de texto e correio de voz não para de tocar.

— Que merda é essa? — ela pergunta.

Me inclino para ver mais de perto e vejo mais de duzentas mensagens de texto e um número alarmante de mensagens de voz, tudo de um número desconhecido. Sinto um calafrio nas costas.

— É aquele cara, Tom?

Ela ouve uma das mensagens e acena com a cabeça. Seu rosto pálido.

Solto o cinto de segurança e me levanto para falar com Kristian. O caso do assassinato da sua mãe foi resolvido recentemente, e ele tem pessoas que podem ajudar.

— Sabe aquele policial que você conhece no Departamento de Polícia de Los Angeles?

— O que tem?

— Pode ligar para ele e pedir para vir à minha casa esta noite?

— Por quê?

— Tem um cara assediando a Leah. Ele enviou mais de duzentas mensagens de texto e de voz, a caixa postal dela está cheia, mesmo depois de pedirmos a ele para deixá-la em paz.

— Vou mandar uma mensagem para ele.

— Obrigado. — Volto para o meu lugar e tento respirar através da raiva que me atinge. Digo a mim mesmo que isso não é como da última vez, quando eu era só um jovem e não tinha ideia do que fazer para proteger a mulher que amava. Desta vez, sei exatamente o que fazer e farei tudo que estiver ao meu alcance para protegê-la.

Ela segura a minha mão e entrelaça seus dedos aos meus.

— Respire.

Respiro fundo e solto o ar.

— Estou bem — ela fala. Está tudo bem.

— Não, não está, mas vai ficar. O Kris vai chamar seu amigo policial e vamos dar queixa disso hoje à noite.

— Certo.

— Ele não vai chegar perto de você.

— Certo.

— Por que você está tão calma?

— Porque um de nós precisa estar.

Quando ela tenta libertar sua mão da minha, percebo que estou apertando muito forte.

— Me desculpe — murmuro, soltando meu aperto.

— Está tudo bem. Sei que isso está te deixando abalado.

— Só um pouco.

Ela deita a cabeça no meu ombro e acaricia meu braço.

— Por que você está me confortando quando eu deveria estar te consolando?

— Você me consola entrando no modo protetor. Eu estaria louca se você não estivesse aqui para me fazer sentir segura.

— Não quero que você se sinta insegura. Vou ligar para o Gordon, o diretor de segurança da Quantum, e pedir a ele para colocar um segurança com você até que os policiais encontrem esse cara. — Solto sua mão para digitar uma mensagem para Gordon, que será enviada quando pousarmos.

— Isso é mesmo necessário?

— Merda, sim, é necessário. Não posso estar com você vinte e quatro por dia, especialmente esta semana, quando tenho que ir para Nebraska. Não vou ficar bem a menos que você tenha segurança.

— Não me importo que me sigam, mas quero poder fazer minhas coisas. Me prometa que ainda vou poder me mover livremente.

— Vou falar com ele sobre isso.

— Que bom — ela responde, parecendo aliviada. — Tenho um trabalho a fazer para Marlowe e preciso ser capaz de fazê-lo.

— Vou cuidar disso, mas não se atreva a tentar fugir deles, ouviu?

— Não vou. Prometo. Não quero que ele faça algo comigo.

— Se ele não fosse uma aberração obsessiva, quase sentiria pena do pobre coitado.

— *Por quê?*

— Porque ele só teve uma prova sua. Isso nunca teria sido o suficiente para mim.

— Se lembra quando você me prometeu uma noite e nada mais?

— Acredito que nós chegamos à conclusão de que eu era um idiota por pensar que poderia resistir a você.

Ela dá um tapinha no meu braço.

— Desde que você tenha percebido isso.

Só Leah para me fazer rir quando, há um minuto, eu estava pronto para matar o cara que a está assediando.

— Ei.

— O quê?

— Olhe para mim.

Ela levanta a cabeça e arqueia uma sobrancelha.

— Estou olhando.

Passo um dedo sobre a bochecha macia, deslizando pelas sardas adoráveis que apareceram depois que ela pegou sol neste fim de semana. Em seguida, olho em seus lindos olhos.

— Eu... isto... é importante. Algo muito importante. — Esse é o tanto que sou capaz de admitir a ela, só espero que seja o suficiente para mantê-la aqui comigo, que é onde ela pertence.

Ela ofega e lágrimas aparecem de repente.

— Juro por Deus, Leah, se você chorar agora, vou retirar o que disse.

— Não vai, não — ela retruca enquanto uma lágrima desliza por sua bochecha.

Eu afasto a lágrima.

— Vou, sim.

Ela balança a cabeça e se inclina para me beijar.

— Não se atreva a fazer isso.

Eu a beijo como se estivesse me afogando, e ela fosse minha única fonte de oxigênio. Esqueço onde estamos e quem está conosco. Esqueço tudo o que não é ela e o jeito que ela me faz sentir só por me beijar com tanta paixão e fogo.

Estou tão completamente perdido por ela que não consigo lembrar como era pensar que ela era jovem demais para mim ou que isso seria complicado demais. Em retrospecto, parecem desculpas fabricadas, criadas pelo medo, porque eu sabia o quanto ela poderia vir a significar para mim se eu a deixasse entrar. E nunca vou me arrepender disso porque... ela é a melhor coisa que já me aconteceu.

A descida ao LAX é irregular, mas mal notamos enquanto continuamos a sessão épica de amassos. Estou tão duro que estou vazando. Gostaria de poder arrastá-la para o meu colo e transar com ela agora, mas não posso, e saber disso torna a excitação muito mais intensa. As rodas que tocam a pista nos separam e durante muito tempo, simplesmente olhamos um para o outro, igualmente abalados pela mais maciça das emoções que se formam entre nós.

Antes dela, eu sinceramente não entendia como as coisas funcionavam. Quando Flynn se transformou em um total idiota por causa da Natalie ou Hayden, perdeu a cabeça pela Addie... não entendi quando Jasper de repente decidiu ser o pai do bebê de Ellie ou Kristian não poderia viver sem Aileen. Mas, Deus, entendo agora. É como se a Leah tivesse me dado a senha secreta para algo tão distante do meu campo de experiência, apesar de tão cativante.

Só existe ela. Ela é tudo que importa. Ela é tudo.

Saímos do avião, seguindo Marlowe e Rafe, que está com a mão na bunda dela. A maneira excessivamente familiar como ele a toca na nossa frente me incomoda, mas ela não parece se importar, então tento não deixar que me incomode. Nenhum dos caras gosta dele. Conversamos sobre ele antes do casamento. Não temos certeza se não gostamos dele porque ele é um pouco "exibido" ou se é porque ela fica tão diferente quando está com ele — risonha, feminina, boba. Ela nunca agiu assim com um cara antes, então é perturbador vê-la agindo como uma idiota apaixonada por um francês babaca que parece errado para ela — se alguém nos perguntar, o que ela não fez.

Eles vão para Paris depois de amanhã, então não vamos vê-la por uma ou duas semanas. Mas quando ela voltar, Flynn vai falar com ela sobre Rafe e tentar descobrir se há algo para se preocupar. Todos nós gostaríamos que ele pudesse falar com ela antes que viajasse, mas com Rafe ao lado dela o tempo todo, não houve oportunidade.

Nos despedimos dos outros e sigo com Leah até meu carro.

Kristian nos acompanha e me puxa de lado depois de eu tê-la acomodado no banco do passageiro.

— O sargento Markel vai se encontrar com você na sua casa.

— Obrigado.

— Quer que eu te acompanhe?

— Não precisa, mas obrigado por oferecer. — Sei que ele e Aileen estão ansiosos para levar as crianças para a cama, já que amanhã é dia de aula.

— Me mande uma mensagem depois de falar com ele.

— Precisamos pedir um novo telefone da empresa para Leah pela manhã. Tenho certeza de que levarão o dela para investigar a origem das chamadas.

— Vamos cuidar disso. Eu mesmo vou resolver o assunto.

— Obrigado, Kris.

— Me avise se houver algo mais que eu possa fazer.

— Pode deixar. — Vou para o lado do motorista e dirijo o carro para Santa Monica, a tensão dentro de mim crescendo a cada minuto.

A mão de Leah na minha perna me tira dos meus pensamentos.

— Respire.

— Estou respirando.

— Você está fervendo.

— Isso também. Sabe como me sinto sobre caras que assediam as mulheres.

— Sim, eu sei e te amo por isso.

— Por que é tão fácil para você dizer isso?

— É fácil, porque eu te olho e vejo amor.

Cubro a mão com a minha mão e dou um aperto.

— Isso faz de mim o cara mais sortudo que já existiu.

— Estou feliz que você pense assim. Eu me lembro de uma vez, há pouco tempo, em que você me comparou a uma mosca zunindo em seu ouvido.

— Você nunca vai se esquecer do quanto fui idiota no começo?

— Não. Nunca. Vou contar aos nossos netos o quanto o avô deles foi idiota tentando lutar contra o inevitável quando era tão óbvio que ele pertencia a mim.

Não posso começar a explicar o que acontece dentro de mim quando ela se refere aos *nossos netos*. Ela está certa sobre mim, esteve certa desde o começo.

— Você realmente vê tudo isso para nós?

— Vejo, sim. Mas só se você também desejar.

— Só quero você, e se você vier com netos, então acho que vou ter que aceitá-los também.

Seu riso ilumina minha vida.

# *Emmett*

A leveza entre nós se extingue quando nos encontramos com detetive da polícia de Los Angeles, Markel, e dois policiais de patrulha que estão nos esperando do lado de fora do prédio quando paramos. Estaciono na garagem e, em seguida, subo as escadas para encontrá-los no térreo. Depois de apertar as mãos deles e agradecer por terem vindo, eu os conduzo para dentro.

Jay, o porteiro, me vê com policiais e fica imediatamente em alerta.

— Tudo bem, sr. Burke?

— Está tudo bem, Jay. Um ex-namorado da minha namorada está criando problemas, e esses policiais estão aqui para nos ajudar.

— Se houver algo que possamos fazer, não hesite em pedir.

— Muito obrigado. — Segurando a mão de Leah, eu conduzo a ela e os policiais para o elevador e vamos para o quarto andar em silêncio. Dentro do meu apartamento, nos sentamos nos sofás.

— Conte-nos o que aconteceu desde que você o conheceu — Markel pede.

Leah fala com detalhes sobre a troca de mensagens e e-mails antes de se encontrarem em um café várias semanas depois de terem feito contato pela primeira vez através do Tinder.

— Eu odeio esse site — Merkel declara enquanto faz anotações. — Ele só traz problemas.

— Conheci muitos caras legais através do site quando eu estava em Nova York — Leah comenta. — Esta é a primeira vez que tive problema com alguém.

— Você disse que saiu com ele duas vezes — Markel fala.

— Sim.

— Sabe o sobrenome dele?

— Ele disse que era Adams. Na segunda vez, nos encontramos em um bar no cais. — Ela diz o nome do lugar. — Depois de bebermos um pouco, voltamos para minha casa, fizemos sexo e pedi a ele que fosse embora, porque eu precisava me levantar cedo no dia seguinte.

— Então ele sabe onde você mora.

Esse detalhe, que eu não conhecia antes, me enche de um medo irracional.

— Ela mora aqui agora — digo a ele. — Ela não vai ficar sozinha na casa dela novamente.

— Provavelmente é o melhor até encontrarmos esse cara. Pode nos mostrar o perfil dele no *Tinder*?

— Eu o bloqueei, então não posso, mas tenho algumas capturas de tela que enviei para minhas amigas quando saí com ele para que soubessem com quem eu estava caso não voltasse para casa.

— Jesus — murmuro.

— Bem-vindo ao namoro no novo milênio — um dos patrulheiros fala.

Leah abre as imagens e passa o telefone para Markel.

— Isso é muito útil — ele comenta — Devemos ser capazes de rastreá-lo rapidamente com essa informação.

— Enquanto isso, pedi ao diretor de segurança da Quantum para colocar alguns seguranças para acompanhá-la para que ela nunca esteja sozinha.

— É uma boa ideia. Com sorte, estamos lidando com um idiota que não aceita não como resposta, mas nunca se sabe.

Essas últimas palavras me enchem de um intenso sentimento de medo. Se alguma coisa acontecesse com ela, eu nunca sobreviveria. Sei disso.

Como esperado, Markel leva o celular de Leah, prometendo devolvê-lo assim que conseguir processar as chamadas e as mensagens de textos que Tom enviou. Quando já estão com o que precisam, saem com promessas de entrar em contato assim que tiverem mais notícias.

Gordon responde a minha mensagem para me avisar que dois caras estarão na minha casa logo de manhã para escoltar Leah para o trabalho e em qualquer outro lugar que ela precise ir. Vou levá-la para casa para pegar seu carro de manhã.

Tranco a porta e a trava, algo que só faço quando viajo. Esta noite, tenho algo precioso para proteger.

Ela está esperando por mim quando termino de trancar tudo.

— Venha aqui.

— Estou aqui.

Ela estende os braços para mim.

— Se aproxime.

Me encaixo em seu abraço e sinto seu perfume.

— Por favor, não deixe isso ser um revés para nós.

— Não vou deixar.

— Não é como antes.

— Continue me dizendo isso, ok?

— Sempre que você precisar ouvir.

Aperto meus braços em volta dela e a levanto para levá-la até o quarto.

— Eu deveria odiar o jeito que você me carrega por aí.

— Mas não odeia.

— Não, na verdade, eu meio que amo isso.

Nos preparamos para ir para a cama e deslizamos sob os lençóis juntos. Amo como ela se abraça a mim, deslizando a perna entre as minhas e descansando a mão no meu peito.

— Tenho que ir para Nebraska com o Flynn e a Nat na terça. Se eles não encontrarem esse cara até lá, quero que você venha comigo.

— Não posso ir para Nebraska na terça-feira. Vou levar Marlowe para o aeroporto para pegar o voo dela para Paris.

— Alguém pode fazer isso.

— Não, Emmett. Não pode. É o meu trabalho e vou fazê-lo.

— Não vou para Nebraska então.

— Vai, sim. O Flynn e a Natalie estão contando com você, precisa estar lá para eles.

Nunca me senti tão mal.

— Preciso estar aqui para você.

— Gordon e os homens dele estarão me acompanhando e não vou chegar perto da minha casa enquanto você estiver fora.

— Amanhã, vamos arrumar suas coisas e trazê-las para cá.

— E vamos celebrar o fato de estarmos indo morar juntos.

— Sim, faremos isso também. Na verdade, vamos tirar o dia de folga amanhã e vou ensiná-la a surfar.

— Não posso tirar folga amanhã. Tenho coisas para fazer antes da Marlowe partir para Paris.

— Pode sair mais cedo?

— Vou tentar.

— Tente muito.

— Pode deixar, agora pare de ser tão mandão e durma um pouco.

Fecho os olhos e tento relaxar, mas não consigo dormir. Quero segurar firme nela e mantê-la comigo até que peguem o psicopata que a está perseguindo.

*Leah*

A segunda-feira está mais movimentada do que o habitual depois do fim de semana prolongado, e já passa das três horas quando fico livre para encerrar o dia. Marlowe me disse para ir quando eu quisesse, então avisei a Emmett para que ele soubesse que eu estava indo embora. Tenho que pegar a roupa lavada a seco de Marlowe e deixar um cheque para a senhora que limpa sua casa antes de encontrar Emmett no apartamento.

Vamos à praia para uma aula de surf e depois para a minha casa para arrumar minhas coisas, que consistem principalmente em roupas e sapatos. Não trouxe muito comigo quando me mudei para cá, pois a empresa disponibilizou um apartamento mobiliado. Sou grata por isso agora, porque não vai demorar muito para colocar meus pertences em caixas e transferi-las para o apartamento de Emmett.

Ainda não consigo acreditar que isso está realmente acontecendo. Não muito tempo atrás, eu estava assistindo a juíza Judy para ter ideias de questões legais para perguntar a ele, e hoje, estamos indo morar juntos. Não me passou despercebido que aceleramos as coisas por causa do Tom, mas ele me pediu antes que o cara enlouquecesse e explodisse meu telefone, então não é por isso que está acontecendo.

Esta manhã, ele me presenteou com meu próprio conjunto de chaves, que estavam penduradas em seu pau duro. Sorrio pensando nisso enquanto sigo o tráfego da tarde, indo em direção à costa com Metallica explodindo como de costume. Emmett não tem ideia do quanto amo metal e não sei quais são suas bandas favoritas. Ainda há muito que não sabemos sobre o outro, mas mal posso esperar para descobrir tudo.

Dois dos caras de Gordon me seguem em um sedã escuro, mas não presto atenção neles enquanto canto a plenos pulmões. Saí da lavanderia e estou indo para a casa de Marlowe, em Malibu, para deixar as roupas para que ela possa fazer as malas da viagem.

*Fade to Black* toca, e eu aumento o volume para o máximo. Estou quase na casa de Marlowe quando um carro preto passa zunindo por mim, chegando muito mais perto do meu que deveria. Desvio para evitar a batida, mas perco o controle do carro. Acontece tão rápido que não tenho tempo para reagir antes que o veículo esteja voando pelo ar. Ele cai de cabeça para baixo com um som que me faz pensar em ossos quebrando.

Bato a cabeça com força — e a última coisa da qual estou ciente são as notas finais de *Fade to Black*.

# *Emmett*

Estou encerrando uma reunião de diretoria, a última antes de Marlowe partir para um mês de filmagem na França quando recebo uma ligação frenética de Gordon.

— A Leah sofreu um acidente.

Tudo para com essas palavras. Não posso falar, ver, ouvir ou fazer outra coisa a não ser tentar não vomitar. Se ele me disser que ela está morta...

— Emmett? Você está aí?

Kristian pega o telefone de mim.

— É o Kristian. O que houve?

Morro mil mortes enquanto ele ouve o que Gordon está dizendo.

— Para onde a estão levando? — Kris pergunta. — Vamos te encontrar lá.

Isso não pode estar acontecendo novamente. Mal sobrevivi da primeira vez. Nunca vou sobreviver novamente, não com Leah. Leah...

— Emmett — Jasper me chama, apertando meu ombro. — Vamos. A Leah precisa de você.

Me levanto e vou para a porta, impulsionado pelos amigos que me rodeiam com amor e apoio.

Marlowe caminha ao meu lado, sua mão apoiada em meu braço, me deixando saber que está ali, que entende por que estou como um zumbi. Ela sabe sobre Elena.

Os pensamentos correm pela minha cabeça: o belo rosto de Leah entremeado com o de Elena, as lembranças de Elena no hospital, as máquinas que não param de apitar, as bandagens no rosto e na cabeça, o pânico, o desespero. Tudo volta para mim, me deixando tonto e com medo.

Flynn está com as chaves do Range Rover de Hayden. Ele o deixou no escritório, e nós entramos no carro.

— Para onde vamos? — Flynn pergunta quando sai do estacionamento.

— Para o Cedars-Sinai — Kristian responde. — O Gordon acabou de enviar uma mensagem avisando que ela está a caminho.

— Ela está consciente? — Jasper pergunta.

— Ele não disse.

Marlowe, sentada ao meu lado, aperta meu braço.

— Tente não pensar o pior, Em. Ela é jovem e forte, e os homens de Gordon estavam bem ali quando aconteceu. Conseguiram ajuda para ela imediatamente. Tenho certeza de que quando chegarmos, ela estará implicando com todo mundo e exigindo que a liberem.

Embora eu seja consolado com esse pensamento, não posso fazer nada além de olhar pela janela enquanto o mundo passa correndo. E se ela não estiver bem? E se ela estiver seriamente ferida ou pior?

— O Gordon não sabe de mais nada? — Flynn pergunta.

— Pedi uma atualização, mas ainda não tive resposta — Kris responde, parecendo estressado.

— Eu deveria ligar para Nat — Flynn comenta. — Ela ia querer saber.

— Me dê seu telefone — Kris pede. — Vou fazer a ligação para você.

Flynn entrega o telefone.

Estou ciente do que está acontecendo ao meu redor quando ligam para Natalie e Flynn diz que Leah sofreu um acidente. Ouço Natalie suspirar e fazer perguntas para as quais não há respostas, mas estou estranhamente distante disso. O único pensamento que sou capaz de processar é que Leah está machucada e a caminho do hospital. Me lembro de ter recebido a ligação sobre Elena da colega de quarto dela que foi procurá-la na casa de Drew quando ela não voltou. Drew não estava em lugar nenhum, mas Elena... nunca saberemos por quanto tempo ela ficou lá até ser encontrada inconsciente e gravemente espancada na cama de Drew.

Nem os colegas de quarto dele sabiam que ela estava lá.

Pelo menos desta vez, alguém tinha conseguido ajuda para Leah imediatamente. Mas seria o suficiente? Será que ela já está morta e Gordon não conseguiu me dizer? A bile queima minha garganta e temo vomitar.

Abaixo a janela e respiro o ar fresco bem fundo.

Obviamente, o tráfego está terrível e leva uma eternidade para chegar ao hospital, ou assim parece. Flynn para em frente as portas principais da emergência e saímos correndo para dentro do hospital enquanto ele estaciona.

Felizmente, Marlowe assume o comando, perguntando por Leah no balcão de informações.

— Vou avisar ao médico que vocês estão aqui — a enfermeira fala, fingindo não ficar de boca aberta com Marlowe. — Vocês são da família?

— Sim — Marlowe responde.

— Certo — a enfermeira fala, de olhos arregalados e muito surpresa quando Flynn se junta a nós.

Começamos a atrair uma multidão, e é quando Gordon sai da área de atendimento e acena para irmos até lá. Ele arrumou uma sala de espera privada para nós e nos conduz para dentro, fechando a porta atrás de si.

— Gordon... — a pergunta de Kris não é verbalizada.

— Não é bom — ele fala.

Minhas pernas desmoronam debaixo de mim, e Marlowe e Jasper me guiam para uma cadeira. Apoio a cabeça nas mãos. Não posso ouvir o que ele tem a dizer. Simplesmente não posso.

— O carro caiu de cabeça para baixo e foi preciso arrancá-la de lá. Tiveram que cortar as ferragens. Felizmente, ela estava por cima.

— Seus funcionários viram o que aconteceu?

Gordon assentiu.

— Um sedan escuro saiu do nada e basicamente a tirou da estrada.

— Me diga que você o pegou — murmuro.

— Meus homens decidiram ficar com ela, mas conseguiram a placa. Os policiais estão procurando por ele.

— O que os médicos disseram? — Marlowe pergunta.

— Não muito ainda. Estão examinando-a agora. Ela cortou a testa e havia muito sangue, mas uma das enfermeiras disse que isso é comum com lacerações faciais.

— Ela não está consciente? — Jasper pergunta.

— Não.

— Merda — Kris murmura.

É exatamente o meu pensamento. Percebo que minhas mãos estão tremendo. Cada parte de mim está tremendo. Sabia que não deveria ter deixado isso acontecer com ela. Se as coisas tivessem ficado do jeito que estavam, eu ficaria chateado com o que aconteceu, mas não estaria destruído do jeito que estou agora. Como ela pôde fazer isso comigo? Como ela pôde fazer com que me apaixonasse por ela e depois fazer isso comigo? E sim, percebo que meus pensamentos são irracionais, mas são meus pensamentos e tenho direito a eles.

— Do que você precisa, Em? — Flynn pergunta quando se senta ao meu lado.

*Dela*. Preciso que ela venha aqui com aquela boca abusada e nos diga que estamos exagerando, que ela está bem, que está tudo bem. Como isso não vai acontecer, luto para pensar em uma resposta para sua pergunta.

— Eu, hum, não sei.

Natalie entra correndo alguns minutos depois, chorosa e abalada. Flynn se levanta para abraçá-la, e ela cai em soluços.

— Por favor, me diga que ela vai ficar bem.

— Não sabemos nada ainda — ele fala, soando preocupado.

Natalie o solta e vem me abraçar.

— Sinto muito que isso tenha acontecido, Emmett. Ela está tão feliz com você. Não é justo. — Ela soluça, e eu acaricio suas costas, querendo que ela se acalme, assim não teremos uma segunda calamidade em nossas mãos.

— Obrigado, Nat — consigo dizer. — É bom saber.

Tomamos a decisão de não contar a Hayden e Addie o que aconteceu para não estragar a viagem dos dois. Não há nada que eles possam fazer aqui, então não faz sentido incomodá-los.

Na hora seguinte, Ellie, Aileen e Sebastian se juntam a nós. Stella e

Max vêm depois que Flynn liga para contar o que aconteceu, e enquanto me sinto confortado pela presença da maioria dos meus amigos queridos, minhas mãos continuam tremendo incontrolavelmente enquanto esperamos para ouvir algo sobre a pessoa que eu mais amo. Gostaria de qualquer notícia neste momento.

Kristian entra e sai da sala, tentando conseguir mais informações. Estou agradecido por ele ter assumido o comando da situação, porque sou incapaz de fazer algo mais do que respirar no momento.

Esse sentimento horrível é por eu ter resistido com tanta veemência a Leah no começo. Ter algo precioso demais para perder é um risco que eu nunca quis correr. Mas ela me conquistou com sua persistência, seu jeito travesso, sua doçura e sensualidade. E agora estou na horrível posição de me perguntar como eu poderia ficar sem ela.

Fico de pé de forma tão repentina que tudo para ao meu redor. Kristian vem até mim e coloca a mão no meu ombro.

— Eu... preciso de um pouco de ar.

— Vamos. — Ele me leva para fora da sala privada. Passamos pela sala de espera comum e pelas portas principais. Saímos no calor do sol, o tipo de dia perfeito do sul da Califórnia que faz deste o melhor lugar do mundo para se viver – na maioria das vezes, de qualquer maneira.

— Não posso aceitar isso — digo a ele.

— Sei que é horrível, mas ela está no melhor lugar possível para ter o atendimento que precisa.

— Por que não nos dizem nada?

— Provavelmente, porque ainda não podem, mas vão dizer. O mais rápido possível. A equipe sabe que estamos esperando.

— Como você passa por isso a cada três meses? — Falar sobre sua provação tira a atenção da minha, ainda que temporariamente.

— Não sei. Faço isso porque não tenho escolha. — Ele se inclina contra a parede externa como se precisasse do apoio que ela oferece.

— Recebemos boas notícias esta manhã sobre os últimos exames da Aileen.

— Isso é um alívio.

— Sim. — Ele me olha. — Sinto muito que isso tenha acontecido com a Leah e com você.

— Eu estava lá pensando que é exatamente isso que eu não queria: me importar tanto com alguém que ela tenha o poder de me arruinar.

— Eu te entendo. Me sentia do mesmo jeito antes da Aileen. Mas agora... Quando penso no que teria perdido com ela e as crianças. — Ele balança a cabeça. — As coisas boas superam as ruins. Vale a pena. Eu juro que vale.

Não tenho certeza se isso é verdade. Se ela morrer ou acabar como Elena, não sobreviverei. Sei disso com certeza.

Flynn sai de dentro do hospital correndo.

— Os médicos querem falar conosco.

Estou congelado no lugar, abalado por querer e ao mesmo tempo não querer ouvir o que eles têm a dizer. Não consigo me mexer.

— Vamos, Em, a Leah precisa de você — Kristian fala, me levando pelo braço e me guiando para dentro.

# 21

# *Emmett*

Cambaleio, impulsionado pela energia nervosa de Kristian. Entramos na sala cheia de amigos, onde dois médicos estão esperando por nós, os rostos parecendo inexpressíveis. Por que fazem isso? Por que não sorriem ou fazem algo para me deixar saber que ela está bem?

— Este é Emmett Burke, o namorado dela — Flynn me apresenta.

Nunca fui apresentado como namorado de ninguém e não tenho certeza do que fazer com isso agora. Focar nesse tema me dá um segundo final para me preparar para o que eles possam dizer.

— A srta. Holt está estável — o mais velho dos dois médicos fala. — Ela levou uma forte pancada na cabeça e precisamos de quarenta pontos para fechar a laceração. Esperamos por um cirurgião plástico para dar os pontos, já que a ferida foi na testa.

— Ela está acordada? — Nat pergunta.

— Ainda não. Ela sofreu uma concussão significativa e perdeu muito sangue. Também fraturou o pulso esquerdo.

— Ela vai ficar bem? — Kristian faz a única pergunta que importa.

— Acreditamos que ela vai se recuperar totalmente, mas as próximas horas nos dirão mais.

*Recuperação total.* Essa é a única coisa que ouço.

— Podemos... posso vê-la?

— Claro. Estamos esperando um quarto ser liberado no andar de cima, mas você pode ficar até que seja removida — Ele gesticula para que eu o siga.

Seguro a mão de Marlowe, precisando de alguém comigo para isso.

Eles nos levam a um cubículo no final de um longo corredor, onde Leah está sendo atendida por uma enfermeira de cabelos brancos. Esse cabelo branco me conforta, pois significa experiência, e quero que Leah tenha o melhor de tudo. Leva um segundo para eu ter coragem de olhar diretamente para a mulher na cama, a pessoa cheia de energia que se inseriu diretamente na minha vida.

Vou até ela, atraído do mesmo jeito que fui desde o começo. Me inclinando sobre a cama, beijo o lado da testa que não está coberto pela bandagem.

— Estou aqui — digo a ela. — Estou bem aqui. A Marlowe também está. Todo mundo está.

Olho para Marlowe do outro lado da cama, vejo a preocupação gravada em sua expressão e fecho meus olhos contra uma onda de lágrimas. Estou arrasado em ver uma força vital como Leah em uma cama de hospital. Vê-la pálida e imóvel é muito errado, totalmente errado.

Marlowe coloca a mão no ombro de Leah.

— Você precisa acordar, Leah — ela fala. — Preciso da minha Addie. Você se tornou completamente indispensável para mim nestes últimos meses, e não vou durar um dia sem você.

Me sento em uma cadeira ao lado da cama, seguro a mão de Leah e a levo aos lábios. Inspiro o cheiro persistente do seu perfume, aquele seu cheiro que é tão incomum, com lágrimas escorrendo pelo meu rosto. Não suporto isso. Fico ali por muito tempo, ciente dos outros que vêm um por um para vê-la, de Natalie chorando e Flynn a levando para fora, de médicos entrando e saindo, enfermeiras murmurando em cubículos próximos, o cheiro de antisséptico e a pontada de pânico enquanto as horas passam sem que ela se mexa.

Eles a levam para o andar de cima às seis, a hora que combinamos de fazer a primeira aula de surfe. Eu disse a ela que a água estaria congelando, e ela disse que não se importava. Ela queria tentar. Queria experimentar tudo. Minha garota destemida e espirituosa. Eu a amo demais.

Quero implorar a ela que volte para mim, que fale comigo, me provoque, ria de mim e me atinja nos olhos com um plug anal. Aceitaria qualquer coisa nesse momento.

Daria a ela qualquer coisa, literalmente qualquer coisa que ela pedisse se abrisse aqueles grandes olhos azuis que costumavam trair cada pensamento e emoção sua e me olhasse de novo como se eu tivesse colocado a lua no céu só para ela. Ninguém nunca me olhou do jeito que ela me olha. Nunca.

Ela é internada em um quarto na UTI. Saber que ela necessita desse nível de cuidado acaba ainda mais meus nervos já desgastados. Por que a levaram para a ala de pacientes mais graves se não estivesse em más condições? Pergunto isso à gentil enfermeira mais velha que nos acompanhou no andar de cima.

— Só queremos ficar de olho nela — ela me responde. — Ferimentos na cabeça podem ser imprevisíveis.

Já sei disso muito bem.

— Por que ela não acorda?

— Ela levou uma grande pancada. Pode levar tempo para se recuperar. Estou indo para a emergência, mas você estará em boas mãos aqui. Vou orar por sua amiga.

Quero dizer à mulher que Leah é muito mais do que minha amiga. Mas só aceno e murmuro meus agradecimentos, mantendo o foco em Leah e tentando conter o pânico que quer me oprimir. Há pouco tempo, eu achava que ela era jovem demais para mim, baunilha demais. E agora que a conheço melhor, não posso acreditar que alguma vez pensei que ela fosse outra coisa que não perfeita para mim.

Nas horas que se seguem, revivo cada minuto que passamos

juntos, chafurdando nas brigas, na irritação, na excitação, no prazer sublime, no riso. Deus, ela me faz rir como ninguém.

— Baby, por favor — sussurro, me inclinando sobre a cama, assim fico o mais próximo dela que posso. — Por favor, acorde. — Beijo seu rosto, seu narizinho fofo, as sardas. Essas sardas... elas me matam. Beijo seus lábios, desejando que ela dissesse algo para me irritar só para que pudesse me dizer que fico sexy quando estou chateado. — Leah, volte para mim. Isso não é engraçado. Você não pode fazer isso comigo. Você sabe o que eu passei com Elena. Não se atreva a fazer isso.

Kristian entra para me ver. Estou ciente dele e dos outros entrando e saindo, mas não tenho nada a dizer para ninguém além dela. Só falo com Leah, implorando para que ela acorde.

À luz fluorescente da UTI sem janelas, é difícil saber que horas são, mas o tempo deixa de ter importância. Não tenho ideia de quanto tempo estou lá, beijando-a, falando com ela, implorando. Estou tão perto do seu rosto que a vibração dos seus cílios no meu rosto me eletrifica. É o melhor sentimento que já experimentei.

— Leah.

Ela umedece os lábios e geme.

— Baby, acorde. É o Emmett. Estou aqui. Acorde e volte para mim. Por favor, volte para mim.

— Em.

Nada me fez mais feliz do que ouvi-la me chamar pelo nome, mesmo que seja apenas uma sílaba dele. Me diz tudo o que preciso saber, que ela ainda está aqui, ainda é minha.

— Sim, sou eu. Você sofreu um acidente, mas está bem agora. Vai ficar bem.

— Dói.

— Eu sei, linda. — Estou chorando. Não posso evitar. Ela me arruinou e bagunçou minha vida anteriormente bem ordenada. Este dia terrível me mostrou que não sou nada sem ela. Limpo o rosto com a manga do paletó e beijo seus lábios. — Deixe-me chamar a enfermeira para lhe dar algo para a dor.

Ela aperta sua mão na minha.

— Não vá.

— Volto logo. Prometo.

Ela me solta, e eu me movo rapidamente para alertar a enfermeira na mesa do lado de fora do quarto que ela está acordada e com dor.

— Já vou lá.

Quero dizer aos amigos que estão na sala de espera que ela está acordada, mas a minha necessidade por ela supera todo o resto. Volto para seu lado, retomando meu posto e seguro sua mão, temendo que tenha apagado de novo.

Mas seus olhos se abrem, e ela me coloca em foco.

— O que aconteceu?

— Você saiu da estrada. Os caras de Gordon viram acontecer.

— Foi... foi Tom?

O medo que vejo nos seus olhos me entristece.

— Não sabemos ainda. Pegaram a placa e os policiais estão procurando por ele. Beijo sua mão. — Eu deveria ter feito você chamar os policiais na primeira vez que me contou sobre ele. Talvez se eu tivesse...

Seus olhos se fecham e sua voz está mais fraca que o normal.

— Você está fazendo isso de novo.

— Fazendo o quê?

— Se culpando por coisas que não são sua culpa. Eu poderia ter chamado a polícia por causa dele, mas não chamei.

Natalie aparece na porta, ouve Leah falando e solta um grito feliz.

— Ei — Leah diz, sorrindo para a amiga. — Você está aqui.

— Estamos todos aqui — Natalie diz, indo para o outro lado da cama.

— Vocês não ligaram para o Hayden e a Addie, não é?

— Não — digo a ela. — Todos concordamos em não fazer isso.

— Que bom — ela fala, aliviada quando seus olhos se fecham novamente.

A enfermeira entra e dá algo para a dor que a faz dormir.

— Ela vai dormir por um tempo, se quiser descansar um pouco.

— Não vou a lugar nenhum. — Não enquanto ela estiver naquela cama e o cara que a colocou lá ainda estiver à solta. As horas passam, alguém me traz comida que como sem sentir o sabor de nada. Flynn e Jasper insistem em levar Natalie e Ellie para descansar e depois que eles saem, digo aos outros para irem também. — Ficarei aqui e informo caso algo mude.

— Vou ficar por aqui — Marlowe declara.

— Você vai para a França amanhã — eu a lembro.

— Já avisei que não voltarei até o final da semana.

— A Leah vai ficar brava por você ter feito isso por causa dela.

— A Leah não é a minha chefe — ela fala, sorrindo, mas posso ver a exaustão em seus olhos. — Você está bem, Em?

— Estou melhor que antes, mas... — Balanço a cabeça.

— Eu sei. Foi muito assustador.

— Não fui feito para isso.

— Para o quê?

— Para m importar tanto assim. Não sei como fazer isso.

— Você está indo bem. Não saiu do lado dela por horas. Estava bem aqui quando ela precisou de você.

— Eu deveria ter chamado a polícia para esse cara antes. Sabia que ele a estava assediando, mas só disse para ela bloqueá-lo. Deveria ter feito mais.

— Nem sabemos ao certo se foi ele. Por que você está fazendo isso para si mesmo? Não é sua culpa que isso tenha acontecido. E não foi sua culpa que Elena tenha se machucado também, mesmo que você não acredite.

— Nunca vou acreditar que confrontar Drew não tenha feito parte do que aconteceu.

— Não é sua culpa — Leah murmura.

Sua voz é como um fio ligado diretamente ao meu coração. Ele vibra de prazer ao ouvi-la.

— Ela está certa — Marlowe fala. — Não foi sua culpa e nem o que aconteceu a Leah. Por mais que você goste de pensar que pode controlar o que outras pessoas fazem, você não pode. Ninguém pode.

— É isso mesmo que ela disse — Leah diz, apontando para Marlowe e depois estremecendo quando o movimento provoca dor.

— O que dói? — pergunto a ela.

— Minha cabeça parece que vai explodir se eu me mexer um pouco.

— Então fique parada. — Sei que pareço desagradável, como ela diria, mas não posso evitar. Estou no meu limite.

— Estou tentando, mas respirar requer movimento.

— Não ligue para ele — Marlowe fala, franzindo a testa para mim. — Ele está exausto. Cuidar de alguém de quem ele goste do jeito que gosta de você, exige demais dele.

Franzo a testa para Marlowe, mesmo que ela fale a verdade. Eu disse o tempo todo que não estava preparado para esse absurdo de relacionamento. Leah deveria ter me escutado quando falei que ela poderia encontrar alguém melhor que eu. Estarei ao seu lado enquanto ela estiver no hospital, mas no minuto em que ela estiver de pé, preciso me afastar para preservar minha própria sanidade.

## Leah

Posso senti-lo desabar bem ao lado da minha cama. Isso é ruim, mas não posso fazer muito a esse respeito enquanto dói até para respirar. Minhas costelas e peito doem, meu pulso está engessado e doendo pra caramba, e todo o meu corpo parece que foi atropelado por um caminhão.

A enfermeira disse que vão me levar para um quarto comum amanhã, depois de eu ter sido monitorada por vinte e quatro horas devido ao ferimento na cabeça.

— Você não precisa ficar — falo quando Marlowe vai buscar café para eles.

— Eu te disse que não vou a lugar nenhum.

Cada palavra me dói, mas estou mais preocupada com ele do que com mim mesma. Não consigo imaginar como isso deve ter sido terrível para ele. Mesmo que ele esteja tentando projetar uma atitude do tipo "não dou a mínima", sei que ele se importa muito comigo, e esse é o problema. Ele não sabe como lidar com esse sentimento, e meu acidente aconteceu no pior momento possível, quando estávamos dando um grande passo em direção a algo significante juntos.

Nunca vou perdoar o Tom por estragar tudo. Comecei a me lembrar de detalhes do acidente que preciso compartilhar com os policiais. Era ele. Reconheci seu carro. Respiro fundo.

— Emmett.

Ele se vira de onde está, perto da janela. Está sem o paletó e a gravata e enrolou as mangas da camisa.

— Estou aqui.

— Os policiais ainda estão por aí? — Mantenho os olhos fechados, o que parece ajudar a dor de cabeça.

— Não sei. Por quê?

— Foi o Tom. Reconheci o carro.

— Tem certeza?

— Sim.

Com os olhos fechados, ouço o farfalhar de tecido quando ele tira o celular do bolso da calça e depois sua voz.

— Aqui é Emmett Burke. Estou com Leah Holt no hospital, e ela viu o carro. Definitivamente era ele. — Ele ouve. — Certo. Me avise. — Ele encerra a ligação. — Já sabiam que era ele, porque conseguiram comparar a placa que a equipe de Gordon passou. Já emitiram um mandado de prisão e todo o departamento de polícia de Los Angeles está procurando por ele. — Seu telefone toca com uma mensagem de texto que o faz bufar.

— O que foi?

— Eu, hum, merda. — Todo o ar parece deixá-lo em um longo suspiro. — A Liza me mandou uma mensagem — ele fala, se referindo a relações públicas da Quantum. — A imprensa publicou a história de que a assistente de Marlowe foi jogada para fora da estrada em Malibu.

— Publicaram meu nome?

— Sim.

— Tenho que ligar para o meu pai. — Raramente falo com ele, mas não quero que ele ouça sobre o acidente através da imprensa.

— Vou ligar pra ele. Qual é o número?

Recito para ele e ouço quando ele diz ao meu pai o que aconteceu.

— Ele quer falar com você. Você se sente bem para isso?

Começo a assentir, mas paro. Levanto a mão para pegar o telefone de Emmett.

— Oi, pai.

— Oi, querida. Você está bem?

— Vou ficar. A concussão não é divertida e o pulso fraturado será um problema, mas poderia ter sido pior.

— Estou muito grato por não ter sido. Há algo que eu possa fazer por você?

— Não, estou bem e meus amigos estão por perto.

— Quem foi quem me ligou?

— Meu, hum, amigo, Emmett. Trabalhamos juntos.

Os olhos de Emmett semicerram com um olhar feroz quando o descrevo como meu "amigo".

— Posso ir até aí se isso ajudar.

— Não há necessidade, pai. Estou bem e tenho muitas pessoas para me ajudar quando eu sair do hospital.

— Me liga amanhã para me avisar como você está?

— Pode deixar.

— Certo. Eu te amo, Leah. Estou muito feliz por você estar bem.

Sempre soube que ele me amava, mas nunca o ouvi dizer isso.

— Também te amo. — Pisco para afastar as lágrimas. — Te ligo amanhã.

— Nos falamos depois.

Emmett pega o telefone e encerra a ligação.

— Você está bem?

— Sim.

Usando um lenço de papel, ele enxuga minhas lágrimas. Sua ternura faz meu coração dar cambalhotas.

— Ele disse que me ama.

— Você não sabia disso?

— Sabia, mas ele nunca me disse isso antes.

— Você disse a ele que eu era seu *amigo*.

— O que mais eu deveria dizer a seu respeito? — pergunto, admirando a carranca que tanto amo.

— O amante com quem você mora?

— Eca. Isso é muito grosseiro.

— Não tem nada grosseiro nisso, baby.

— A palavra "amante" é grosseira.

— Tudo bem, que tal o amigo de foda com quem você mora? Assim é melhor?

— Muito, mas não acho que eu deveria dizer isso ao meu pai.

— Provavelmente é melhor mesmo que não diga. — Ele segura minha mão, entrelaça nossos dedos, a beija e sinto todo o caos usual dentro de mim quando seus lábios roçam contra a minha pele.

— Você deveria ir para casa e dormir um pouco. — Estou preocupada com o quanto ele parece cansado.

— Não vou a lugar nenhum enquanto você estiver aqui e esse babaca ainda estiver por aí em algum lugar.

— Quero que você descanse um pouco. Venha se deitar comigo.

— Não quero te machucar.

— Não vai. — Sinto muita dor para mover para o lado esquerdo da cama, onde o meu pulso lesionado está apoiado em um travesseiro.

— Tem certeza?

— Aham — falo, respirando através da dor.

Ele apaga a luz, tira os sapatos e se move com cuidado para se acomodar ao meu lado, se vira e coloca o braço em minha cintura.

— Está tudo bem?

— Isto é perfeito.

— Tem hospital demais nessa porcaria de relacionamento.

— Olhe para você, dizendo a palavra com R por aí.

— Feche a boca atrevida e durma um pouco.

Sorrindo, eu fecho meus olhos, e mesmo que minha cabeça esteja latejando e meu pulso quebrado esteja doendo, meu coração está em melhor forma do que nunca. Meu pai me ama. Emmett me ama. No geral, este dia é uma vitória.

— Emmett — sussurro depois de um longo silêncio. Não tenho certeza se ele ainda está acordado.

— Humm.

— Você não vai surtar e fugir, vai?

— Ainda estou aqui, não estou?

— Porque não encontraram o Tom.

— Essa não é a única razão.

— Se for começar a surtar, você tem que me dizer.

— Surtei mais cedo quando não sabia se você estava bem.

— Está tudo bem agora.

— Jura?

Coloco a mão boa sobre a dele e a aperto.

— Juro.

# 22



Assumo a liderança com Leah, que está ótima. Mesmo com a concussão e o pulso quebrado, ela é engraçada, calma e age exatamente como sempre, o que é um grande alívio para mim. Ela está indo tão bem que os médicos decidem liberá-la no dia seguinte, depois que prometo levá-la para casa e cuidar dela. Não há mais nada que eu queira fazer.

Flynn e Natalie vão para Nebraska sem mim. Nenhum deles queria ir com Leah ainda no hospital, mas Natalie tem que estar lá para testemunhar, então eles não tinham escolha.

Leah e eu chegamos à minha casa, e eu não a deixo fazer nada mais árduo do que andar do carro para a cama, onde a coloco em cima de uma pilha de travesseiros e seu pulso apoiado em outro.

— Está com fome?

— Não.

— Do que mais você precisa?

— Talvez um pouco de água gelada?

— Volto já.

Estou enchendo um copo com gelo e água quando uma onda de emoção, alívio e amor me atinge. Quando penso no que poderia ter acontecido, meus joelhos ficam fracos.

Nunca gostei de alguém como gosto dela.

— Emmett.

Respiro fundo e me recomponho, porque ela precisa de mim. Passará muito tempo até que eu possa pensar sobre ontem sem que minhas mãos fiquem tremendo e meu sangue esfrie, mas tento manter a compostura para que ela não saiba o quanto estou confuso. Levando o copo de água gelada comigo, volto para o quarto. Ela ainda está assustadoramente pálida, mas seus olhos estão abertos e alertas.

— O que há de errado? — ela pergunta depois que entrego a água.

Me sinto pressionado. Como achei que poderia esconder qualquer coisa dessa pessoa que me vê do jeito que mais ninguém consegue?

— Nada.

— Venha aqui. — Ela dá um tapinha na cama ao seu lado.

Tenho o cuidado de não empurrá-la quando me acomodo na cama.

— Estou aqui.

— Posso sentir sua cabeça girar.

— Como pode *sentir* isso? — pergunto, irritado com sua percepção.

— Te conheço, Emmett. Conheço os sinais. Fale comigo.

— O que quer que eu diga?

— Me diga como você se sente.

— Tenho que fazer isso?

Ela revira os olhos.

— Estamos em um *relacionamento* agora. Você mesmo disse. Então sim, tem que fazer isso.

— Eu e minha boca grande.

Ela cutuca meu peito.

— Fale.

Quero correr e me esconder. Quero evitar a ela e aqueles olhos que veem o meu coração. Como ela faz isso?

— Você me deixou apavorado.

— Eu sei. Sinto muito.

— Não se atreva a se desculpar pelo que esse monstro fez.

— Não estou me desculpando por ele. Sinto muito ter te colocado em tal provação. Se fosse com você, não teria sido capaz de aguentar.

— Teria, sim. Você é muito mais forte que eu.

Ela aperta meu bíceps.

— Nós dois sabemos que isso não é verdade.

— Você é mais forte por dentro. Sou péssimo.

— Não, não é.

— Sou, sim.

— É porque você se importa muito.

— Eu sei! Odeio isso!

Ela ri e, em seguida, faz uma careta, levando as mãos à cabeça como se quisesse segurá-la no lugar.

— Não me faça rir.

— Não estava tentando te fazer rir.

— Você vai sobreviver se sentir assim sobre mim, sabe disso.

— Não sei se vou.

— Vai. Eu juro.

— Não faça promessas e quase se mate. Isso não é justo.

— Você está sendo muito bobo.

— Não, não estou! Estou falando sério.

Entrelaçando seus dedos aos meus, ela olha nos meus olhos.

— Uma coisa ruim aconteceu e assustou a todos nós, mas estou bem, estamos bem, está tudo bem.

— Continue dizendo isso. Talvez eu acabe acreditando.

— Sabe o que quero fazer quando estiver melhor?

— Aprender a surfar?

— Com certeza. Mas também quero conhecer a Elena. Você me leva para vê-la?

Por um momento, estou muito atordoado para formular uma resposta.

— Emmett? Tudo bem que eu queira conhecê-la?

— Ah, sim, claro.

— Então você vai me levar para vê-la?

— Assim que você se sentir bem.

Ela sorri e fecha os olhos, mantendo o aperto firme na minha mão.

— Que bom.

ESTAMOS DORMINDO no final da tarde quando meu telefone toca. Não posso acreditar que estou dormindo no meio do dia, mas estou esgotado depois da provação de ontem. A chamada vai para o correio de voz antes que eu possa alcançá-lo.

O telefone toca novamente, e eu o pego, saindo do quarto para que Leah durma mais um pouco.

Ainda sonolento, atendo à chamada sem olhar para o identificador.

— Emmett Burke.

— É a Liza.

— Está tudo bem?

— Há, hum, algumas fotos que foram postadas na internet.

Ainda estou tentando me livrar do estupor do sono profundo.

— Que tipo de fotos?

— Leah com homens. Ela está...

Meu cérebro imediatamente desperta para o que ela está me dizendo. De jeito nenhum. De jeito nenhum. Isso não pode estar acontecendo.

— Quantas?

— Três. Estão capitalizando sobre o fato de que ela é a assistente da Marlowe.

Me encolho com o pensamento de Leah e Marlowe sendo arrastadas pela lama.

— Denunciei as fotos como abuso para os sites em que estão postadas e estou tentando derrubá-las. Pode mandar alguém da sua equipe entrar com uma liminar? Rapidamente?

— Sim. — Preciso pensar como advogado, mas como o homem apaixonado pela mulher sendo humilhada publicamente, tudo em que posso pensar é nela e como isso vai devastá-la. — Peça ao Jonah para lidar com isso, tudo bem? — pergunto, me referindo a um dos advogados da minha equipe. — Diga a ele para me ligar se precisar de mim.

— Vamos cuidar disso.

Eles vão fazer o possível, mas o dano seria causado mesmo assim. Ela ficaria arrasada ao saber disso e, ao voltar para o quarto, penso nas várias maneiras que posso lidar legalmente com as vacas que continuam a torturá-la. Posso fazer de suas vidas o mesmo inferno que fizeram com Leah, entrando com processos na vara cível, que as levarão à falência. Definitivamente farei isso, e vou aproveitar cada segundo. Vou fazer essas vadias se arrependerem de terem mexido com a minha Leah.

*Minha Leah...*

Deus, estou realmente envolvido, e quando volto para a cama e me aconchego ao seu lado, não consigo me importar que ela tenha se infiltrado tão profundamente dentro de mim que nunca vou me libertar dela.

O último lugar que quero estar é longe dela.

— Por que você está irritado? — ela pergunta, sua voz está rouca, sonolenta e sexy.

Começo a negar, mas depois me lembro com quem estou falando.

— Só uma merda do trabalho.

— Que tipo de merda?

— Do tipo legal. — Decido não contar a ela. Não agora, não enquanto ela ainda estiver se recuperando de uma concussão e do trauma do acidente. — Volte a dormir por um tempo. Não temos nada para fazer e nenhum lugar para ir.

— Você deve estar entediado aqui comigo.

Solto uma risada.

— Entediado é uma coisa que nunca estou quando o meu pequeno e sexy pit bull está por perto.

Seus olhos estão fechados, mas um sorriso malicioso se estende por seu rosto. Aquele sorriso ilumina meu mundo. Eu mataria para protegê-la e quando ela estiver cochilando, ficarei ocupado com o meu telefone, orientando a minha equipe a fazer guerra em seu nome. Não tenho dúvidas de que meus empregadores aprovariam de todo coração minha estratégia.

*Leah*

Leva três dias para eu me sentir humana novamente e mais dois para eu voltar ao normal. No quinto dia, recebemos notícias da polícia de Los Angeles de que Tom foi preso em Yuma, no Arizona, e respiramos profundamente aliviados ao saber que ele foi levado sob custódia e não pode mais me machucar nem a ninguém. Ele será acusado de tentativa de homicídio, e Emmett está confiante de que, porque tentou fugir uma vez, não lhe será concedida fiança.

Durante esses cinco dias, Emmett não me deixa nem por um minuto. Ele trabalha em casa o tempo todo que eu fico de cama. Eu o ouço ao telefone logo pela manhã e até tarde da noite. Qualquer que seja a "merda legal" com a qual ele está lidando, deve ser significativo, porque ocupou muito do seu tempo.

Perguntei o que está acontecendo, mas ele diz que não é nada para eu me preocupar. Quanto mais ele diz isso, mais me preocupo. Além disso, ninguém me conta o que aconteceu em Nebraska. Natalie me liga diariamente e só diz que falaremos sobre Nebraska depois. Tudo o que sei é que eles estão de volta a Los Angeles. Ela está preocupada comigo, mas estou preocupada com *ela*.

Saio do chuveiro e retiro o saco plástico que tenho usado para manter o pulso seco. Também tenho que lavar o cabelo evitando o curativo que cobre os pontos no couro cabeludo, o que é mais difícil do que parece. A tala para o punho e o uso limitado da mão esquerda foram quase piores do que a concussão. Nunca se sabe o quanto se usa as mãos até que uma delas esteja indisponível.

Emmett entra no quarto carregando uma caneca fumegante de café do jeito que eu gosto.

— Obrigada.

— Sua bochecha está voltando a ficar um pouco corada. — Ele acaricia minha bochecha com o dedo, e esse leve toque é o suficiente para me lembrar de onde paramos antes do acidente.

Coloco o café em uma mesa de cabeceira, me aproximo mais dele, envolvo os braços em sua cintura e beijo seu peito nu.

— Oi.

— Olá.

Posso ouvir a diversão em sua voz.

— Estou com saudade de você.

— Estive aqui o tempo todo.

— Sim, esteve, mas senti sua falta. — Seguro seu pau para deixá-lo saber o que quero dizer.

O som que vem dele humano é quase animalesco. Ele segura minha mão e a afasta.

— O que houve? — pergunto, magoada e um pouco perplexa.

— Você ainda não está pronta para isso.

— Estou, sim.

— Não, não está.

— Por que você decide isso?

— Porque eu sei o que é melhor.

— Você é o amigo de foda com quem eu vivo, não a minha mãe, e como tal, seu trabalho é transar comigo quando quero. Estou querendo.

— E eu estou declinando. — Ele se vira e vai embora.

Atordoada pela rejeição, me esforço para amarrar o cinto do roupão que ele me emprestou e o sigo para fora do quarto, indo para a cozinha, onde ele montou seu escritório. Vou até a bancada para ver o que o mantém tão envolvido em seu trabalho. A primeira coisa que vejo me faz parar.

— Onde você conseguiu isso? — pergunto a respeito de uma foto que nunca esperei que fosse ver novamente. Estou tão chocada ao ver isso que sinto frio, como se tivesse caído em um tanque de água gelada.

Ele se vira.

— Leah...

— *Me fale onde você conseguiu isso!* — Estou gritando, mas não posso evitar. Essa foto me leva de volta ao pesadelo dos meus anos do ensino médio e não posso imaginar o que é que ele está fazendo com isso.

— Depois do acidente, Helene Gaspar e outras pessoas postaram.

Esse nome é como um picador de gelo no meu coração. Ela foi a pior das vacas que fez da minha vida um inferno no ensino médio.

— E-ela, ela...

— Postou e insinuou que tinha outras e que estaria disposta a vender. Ela queria lucrar com o fato de que a assistente de Marlowe estava no noticiário após o acidente.

— Quando isto aconteceu?

— Há quatro dias. Estávamos trabalhando em conseguir uma liminar e dando entrada em um processo cível de difamação.

— *Quatro dias?* Por que não me contou?

— Você estava com muita dor e se recuperando do acidente. Não queria te preocupar com isso. Cuidei de tudo. Sua velha amiga Helene foi confrontada com um enorme processo que deve tê-la deixado cagando de medo. Estamos pedindo cinco milhões por danos morais. E fiz questão de divulgar o processo na imprensa para que qualquer pessoa que tenha fotos suas pense duas vezes antes de liberá-las.

Ele travou uma guerra em meu nome, e eu não tinha ideia do que estava acontecendo.

— Você está chateada? — ele pergunta, parecendo tão vulnerável que toda a raiva sai de mim. O que importa que ele me escondeu isso, sendo que estava ocupado resolvendo?

— Com você? Não, estou agradecida. Não acredito que você fez isso.

— Claro que fiz. Eu não ia deixar que ela te arrastasse pela lama. Ela já lhe causou sofrimento suficiente na sua vida.

Pensei que o amava antes, mas esse é um outro nível.

Ele dá um passo para trás, se afastando de mim.

— Espere... o que está fazendo? Você sabe como me sinto sobre lágrimas de garotas.

— Estas são lágrimas felizes. — Vou em direção a ele, envolvo o braço bom ao redor do seu pescoço e o puxo para um beijo. — Na última vez que ela se voltou contra mim, eu não tinha ninguém para me defender.

— Agora você tem. — Ele fala, feroz como sempre, mas é diferente agora. Há ternura e amor também, e o amor é a coisa mais avassaladora que já experimentei. — Sempre vou te defender e te proteger.

— Isso está começando a parecer *muito* com um relacionamento real.

Sorrindo, ele fala:

— Cale a boca.

— Me faça calar.

— Ficarei feliz em fazer isso. — Ele envolve seus braços na minha cintura e me beija com quase uma semana de desejo reprimido se derretendo em um beijo intenso, possivelmente o melhor beijo que já recebi, porque sei que ele me ama, mesmo que não possa dizer as palavras. Sei disso com a mesma certeza de que sei que o sol nascerá amanhã. Seu amor é como o sol. Ilumina minha vida e me aquece por completo. É tudo que eu quero e preciso.

— Me leve para a cama, Emmett.

— É muito cedo.

— Não, não é. Estou bem. Juro.

Ele observa meu rosto daquele seu jeito intenso antes de me levantar e me levar para o quarto, me colocando na cama. Deus, eu amo quando ele faz isso.

Abro o cinto do roupão e o deixo cair, revelando cada parte minha para ele.

Seu olhar é faminto e feroz.

Sofro por ele. É engraçado como pensei que era muito jovem para ficar com alguém para sempre até que passei algumas semanas com Emmett. Agora não posso imaginar minha vida sem ele por uma hora, muito menos um dia.

Ele é dolorosamente terno, seus lábios deslizam sobre a minha pele com uma reverência que me deixa em chamas.

Cada parte minha está envolvida, encantada e extasiada quando ele leva meu mamilo a boca, sugando suavemente. Isto não tem relação com dominação. Tem a ver com o amor tão puro e tão real que rouba o ar dos meus pulmões e cada pensamento da minha mente que não tem relação com ele. Emmett faz a mesma carícia doce no outro seio antes de trilhar um caminho de beijos na parte da frente do meu corpo, apoiando minhas pernas em seus ombros e destruindo minha compostura com a língua e dedos.

Gozo tão forte que grito.

Em seguida, ele me penetra devagar e com cuidado, me dando tempo para me ajustar a seu comprimento e largura, se certificando de que nada que ele faça me machuque — nunca. Isso é felicidade. Isso é perfeição. Ele é tudo.

Eu o abraço, desejando poder arrancar a tala volumosa do meu pulso, porque não posso envolvê-lo do jeito que quero.

— Alguma coisa está machucando?

— Não, mas algo dói.

Aquele sorriso... isso me arruína. Eu faria literalmente qualquer coisa para fazê-lo sorrir assim sempre que pudesse pelo resto da minha vida.

Ele entra em mim devagar, e no momento em que está totalmente acomodado dentro de mim, tenho um orgasmo após o outro, uma onda incontrolável de prazer que faz minha cabeça girar.

— Você está me deixando louco — ele murmura, seus lábios roçando meu ouvido e disparando fogos de artifício por todo o meu corpo. Gemendo, ele começa a se mover mais rápido, seus dedos apertando meu ombro e quadril enquanto ele me segura para sua posse feroz.

Tudo o que posso fazer é ficar ali e recebê-lo, me rendendo a ele. Outro orgasmo enorme toma conta de mim com uma onda de prazer tão forte e tão intensa que minha mente fica vazia enquanto meu corpo tensiona.

Emmett me aperta com firmeza ao gozar e quando desmorona sobre mim, eu o abraço o mais forte que posso.

— Leah...

— Eu sei. Eu também. Eu também.

— Você não pode me deixar. Eu nunca sobreviveria.

— Não vou a lugar algum.

— Jura?

— Juro.

Tenho o homem dos meus sonhos em meus braços e na minha cama. Não há outro lugar que eu preferiria estar a não ser aqui com ele.

Para sempre.

# Emmett

No domingo seguinte, levo Leah para conhecer Elena. Quando ela me perguntou se poderia conhecê-la, quis dizer não, pensando que seria melhor manter meus dois mundos separados, mas eu sabia que meu pequeno pit bull nunca aceitaria isso. Então eu concordei, e agora estamos indo para Pacific Palisades no meu carro com as janelas abertas. O sol bate sobre nós e uma brisa quente entra pelo veículo em outro dia perfeito do sul da Califórnia. Estamos ouvindo Metallica no máximo, do jeito que ela gosta. Sou mais do tipo rock clássico e não curto muito heavy metal, mas ela adora, então eu aguento.

Leah segura minha mão enquanto eu dirijo. Sempre que ela está perto de mim, está me tocando, o que é algo que eu não teria pensado que fosse gostar antes que ela me mostrasse o contrário. Anseio por seu toque, sua atenção, seus sorrisos, seus comentários insolente, sua risada, seu corpo doce e sexy. Anseio por tudo nela.

Pela primeira vez na minha vida profissional, o trabalho é uma tarefa a ser suportada para que eu possa voltar para ela. Nossos amigos têm sido implacáveis a respeito do meu novo horário de trabalho, que está mais curto, mas nem ligo. Saio às cinco e meia todos os dias, insistindo para que ela faça o mesmo para que possamos passar todos os minutos possíveis juntos. Ela se recuperou bem do acidente, sua maior queixa agora é que o corte na testa está coçando enquanto cicatriza.

Compramos uma tala impermeável e uma roupa de mergulho para ela e a ensinei a surfar. Não é surpresa para mim que ela tenha adorado o esporte. Ela tem a construção perfeita para o surfe e uma tendência atlética que nunca foi totalmente explorada até agora. Ela também se juntou a mim na academia às cinco da manhã, reclamando sem parar sobre a hora ridícula.

Eu amo cada segundo da sua rabugice matinal, que só eu vejo, tanto quanto amo as besteiras que ela murmura enquanto dorme.

Amo tudo sobre ela.

Só queria poder dizer isso. As palavras estão bem ali, queimando a ponta da minha língua, mas toda vez que começo a dizer, eu congelo, como se algo horrível fosse acontecer se eu fizer isso. Então não faço. Só posso esperar que que ela saiba como me sinto. Faço tudo o que posso para demonstrar o quanto eu a amo sempre que possível, mas e se as ações não forem suficientes? E se ela precisar das palavras que não posso dizer? Esse medo é a única nuvem escura pairando sobre minha vida feliz com ela.

Ela não parece descontente de forma alguma. Na verdade, parece excepcionalmente feliz por ter conseguido o que queria e ter me feito submisso a ela. Adoro me submeter às suas vontades.

Leah abaixa o volume do rádio.

— Você está tenso — ela fala, apertando minha mão.

— Não estou, não.

— Está, sim. Está nervoso porque vou conhecer a Elena?

— Não.

— Um pouco, talvez?

Dou de ombros e quando a olho, vejo que ela está me observando de perto.

— Sabe o que esperar, certo? Ela parece uma adulta, mas é muito infantil.

— Eu sei.

Digo a ela que não estou tenso, mas estou. Estou nervoso e não sei por quê. Leah será ótima com Elena, que vai amar que eu estou levando uma nova amiga para ela conhecer. Então, qual é o problema? Não estou muito certo. Tudo o que sei é que estou ansioso para juntar as duas e ficarei feliz quando terminar.

Chegamos à ótima instalação que escolhi para Elena depois de contar a seus pais, que pertencem a classe trabalhadora, que eu providenciaria isso para ela. Não os conheci antes da noite em que Drew a espancou, então eles não sabiam o que fazer com o amigo rico que decidiu ajudá-los. Nunca contei a eles sobre o meu papel no que aconteceu com ela, porque tive medo que eles não me deixassem participar de seus cuidados se soubessem de tudo. Eu precisava fazer isso por ela, então mantive a boca fechada sobre os detalhes.

O que importava? O que estava feito, estava. Minha avó havia deixado tudo o que tinha para mim quando morreu no ano anterior. Coloquei cada centavo dessa herança nos cuidados de Elena enquanto eu ainda estava na faculdade. O dinheiro durou cinco anos e, a essa altura, eu estava ganhando o suficiente para assumir a conta. Eu queria apenas o melhor para ela, e foi o que ela teve.

Ela está cercada de amor, sol e felicidade, todas as coisas que ela já foi para mim.

Do lado de fora, a instalação lembra um *resort* de alto nível, mas essa ilusão é quebrada quando entramos na casa e encontramos pacientes em cadeiras de rodas e uma enfermaria onde assino a nossa entrada.

— Oi, Emmett — Katie, uma das enfermeiras, me cumprimenta. Ela está vestindo uma camiseta amarela, bermuda branca e tênis preto. A equipe se veste com roupas comuns, o que é outra coisa que me fez gostar imediatamente do lugar. Depois de visitar uma dúzia de instalações, esta se destacou como uma joia. Os pais de Elena e eu não procuramos mais depois de virmos aqui.

Katie é jovem, loira e bonita. Já tive a sensação de que ela poderia se interessar por mim se tivéssemos nos conhecido em outras circunstâncias.

— Esta é minha namorada, Leah. Leah, esta é a Katie, uma das enfermeiras.

As duas mulheres apertam as mãos.

— Prazer em conhecê-la — Leah fala.

— Igualmente — Katie responde. — A Elena está no jardim, se quiserem ir para lá.

— Obrigado. — Com a mão na parte inferior das costas de Leah, eu a guio através dos corredores até a porta que leva à horta que os moradores cuidam.

— Você me apresentou como sua namorada — ela fala.

— Você notou, hein?

— Sim. Você anda falando a linguagem dos relacionamentos por aí.

— É mesmo? Eu não saberia. Nunca estive em um relacionamento antes.

— Você já dormiu com ela?

— Com quem? — pergunto, assustado com a questão. — Katie? Não.

— Ela te olha como se te conhecesse de forma íntima.

— Tive a sensação de que, em algumas ocasiões, ela gostaria de me conhecer assim, mas nada aconteceu.

— Tudo bem eu ter perguntado?

— Claro. — E está. Considerando que uma pergunta como essa me deixaria enfurecido vinda de qualquer outra mulher, com Leah não quero que haja segredo. — Pode me perguntar o que quiser.

Ela sorri para mim, satisfeita com a minha resposta.

Se ela está satisfeita, também estou. É assim que me sinto com ela.

— Alerta de relacionamento.

Eu levemente belisco de leve na bunda, fazendo-a rir.

— Cale a boca, pit bull.

Localizo Elena agachada ao lado da plantação de abóbora com o grande chapéu que dei a ela de aniversário. Sigo em sua direção e aperto a mão de Leah, esperando que tudo corra bem por todos os nossos esforços.

— Elena.

Ao som da minha voz, ela solta um gritinho feliz, se levanta e se lança para mim do jeito que sempre faz quando eu venho visitá-la. Seu chapéu voa da cabeça quando ela colide comigo.

Solto a mão de Leah para que eu possa pegar Elena, que me abraça por pelo menos dois minutos.

— Senti sua falta! — ela fala.

— Também senti a sua. — Beijo sua testa e sorrio para ela. Os grandes olhos castanhos que me olham estão cheios de alegria infantil. A equipe diz que ela fica como uma criança no Natal quando eu venho visitá-la. Nunca sinto que mereço esse nível de alegria da parte dela, mas nunca faria nada para diminuir sua felicidade. — Trouxe uma amiga que gostaria que você conhecesse. Esta é a Leah. Leah, esta é a Elena.

— Oi, Elena. Estou muito feliz em conhecê-la.

Elena aperta a mão de Leah, porque é muito educada para não fazê-lo, mas sinto sua incerteza sobre essa nova amiga. Eu nunca trouxe ninguém para conhecê-la, então ela deve entender que o fato de eu trazer Leah significa algo importante.

— Me conte sobre o seu jardim — Leah pede. — O que você plantou?

— Milho e abóboras nesta época do ano — Elena fala, seu tom inexpressivo.

— As abóboras estão enormes.

Elena acena concordando.

— Mas não estão prontas até ficarem laranja.

— Estão quase lá. Posso te ajudar a remover as ervas daninhas?

Elena dá de ombros.

— Se você quiser.

— Eu adoraria. Eu costumava limpar o jardim da minha mãe todo verão.

— O que ela plantava?

— Avencas e gerânios.

— Os gerânios gostam do sol. Avencas, não.

— Exatamente! A minha mãe me ensinou isso.

— O que aconteceu com o seu braço?

— Machuquei em um acidente, mas agora está melhor.

— Eu me machuquei em um acidente também.

Espero, sem fôlego, para ouvir o que mais ela vai dizer, mas ela não continua. Ela nunca fala sobre o que aconteceu com Drew e não tenho certeza se ela se lembra. Espero que não.

Enquanto fico para trás e observo, elas terminam de remover as ervas daninhas da área em que Elena estava trabalhando quando chegamos, conversando o tempo todo sobre flores, sol e que legumes cultivavam em certas épocas do ano na horta comunitária.

Posso ver que Elena está ficando cansada, então pergunto se elas querem entrar e pegar algo para beber.

Elena nos acompanha até o refeitório, onde ela tem grande prazer em levar Leah a uma turnê pelo local, detalhando as opções de bebidas.

— Limonada parece bom para mim — Leah fala.

— O Emmett gosta de chá sem açúcar — Elena fala, fazendo uma careta.

— Horrível — Leah diz. — Como ele pode beber sem açúcar?

— Pois é!

Elas continuam a falar de mim como se eu não estivesse lá, e eu as deixo. Estou tão impressionado com o quanto Leah está sendo incrível com ela, como deixou Elena à vontade e a conquistou apenas sendo ela mesma. Meu coração parece grande demais para o meu peito enquanto as vejo conversando e rindo sobre filmes, programas de TV e fofocas de celebridades que incluem Flynn e Marlowe, e falam do casamento de Hayden.

Elena sabe que eles são meus amigos, mas nunca me pediu para conhecê-los. Talvez eu devesse alegrar seu dia em algum momento e trazê-los aqui. Não tenho certeza do porquê não fiz isso antes, provavelmente porque sempre tive vergonha de como ela acabou aqui. Mas Leah me ajudou a fazer as pazes com o fato de que não foi culpa minha, que fiz o melhor que pude por ela e, mesmo que não tenha sido bom o suficiente, não fui eu quem a colocou aqui.

Há conforto em aceitar isso, mesmo que uma parte de mim sempre me culpe pelo papel que desempenhei. Eu não poderia imaginar o que aconteceria, e eu só estava cuidando da minha amiga ao confrontar seu namorado abusivo. Eu gostaria de ter dado uma surra nele em vez de tentar argumentar.

Quando saímos, duas horas depois de chegarmos, Leah e Elena são melhores amigas.

— Quando você pode voltar? — ela pergunta a Leah.

— Voltaremos no próximo domingo.

Começo a dizer a ela que só venho uma vez por mês, porque isso é tudo que posso suportar, mas tê-la aqui tornou tudo mais fácil. Se ela quiser voltar na semana que vem, é o que faremos.

— Vou te trazer a revista com as fotos do casamento do Hayden e da Addie — Leah promete.

— Mal posso esperar!

Elas se abraçam, e Elena faz o mesmo comigo.

— Obrigada por me trazer uma nova amiga.

— Disponha. — Fico encantado pelo seu prazer nas coisas mais simples.

— Eu te amo, Emmett.

— Eu também, menina doce. — Beijo sua testa. — Comporte-se.

Ela zomba.

— Sempre me comporto. — Ela nos leva até as portas principais e acena enquanto nos afastamos.

— Ela é encantadora — Leah fala. — Muito obrigada por me trazer para vê-la.

— Obrigado por ter vindo.

— Espero que esteja tudo bem eu ter dito que voltaríamos na semana que vem.

Seguro a porta do passageiro para ela e espero que ela se acomode.

— Está tudo bem.

— Podemos vir toda semana.

— Não precisamos.

— Sei que não. Mas quero.

Dou a volta no carro para entrar no banco do motorista.

Ela me olha.

— Posso perguntar...

— O que você quiser.

— Ela parece muito... normal, apesar dos desafios óbvios. Só me pergunto por que ela tem que estar internada.

Suspirando, apoio a mão no volante.

— Ela tem crises de fúria às vezes. Aparentemente, são terríveis e podem durar horas. Nunca vi acontecer, porque ela não faz isso na minha frente, mas seus pais não conseguiam mais lidar com isso, especialmente depois que eles começaram a ter problemas de saúde. A teoria é que ela está ciente o suficiente para saber o que foi tirado dela, e é assim que ela lida com tudo.

— Entendo — ela fala, balançando a cabeça com compreensão. — Obrigada por me trazer para o seu relacionamento com ela. Sei que foi uma grande coisa para você e valorizo muito.

Observo seu rosto adorável enquanto tento organizar meus pensamentos.

— O que foi? — Leah pergunta depois de um longo silêncio.

— Você foi incrível com ela.

— Ela é maravilhosa. Posso ver porque você a ama tanto.

Penso em como eu costumava acreditar que Leah era jovem demais para mim e que estar com ela me fez um homem melhor. É impossível passar tempo com ela e não me tornar melhor. Eu a observo, notando a perfeição do seu rosto, as sardas que me matam, os olhos azuis que enxergam através de mim e os lábios que me beijam com tanta ternura e amor.

— Você também pode ver por que eu te amo tanto?

Ela ofega, sua boca se abre e depois se fecha rapidamente.

Rio, porque nada me diverte mais do que Leah sem palavras.

— Você... você disse...

— Disse que amo você, meu pequeno pit bull adorável, destemido e sexy. Eu te amo.

— Achei que você não dizia essas palavras.

— Não digo. Nunca disse, para ninguém, exceto minha avó quando eu era pequeno.

— Será que... você... se sente feliz em dizê-las para mim?

Eu concordo.

— Tudo sobre você me faz feliz.

Ela tira o cinto de segurança e se lança sobre mim, atravessando o console central até que esteja com metade do corpo no meu colo e a outra metade em seu banco.

— Você me ama.

— Amo há um bom tempo.

— Eu sei — ela fala com os olhos cintilando, o sorriso mais brilhante do que o sol. — Eu podia sentir isso mesmo quando você não podia dizer.

— Me desculpe por ter demorado tanto para falar isso a você. — Eu a beijo. — Sinto muito.

— Não precisa se desculpar. Você me mostrou como se sente de diversas maneiras diferentes. Eu sabia, Emmett. Não tive dúvida.

— Você acreditou o suficiente por nós dois.

— Me diga de novo.

Eu a puxo para meu abraço, segurando firme a mulher que mudou minha vida de todas as maneiras possíveis.

— Eu te amo.

— Também te amo.

— Vamos para casa.

---

**Odioso**
*Um conto da série Quantum*

Temi esse dia durante meses, todo esse tempo esperando que eu não tivesse que me envolver no julgamento do meu pai. Mas aqui estou, de volta a Nebraska pela primeira vez desde que me formei na faculdade e parti para Nova York, pretendendo ficar longe daqui para sempre.

Mas isso foi antes de o meu pai cometer assassinato, me forçando a voltar e contar minha história mais uma vez em outro tribunal.

Graças a Deus, desta vez Flynn está comigo. Ele nunca sai do meu lado, mantendo o braço ao meu redor até o último segundo, quando sou chamada pelo assistente do promotor para falar sobre o porquê de o meu pai ter matado o meu ex-advogado. Estou aqui para estabelecer a motivação, ou assim o promotor me disse.

— Jura dizer a verdade, somente a verdade e nada mais que a verdade, em nome de Deus? — o oficial de justiça pergunta.

— Juro.

— Por favor, sente-se.

Me sento e mantenho o olhar fixo no rosto bonito do meu marido, exatamente como planejamos. Se não olhar diretamente para o meu pai, ele não pode me machucar, é o que digo a mim mesma.

A porta do tribunal se abre, e minha mãe entra, se sentando na fileira dos fundos. Por saber que meus pais não estão mais juntos, não esperava vê-la aqui e a sua aparência me deixa abalada.

Flynn sente que algo aconteceu, mas ele se move para voltar meu foco para ele.

Quando meus olhos se encontram com os dele, fico imediatamente centrada de novo, determinada a passar por isso e sair daqui o mais rápido que puder.

— Sra. Godfrey, poderia, por favor, declarar seu nome legal para o registro?

— Natalie Godfrey.

— Você era conhecida anteriormente como April Genovese e Natalie Bryant. Certo?

— Sim.

— Você está ciente de que o réu, Martin Genovese, foi acusado de assassinato em primeiro grau do seu ex-advogado, David Rogers?

— Estou.

— E você está vendo o sr. Genovese neste tribunal?

— Sim.

Ele me pede para identificá-lo, e eu aponto para a mesa do réu sem olhar diretamente para o meu pai. Olho para cima para não dar a ele a satisfação. Flynn e eu tivemos essa ideia no voo de Los Angeles.

— Por favor, pode detalhar seu envolvimento com o sr. Rogers?

— Ele me deu uma nova identidade depois que testemunhei contra o ex-governador Oren Stone, que me sequestrou e me estuprou quando eu tinha quinze anos.

— Quem mais sabia sobre sua nova identidade?

— Ninguém, exceto o sr. Rogers.

— Você não contou a uma amiga, um namorado, um parceiro ou a família que te acolheu depois do ataque?

— Eu não disse a ninguém.

— E o sr. Rogers contou a alguém?

— Depois que fui vista no Globo de Ouro com meu agora marido, Flynn Godfrey, o sr. Rogers vendeu a informação para o programa de TV *Hollywood Starz*. Eles divulgaram essa informação.

— O que aconteceu quando sua conexão com April Genovese foi divulgada?

— Perdi meu emprego, minha nova identidade e meu anonimato. Meu marido e eu fomos implacavelmente perseguidos pela imprensa, o que ameaçou nossa segurança.

— É seguro assumir que a perda do seu anonimato foi traumática para você?

— Extremamente. Me esforcei muito para estabelecer uma nova vida para mim depois que a minha foi arruinada por Oren Stone quando eu era adolescente. Perder aquela nova vida, conquistada duramente, foi como ser agredida de novo. — Emmett havia sugerido que eu dissesse a última parte se tivesse chance. Fico feliz em poder entrar nesse mérito. — Saber que ele fez isso por dinheiro foi a pior parte.

— Quando soube que seu pai foi acusado de assassinar o sr. Rogers, você ficou surpresa?

— Nem um pouco.

— Pode explicar?

— Meu pai ficou furioso, porque Rogers arrastou o nome de Stone na lama e ressuscitou a história da sua queda, o que ele acha que é minha culpa. Quando Stone me atacou, meus pais ficaram do lado dele.

Um suspiro alto soa do banco dos jurados, e eu me delicio com esse som. Eles estavam chocados.

— Por que eles ficaram do lado dele?

— Ele era o amigo mais próximo de meu pai e seu empregador. Meu pai optou por proteger seu relacionamento com o amigo e seu trabalho em detrimento a própria filha.

— Objeção — o advogado de defesa fala. — Suposição.

Dou de ombros. Não, não é. É a verdade.

— Mantido — o juiz declara.

— Por que você acha que eles ficaram do lado dele? — o promotor pergunta, reformulando a resposta.

— Acredito que foi porque o meu pai se importava mais com Oren Stone do que com qualquer outra pessoa, inclusive eu, minha mãe e minhas irmãs. — Minhas irmãs queriam estar aqui hoje para me apoiar. Implorei para que elas não viessem. Não quero que nada disso as atinja. Sou grata por elas terem atendido ao meu pedido.

— Sem mais perguntas — o promotor fala.

O advogado de defesa fica de pé e meu estômago se aperta. Além da possibilidade de ter que ver meu pai, esta é a única parte que me deixa verdadeiramente nervosa.

— Já lhe ocorreu que seu pai poderia ter matado Rogers para te fazer justiça?

— Não — respondo.

— Nem por um segundo?

— Em momento algum. Isso não tem relação comigo. Tem com o Oren Stone. Para ele, sempre teve a ver com Oren Stone.

O advogado de defesa parece agitado pela minha certeza. Aparentemente, não era o que ele esperava que eu dissesse.

— Sem mais perguntas.

Respiro fundo e solto o ar aliviada. Vim aqui e fiz o que precisava sem me custar nada além de um dia longe de casa e do meu trabalho da fundação contra a fome infantil que Flynn e eu começamos.

— Está liberada, sra. Godfrey — o juiz fala.

Eu me levanto e saio do banco das testemunhas, indo diretamente para o meu amor sem dar ao meu pai um olhar ou outro segundo do meu tempo ou atenção.

Flynn coloca o braço ao meu redor e me leva até a porta, onde dois dos homens de Gordon estão esperando para nos escoltar de volta para o carro.

Estamos a caminho de uma saída rápida quando eu ouço minha mãe me chamar.

— April, espere. Por favor, espere.

— Você não precisa — Flynn diz baixo o suficiente para que só eu possa ouvi-lo.

— Por favor — minha mãe diz novamente. — Espere.

Paro, respiro fundo, solto o ar e me viro na sua direção. Ela envelheceu desde a última vez que a vi. Seu cabelo, antes escuro, está grisalho e seu rosto carrega a devastação das escolhas que fez.

Seus olhos, o mesmo tom de verde que o meu, se enchem de lágrimas.

— É tão bom te ver.

Não posso dizer o mesmo, então não digo nada.

Os dedos de Flynn apertam meu ombro, me deixando saber como é difícil para ele ficar aqui e permitir que isso aconteça quando tudo que ele quer fazer é me tirar dali e me levar para longe dessas pessoas que me machucaram tanto, que viraram as costas para mim quando eu mais precisei deles.

— Sinto muito. Sinto muito por tudo. Eu o deixei. Queria que você soubesse...

— Eu já sei disso. A Livvy me disse.

— Você... você voltou a ter contato com elas?

— Sim. Há algum tempo.

Ela parece realmente surpresa ao ouvir isso. Não importa.

— Tenho que ir.

— April...

— O meu nome é Natalie. April se foi há muito tempo.

— Natalie... Sei que isso não importa agora, mas tenho que dizer de qualquer maneira. Eu estava errada em deixá-lo me convencer a te abandonar. Não tenho outra explicação além de ter sentido medo dele na maior parte do tempo em que ficamos casados. Isso não é problema seu, mas é a única desculpa que tenho. Estava com medo do que ele faria comigo e com as meninas se eu o desafiasse. Partiu meu coração te deixar naquele hospital e me arrependi a cada minuto díade todos os dias desde então. Só quero que você saiba disso.

— Se esse é o caso, por que não tentou entrar em contato comigo antes?

— Não achei que seria bem-vinda.

Ela não teria sido.

— Eu não a culparia se você não fosse capaz de me perdoar — ela fala enquanto lágrimas escorrem por seu rosto —, mas queria que você soubesse como realmente sinto muito por ter te decepcionado quando você mais precisou de mim. Nunca vou me perdoar por isso.

Não tenho ideia de como responder. Nunca esperei que ela fosse dizer essas coisas para mim.

— Precisamos ir, amor — Flynn fala, apertando meu ombro.

— Não vou ocupar mais do seu tempo — minha mãe diz. — Obrigada por me ouvir.

Começamos a caminhar em direção à porta e à nossa grande fuga. Quero muito sair de lá, mas algo me impede.

— Espere — digo a ele.

Ele solta o braço que me segura com firmeza para que eu possa virar para minha mãe, que ainda está de pé exatamente onde a deixamos.

— Me dê algumas semanas — digo a ela. — E então me ligue. A Candace e a Livvy têm o meu número. Vou avisar a elas que podem te passar.

As lágrimas continuam a escorrer pelo seu rosto enquanto ela balança a cabeça, e percebo, naquele momento, que ela é tão vítima do meu pai e de Oren quanto eu.

— Obrigada.

Seguro a mão de Flynn.

— Vamos lá.

Uma multidão se reuniu do lado de fora do tribunal, as pessoas querendo um vislumbre de Flynn e talvez de mim também. Ele me diz que estão muito mais interessados em mim do que já estiveram nele, mas não concordo. Ele é o astro. Eu só o acompanho.

As pessoas nos chamam, mas entramos no banco de trás do SUV preto e a porta se fecha.

Acabou. Consegui. E agora estou livre.

Ele envolve seus braços ao meu redor.

— Estou tão orgulhoso de você que não consigo nem encontrar as palavras para dizer o quanto.

Eu me inclino para ele, absorvendo seu amor e apoio do jeito que tenho feito desde o dia em que o conheci.

— Você foi incrível no tribunal e agora com sua mãe.

— Provavelmente, você não concorda com o fato de que eu permiti que ela me ligasse.

— Baby, a escolha é sua. Quero o que você quer.

— Quero que isso acabe.

— Acabou. Agora acabou. — Ele acaricia meu braço e beija o topo da minha cabeça. — Como você se sente sobre o que ela disse?

— Acredito quando ela diz que tinha medo dele. Isso explica muito. Ela sempre foi uma boa mãe para nós antes de tudo acontecer, então nunca fez sentido para mim que ela o deixasse arrastá-la para fora do pronto-socorro naquela noite.

— O medo é uma arma poderosa.

— Sim. Não espero voltar a me aproximar dela, mas perdoá-la me libera de ter que carregar essa bagagem comigo. Já fiz isso por tempo suficiente.

— Com certeza. —Ele inclina meu queixo para receber seu beijo. — Eu te amo muito, minha esposa linda e feroz.

— Também te amo. Obrigada por estar comigo. Ser capaz de olhar para você e não para ele fez toda a diferença.

— O único lugar que quero estar é onde você estiver.

— Me leve para casa. É onde quero estar.

— Com prazer, meu amor.

Continua em *Fama*, livro 8 da série Quantum

# FAMA

## SÉRIE QUANTUM — LIVRO 08

## Capítulo 1

# *Marlowe*

Planejei essa noite por semanas, até o último detalhe. Quero que seja perfeita. Trazer alguém novo para a minha vida particular não é algo que faça de forma leviana, já que aprendi da maneira mais difícil ao longo dos anos que ser celebridade tem um lado obscuro que evito sempre que possível. Mas Rafe é diferente. Estamos juntos há meses, e me sinto pronta para dar o próximo passo com ele. No calabouço, que é acessível só aos sócios da Quantum e nossos convidados, dou uma olhada cuidadosa nos itens que expus — uma venda para os olhos, um flogger, o menor plug que possuo, uma embalagem de lubrificante e um anel peniano. Vou começar devagar com ele até que eu possa ter uma ideia se ele compartilha do meu apreço pelo estilo de vida.

Embora eu esteja bem satisfeita com nossa vida sexual, ainda falta algo e é por isso que estou tentando adicionar um pouco de tempero ao nosso relacionamento.

Antes de conhecer Rafe, confessei aos meus amigos mais próximos e sócios que estava me sentindo incomodada e cansada. Passar um tempo nos clubes que possuímos aqui em Los Angeles e em Nova York se tornou chato, principalmente porque meus amigos encontraram o amor e meio que desistiram dos clubes. Ficar nu em público perdeu a graça para eles depois de encontrarem suas "almas gêmeas". Em nosso mundo, estamos sempre a um passo do desastre com a possibilidade de uma foto sair em uma revista de fofocas, então sinto que eles precisam proteger as companheiras desse tipo de exposição.

Nos esforçamos ao máximo para proteger os sócios em nossos clubes, incluindo a exigência do pagamento de uma taxa de adesão de um milhão de dólares para novos membros e contratos de confidencialidade. Mas isso não impediu ninguém no clube, igualmente exclusivo, de Devon Black de tirar fotos do nosso sócio Jasper Autry, que mais tarde foram usadas para chantageá-lo. Todos nós ficamos um pouco tímidos depois desse episódio.

Rafe entende a cultura das celebridades, porque trabalha em nossa indústria. Como executivo da Cirque, empresa que distribui os filmes da Quantum — e muitos outros — na França, ele viaja frequentemente entre Paris e Los Angeles, conversando com celebridades e trabalhando nos negócios. Desde o início, me senti confortável em estar com ele, porque ele entende as pressões que enfrento. Faz muito tempo que não me sinto assim com um cara e, mesmo sabendo que meus amigos não gostam dele, eu amo, e isso é o que importa.

Ou é o que digo a mim mesma.

A verdade é que as opiniões deles são importantes para mim, mesmo que eu desejasse que não fossem.

Especialmente Flynn e Hayden, que são meus melhores amigos há anos. É tão raro eu estar fora de sincronia com qualquer um deles, ainda mais com os dois, mas desde o início, eles têm sido bastante óbvios com relação à aversão que sentem por Rafe. Gostaria de saber o porquê, uma vez que os dois nunca deram uma chance a ele. A esposa de Flynn, Natalie, e eu conversamos sobre isso nas férias quando ficamos juntos por quatro dias memoráveis em St. George, Utah.

Enquanto acendo as velas no calabouço, penso nessa conversa, como fiz tantas vezes desde então.

— Não é que ele não goste do Rafe — Natalie disse. — É que ele não acha que seja o cara certo para você.

— *Por quê?* — perguntei e imediatamente me odiei por isso, bem como pelo tom desesperado em que a pergunta foi feita. Sou Marlowe Sloane. O que me importa se Flynn Godfrey ou qualquer outra pessoa não gosta do meu namorado? Exceto... eu me importo e odeio isso.

Eu poderia dizer que Nat escolheu suas palavras com cuidado.

— É só que ele acha que você pode encontrar alguém... melhor. — Ela se encolheu ao dizer a última palavra, e percebi que a havia colocado em uma posição terrível ao trazer isso à tona. Os caras foram procurar uma árvore de Natal para os filhos de Aileen e, de má vontade, convidaram Rafe para se juntar a eles. Foi isso o que me levou a perguntar qual era o problema de Flynn com ele.

*Cuidado com o que deseja.* Flynn acha que ele não é bom o suficiente para mim, o que significa que Hayden, Jasper, Kristian, Emmett e Sebastian provavelmente concordam com ele.

— Todo mundo se sente assim? — perguntei a Nat.

— Não tenho certeza. — Ela mordiscou o lábio inferior, o que é um "sinal" para ela. Ela sabe, mas não quer dizer. Justo. Nenhum dos rapazes gosta dele.

— Importa para alguém o fato de eu gostar dele?

— Sim! Claro que sim. Isso é tudo que importa. Se ele te faz feliz, estamos felizes. Você sabe disso.

Olhei para ela com ceticismo.

— Estou feliz com ele.

— Está bem então.

— Certo.

Mudamos de assunto, mas a conversa desconfortável ficou comigo desde então. Natalie tentou ser diplomática, seguindo uma linha tênue entre manter as confidências de Flynn e tentar não ferir meus sentimentos. Ela falhou na última parte. Meus sentimentos foram feridos e ainda estão. Faz cinco anos desde que namorei alguém a sério, então meio que sinto que os caras poderiam pelo menos *tentar* me dar um tempo com Rafe.

Olho para o relógio ornamentado na parede. Ele estará aqui em quinze minutos. Hora de me trocar e parar de pensar no porquê meus amigos não gostam dele. Todo mundo tem direito a sua opinião, mesmo que esteja errado.

Me lembro novamente que eles não estão nesse relacionamento. Apenas Rafe e eu estamos, e somos os únicos que importam. Só eu preciso gostar dele, confiar nele e amá-lo. A vida é minha e ninguém mais a viverá por mim, não importa o quanto eu ame meus amigos. Vou provar que eles estão errados fazendo esse relacionamento dar certo.

Decidi que é hora de trazer Rafe para o estilo de vida, porque sei que não podemos ter sucesso a longo prazo a menos que eu o deixe entrar. Cada um dos meus amigos teve que fazer o mesmo com suas companheiras e tiveram um sucesso impressionante, se os sorrisos felizes e bobos forem alguma indicação.

Essa noite entre mim e Rafe é para isso. Dar o próximo passo. Dependendo de como isso acontecer, estarei para seja lá o que vier para um casal que está lidando com um relacionamento com um oceano de distância.

Estou nervosa com esta noite, porque não tenho muita certeza de como ele reagirá ao meu desejo de dominá-lo. Mas não saberei até abordar o assunto com ele. Ele já sabe que sou aventureira na cama, mas não faz ideia do quanto. Esta noite ele descobrirá, então estou empolgada e nervosa.

Entro no banheiro feminino, tomo um banho rápido e visto uma das minhas roupas favoritas — um bustiê de couro vermelho, calcinha fio dental combinando e meias sexy com um padrão de flores. Fiz um corte mais curto no cabelo há pouco tempo, então o prendo em um coque, faço um delineado gatinho esfumado e aplico brilho labial. No momento em que meu telefone vibra com a mensagem dele que eu estava esperando, estou pronta.

Depois de vestir uma túnica de seda vermelha e um salto altíssimo preto Louboutin com as fabulosas solas vermelhas, me olho rapidamente no espelho de corpo inteiro e respiro fundo, deixando o ar escapar lentamente. *É agora ou nunca...*

No saguão, pressiono o botão do elevador e subo um andar até a entrada principal do prédio de escritórios da Quantum. A maioria das pessoas que trabalha aqui não tem ideia do que há no porão. Quando as portas se abrem, Rafe está virado para mim, olhando para o estacionamento.

— Oi.

— Por que quis me encontrar aqui? — Ele se vira para mim, arregalando os olhos quando me vê usando o robe de seda e os saltos altos. — Isso é algum tipo de fantasia de sexo no escritório ou algo assim?

— Não exatamente. — Estendo a mão para ele. — Pode vir comigo e manter a mente aberta? — Ele é absolutamente lindo, com cabelos escuros ondulados e grossos e olhos azuis brilhantes que enrugam nos cantos quando sorri, o que geralmente acontece quando estamos juntos.

Ele parece hesitante, mas segura minha mão, une nossos dedos e beija as costas dela.

— Vou seguir alegremente para onde quer que você me leve, amor.

Agora imagine isso dito com um sotaque francês sexy. Não sou de desmaiar, mas é o que esse sotaque provoca em mim.

Ele observa enquanto coloco a mão no scanner que abre o elevador para o porão.

— Isso parece ser uma coisa "clandestina" — ele fala enquanto descemos.

— Na verdade, não é.

Saímos do elevador e a primeira coisa que encontramos é a recepção.

— É aqui que preciso pedir que você assine um contrato de confidencialidade que garante que você não discutirá nada do que vir aqui.

— Sério?

— Muito sério. Se precisar de um minuto para analisá-lo, ficarei feliz em esperar.

Me olhando de um jeito estranho, ele pega a caneta que eu entrego, examina o contrato que indica os termos que os sócios da Quantum estabeleceram para defender a privacidade de todos que pisam em nossos clubes e depois rabisca sua assinatura na linha prevista.

— O que é isso, Marlowe?

— Venha comigo e vou te mostrar.

Segurando sua mão, eu o conduzo pelas portas duplas com nosso distinto logotipo Q gravado no vidro. Para um observador casual, a grande sala em que entramos pode ser confundida com uma boate, especialmente agora, que não há mais ninguém aqui. Em uma noite normal, o local pulsava com pessoas, energia e tensão sexual. As cenas se desenrolariam nos três palcos e possíveis parceiros negociariam limites rígidos e flexíveis nas várias áreas de estar e no bar.

— Que lugar é esse?

— É o Club Quantum.

— Como eu nunca ouvi falar disso? — Antes de nos conhecermos, ele costumava frequentar clubes noturnos em Los Angeles quando estava na cidade.

— Porque é privado.

— Ainda assim, com você e seus ilustres parceiros envolvidos, como isso permanece em segredo?

— Você leu o contrato. É assim que continua.

A expressão que ele faz indica seu ceticismo de que mesmo um sólido contrato de confidencialidade possa esconder qualquer coisa hoje em dia e talvez ele esteja certo. Não aprendemos isso quando Jasper foi chantageado?

Do outro lado da grande sala, coloco a mão em outro scanner que abre a porta do calabouço. Quando descemos as escadas, começo a me sentir muito ansiosa. Estou fazendo a coisa certa? Ele vai entender? E se não entender? Posso manter o relacionamento caso ele não entenda ou não tente entender?

*Não pule etapas. Um passo de cada vez. Você já fez isso antes e está tudo bem.*

Rafe para na entrada do calabouço.

— Puta merda. Você está brincando comigo?

— Você prometeu manter a mente aberta. — Sinto a inquietação percorrer minha espinha dorsal quando começo a me perguntar se tomei a decisão certa.

Ele caminha até a mesa onde arrumei os itens e pega o flogger, se virando para mim com a sobrancelha levantada e a boca curvada em uma expressão dura que só vi uma vez antes.

— Que merda é essa, Marlowe?

Normalmente, adoro o jeito melódico com que ele diz meu nome, mas não há melodia agora. Seu tom rude me assusta quando percebo que ninguém mais sabe onde estou ou o que planejei para esta noite. Nem mesmo minha assistente, Leah, que sempre sabe onde estou. Enquanto ele segue na minha direção, com os olhos azuis brilhando de raiva, dou um passo para trás, furiosa comigo mesma por ser tão idiota. Tenho trinta e cinco anos. Tinha que saber que nunca deveria me colocar à mercê de um homem.

Geralmente são eles que estão à minha mercê, e eu não aceitaria isso de outra maneira.

— Pare. — Levanto a mão para impedi-lo de se aproximar de mim. Ele não para. — Rafe, estou falando sério. Pare aí.

— Não me diga o que fazer quando está trazendo essa bizarrice para o nosso relacionamento depois de *meses*. — Uma veia em sua testa salta quando ele resmunga as palavras duras para mim. — Por que você não me disse antes que queria ser amarrada, açoitada e esse tipo de coisas?

Ele está ficando irado, e estou tentando descobrir o porquê enquanto penso no que devo dizer.

— Marlowe! Que porra é essa? Você me deve uma explicação!

É por *isso* que Flynn e os outros não gostam dele. Eles podiam ver esse lado enquanto eu estava muito ocupada me apaixonando para ver além da superfície brilhante das palavras francesas de amor e do romance.

Ele me fez de boba e a única coisa que quero agora é ficar o mais longe possível dele. Imediatamente.

— Sinto muito, Rafe. Obviamente, cometi um erro e entendo se você preferir não me ver novamente.

— Não te ver de novo? É isso que você acha que vai acontecer aqui?

— Não estou confortável com o seu comportamento.

Ele não gosta disso e rapidamente percebo que só o deixei mais irritado.

— Isso não é *interessante*, querida? Você não está confortável com o modo como *eu* estou me comportando. Depois de passar meses juntos, você decide me mostrar que é uma prostituta excêntrica e não gosta do jeito com que *eu* estou me comportando? — Ele baixa o tom de voz. — Quer que eu te bata antes de te comer, é isso?

— Não — eu sussurro. — Não é nada disso.

— Então, por favor, me explique, porque não estou entendendo.

Meu lado rebelde, o lado que lutou e batalhou por seu caminho para o sucesso em um dos ramos mais difíceis do mundo, surge dentro de mim. Foda-se essa merda.

— Sou uma dominadora. Queria bater em você antes de te deixar transar comigo, mas não quero mais. O que eu realmente quero agora é que você saia daqui e nunca mais entre em contato comigo.

Seu choque é aparente pela maneira como seu rosto perde todas as cores e seus lábios ficam tensos antes que ele fale novamente em um tom muito mais baixo.

— É isso? Depois de tudo o que compartilhamos, você vai me dispensar como se eu fosse algum tipo de criado?

— Estou pedindo para você sair.

— Vai se foder. Você não vai me tratar como se eu não fosse nada. — Ele se move tão rapidamente que só me dou conta do que está acontecendo quando minha cabeça retrocede, bate na parede atrás de mim e meu rosto explode com a dor que sacode meus dentes. Então ele agarra meu cabelo e me arrasta pela sala. Luto com ele com tudo o que tenho, mas não sou páreo para ele fisicamente. Ele me supera em trinta quilos.

Antes que tudo vá de mal a pior, tenho a presença de espírito de perceber que estou com um enorme problema.

Comprar Fama

# OUTROS LIVROS DE MARIE FORCE

**Série Quantum:**

Livro 1: Virtude (Flynn & Natalie, parte 1)

Livro 2: Valentia (Flynn & Natalie, parte 2)

Livro 3: Vitória (Flynn & Natalie, parte 3)

Livro 4: Arrebatador (Hayden & Addie)

Livro 5: Voraz (Jasper & Ellie)

Livro 6: Delirante (Kristian & Aileen)

Livro 7: Escandaloso (Emmett & Leah)

Livro 8: Fama (Marlowe)

# SOBRE A AUTORA

 Marie Force é autora de romances contemporâneos best-seller do New York Times, incluindo a Serie Gansett Island e Série Fatal da Harlequin Books. Além disso, é autora de Butler, da Série Vermont, da Série Green Mountain e da série de romance erótico Quantum. Duchess By Deception é o seu primeiro romance histórico da Série Gilded, que continuará com Deceived By Desire em setembro de 2019.

Seus livros já venderam mais de 8,5 milhões de cópias em todo o mundo, foram traduzidos para mais de doze idiomas e apareceram na lista de best-sellers do New York Times 30 vezes. Ela também é best-seller do USA Today e do Wall Street Journal, best-seller da Speigel na Alemanha, palestrante frequente e apresentadora de workshops de publicação, bem como editora na Jack's House Publishing. Foi três vezes indicada para o prêmio RITA® - Romance Writers of America na categoria romance de ficção.

Seus objetivos na vida são simples: terminar de criar dois jovens adultos felizes, saudáveis e produtivos, continuar escrevendo livros pelo maior tempo possível e nunca estar em um voo que apareça nos jornais.

Junte-se à lista de discussão de Marie para receber notícias sobre novos livros e eventos futuros em sua região. Siga-a no Facebook e no Instagram. Junte-se a um dos muitos grupos de leitores de Marie. Entre em contato com Marie em <u>marie@marieforce.com</u>.

9 781950 654581